NF文庫
ノンフィクション

ニューギニア砲兵隊戦記

東部ニューギニア歓喜嶺の死闘

大畠正彦

潮書房光人社

ニューギニア砲兵隊戦記——目次

第四章　砲兵対砲兵の戦い

第五章　馬場小隊全滅

第六章　最後の死闘

第七章 転進命令

第八章　彷徨の果てに

写真提供／防衛研究所図書館・濠州戦争記念館・米国立公文書館
佐山二郎・葛原和三・著者・雑誌「丸」編集部

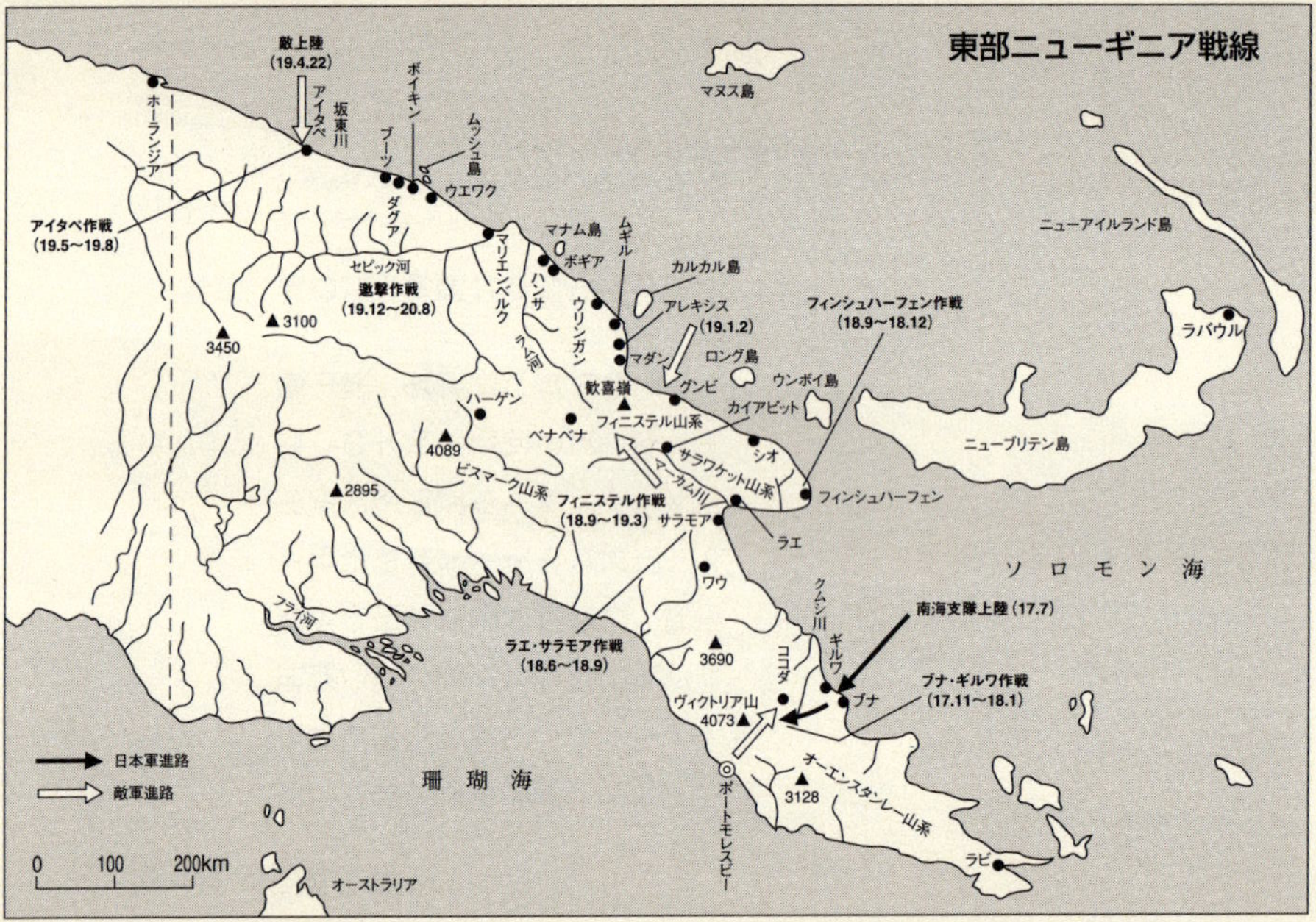
東部ニューギニア戦線
敵上陸
(19.4.22)
ホーランジア
アイタペ
坂東川
ブーツ
ボイキン
ムッシュ島
ダグア
ウエワク
マヌス島
アイタペ作戦
(19.5～19.8)
マリエンベルク
マナム島
ボギア
ハンサ
セピック河
邀撃作戦
(19.12～20.8)
ムギル
カルカル島
アレキシス
(19.1.2)
ウリンガン
マダン
ロング島
ラム河
3100
3450
グンビ
ウンボイ島
歓喜嶺
カイアピット
フィニステル山系
ハーゲン
ベナベナ
4089
ビスマーク山系
2895
サラワケット山系
マーカム川
シオ
フィンシュハーフェン作戦
(18.9～18.12)
フィンシュハーフェン
ニューアイルランド島
ラバウル
ニューブリテン島
フィニステル作戦
(18.9～19.3)
サラモア
ラエ
ワウ
ソロモン海
フライ河
クムシ川
南海支隊上陸 (17.7)
ギルワ
ラエ・サラモア作戦
(18.6～18.9)
3690
ココダ
ブナ
ブナ・ギルワ作戦
(17.11～18.1)
ヴィクトリア山
4073
日本軍進路
敵軍進路
珊瑚海
ポートモレスビー
オーエンスタンレー山系
3128
ラビ
0
100
200km
オーストラリア

ニューギニア砲兵隊戦記

――東部ニューギニア歓喜嶺の死闘

砲兵操典　綱領

第十一　砲兵ノ本領ハ威力強大、機動迅速ナル火力ニ依リ戦闘ノ骨幹ヲ成形シテ敵ヲ震駭撃滅シ友軍ノ志気ヲ鼓舞作興シ諸兵種協同戦闘ノ実ヲ挙ゲ以テ全軍戦捷ノ途ヲ拓クニ在リ

砲兵ハ周密ニシテ機敏、剛胆ニシテ沈著能ク戦技ニ精熟シ各〻責務ヲ完遂シ全軍ノ犠牲タルベキ気魄ト諸兵種一心同体タルノ信念トヲ堅持シ以テ常ニ正確主動ノ火力ヲ発揮シ其ノ本領ヲ完ウスベシ

火砲ハ砲兵ノ生命ナリ故ニ砲兵ハ必ズ之ト死生栄辱ヲ倶ニシ縦ヒ一門ノ火砲一名ノ砲手トナルモ尚毅然トシテ戦闘ヲ遂行スベシ

プロローグ

わが野砲兵第二十六聯隊第三中隊が、東部ニューギニア戦線フィニステル山系に位置する歓喜嶺《かんきれい》の陣地について砲撃を開始してから三日目。昭和十八年（一九四三）十月十三日は、朝から射撃の許可が出ていた。だから、きのう射撃した南方の台地にふたたび敵が現われたのを発見し、すぐに射弾を浴びせて掃討した。

また、観測所かと考えていたところは工事をはじめたので、ときどき射撃して妨害した。そして終日、このように監視をつづけながら、砲弾五十発ほどを射耗した。

明くる十月十四日、禿山《はげやま》の台地の敵がほとんど見えなくなり、つぎの射撃を考えて準備しているところに、私は歩兵団司令部への出頭を命じられた。谷山登中尉に中隊長代理を命じ、例の南方の台地以外に現われる敵はいないと思うが、いずれにせよ、きのうと同様に制圧射撃をするように指示して、司令部に出頭した。

司令部には午前十時ちかくに到着。五～六千メートルの射距離で約十ヘクタールもあると

ころに百余発を撃ち込んだだけだから、観測所から死傷したと見えても実際の損害に自信はなく、

「二十人ほど倒れたのを見ましたから、それくらいの損害を与えたのは確実」

と答えると、

「そんなものか」

と支隊長の中井増太郎少将は不満気につぶやかれた。そして不抜山《ふばつやま》の地形偵察に随行を命じられ、道々話をしながらいろいろ指導をいただいた。

一、敵は砲兵火力にはきわめて鋭敏だから、歩兵戦闘の最後まで協力できるように健闘してほしい。そのためには毎日陣地を変換して、敵に捕捉されないようにせよ。一陣地一目標でもよい。

二、指揮官はよく地形を知る必要がある。きょうお前に随行を命じたのも、地形を知っていてほしかったのだ。

三、砲兵は指揮官の考えている戦闘計画に協力する射撃を展開してほしい。

私はこうした支隊長の指導を有難くうけたまわったが、一陣地一目標は、言うのは簡単だが実行はこの地形では火砲掩体はもちろん、観測通信の設備もともなわないので一日考えさせてくださるようお願いして、別れた。

不抜山や歓喜嶺のいろんな地形を利用し、歩兵聯隊の戦闘を指導しておられる歩兵団長と

しての中井増太郎少将の考え方はよくうけたまわった。今日でも、いまだに忘れ得ぬのは次のようなことだった。

第一に、今度の戦《いく》さは長くかかる。命を大切にせよ。物は造れば補充できる。人は最低二十年はかかる。熟練者はもっと年数を要する。無駄死にさせせぬように気をつけること。

第二に、敵は自動火器、我は三八式歩兵銃だが、ジャングルの視界は五十メートルが最大限で二十五メートルが普通、五メートルのときもある。この時は、ほぼ同等の戦いができる。いかにして同等の態勢にして戦わせるかを考えよ。

第三に、砲は兵器であるが物である。砲を失ったといって責任者にいちいち腹を切られたのでは戦さができぬ。少なくとも余の指揮下にある間は禁ずる。腹を切りたければ戦さが終わってからゆっくりやってくれ。

戦さにどうしたら勝てるか、そればかりを考えている少将の真剣さに打たれた。

この偵察の途中、放列《ほうれつ》（砲を据えた射撃陣地）の方向に敵砲兵の集中射の音を聞いたので、支隊長の偵察が終了すると直ちにお別れして、わが第三中隊の放列に急行した。到着してみると案の定、敵の集中射でさんざん叩かれて呆然としているところだった。さいわい被害は防楯《ぼうじゅん》（薄い鉄板で砲身をまたぎ砲手を保護するためにつけられたもの）を目茶目茶にされただけだった。

経過を観測所の谷山中尉に聞くと「二日にわたって射撃した台地に、またまた敵が現われたのでさっそく一発発射したところ、敵の集中射をくった。それで少し時間を置いて射撃を開始したところ、ふたたび集中射を浴びたので、射撃を中止してどうしようか考えていた」という。

私はただちに火砲と弾薬をはなれた遮蔽《しやへい》したジャングルに移動させ、集中射のあとを点検した。発見された原因は火光《かこう》を標定されたと考えられた。少し高い位置の敵の観測所からは、構築中のわが掩蔽壕《えんぺいごう》を見ることができる。

砲位置を中心にみごとに散った弾痕は標定と射撃の正確さを物語っているが、砲を中心に前後に百メートルを超えてちらばっている弾痕を考えると、精度は実用射距離公算《こうさん》誤差の範囲内ではあるが、我が中隊の射撃にくらべれば精度に大きな差があると感じた。

砲弾の破片はおおむね満遍《まんべん》なく行きわたっているように感じられ、小さな山砲の防楯に十個ほどの親指大の穴があいていた。分隊長の古賀《こが》正十士幹部候補生と一番、二番砲手の三人が、とっさに防楯のかげに隠れたとたん、ガンガンと穴が開いたのでびっくりして蛸壺《たこつぼ》に飛び込んだそうで、

「役に立たぬものは付けない方がよい、下手《へた》に付いていているとうっかり頼って怪我をする」

とぷんぷん怒っていたのはおかしかった。

損害が防楯の穴だけだったことは不幸中の幸いで、ジャングル内では樹木に当たって破裂する砲弾も相当あって、壕だけでは損害を防止することが出来ないこともわかった。

また信管の作動が不良で信管だけ破裂したもの、信管と弾体の一部が破裂して弾体の大部が破裂せずに残っているものを三発ほど見つけた。

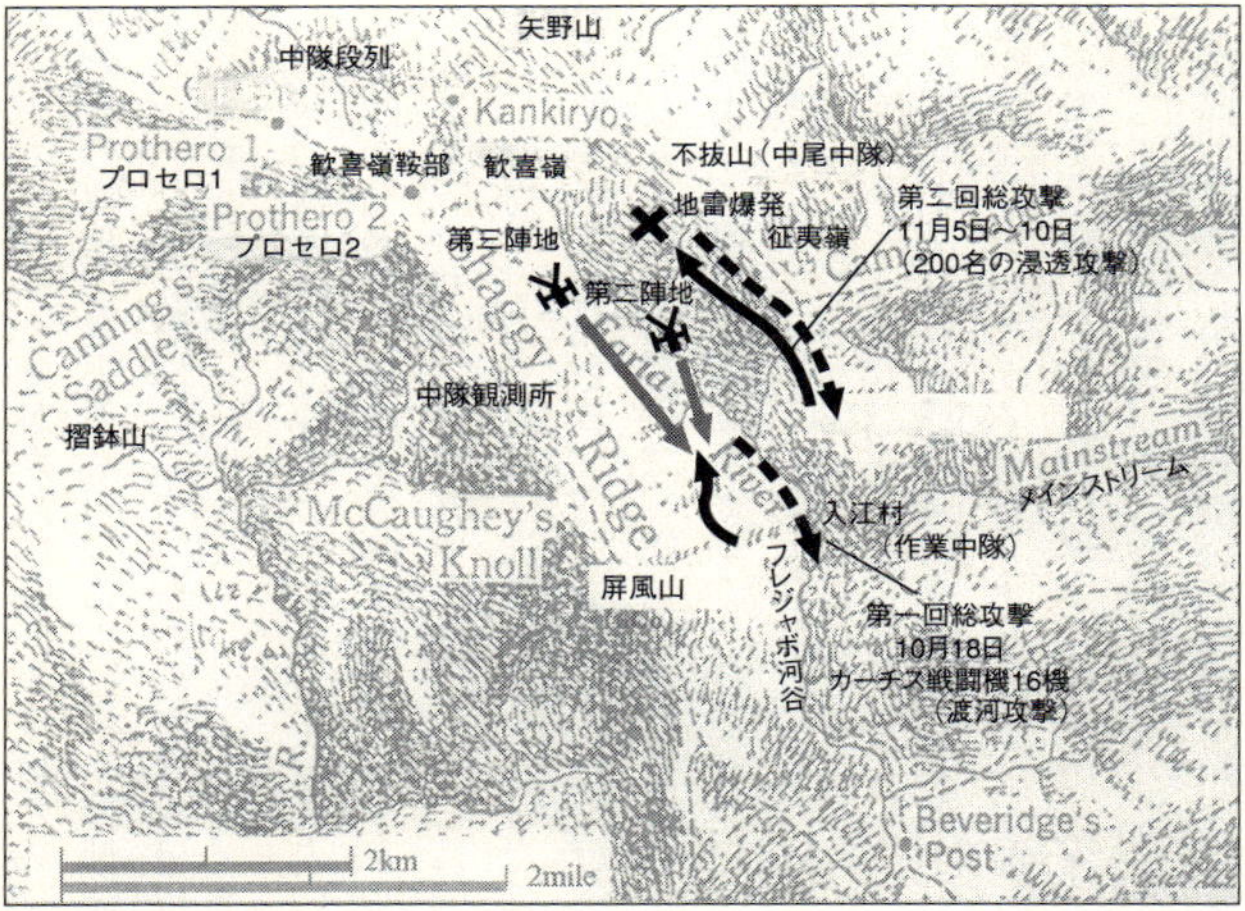

それからもう一つ気づいたのは、集中射のとき一時煙幕を張られたようになったことだった。これは我々が砲弾の炸薬に使っている茶褐薬《ちゃかつやく》（ＴＮＴ）を使用できず、硝斗薬《しょうとやく》など品質の劣る火薬を使用しているからだと思われた。月刊誌「軍事と技術」に「濠州の工業力のレベルは野砲を製造できる程度」との記事があったのを思い出した。

初めての集中射をあびて、種々思いいたらぬ点があったことがわかった。これは爾後《じご》の行動の改善に非常に役立った。

なお、工業先進国では砲弾や爆弾の炸薬として、ピクリン酸（黄色薬）より爆発力はやや劣るが取り扱いが容易な安定した火薬としてＴＮＴ（トリニトロトルオール・茶褐薬）を使用していたが、後進国では肥料につかう硝酸アンモニアを主体とした爆薬を硝斗薬と称して多量の需要をまかなっていた。

ともあれ、第一陣地が敵の制圧を受けたので、直ちに予備として見ておいた四百メートルほど北の陣地に進入させた。ここは第一陣地より遮蔽は完璧であるが射界が狭いので採らなかったのだが、射撃の結果、左右の射界もほぼ確かめたので歩兵の支援をたやさぬように陣地につけた。

陣地の構成は第一陣地とおなじだが、個人の蛸壺は全員のぶんを完全に掘らせ、砲側の弾薬を四十発として他の予備弾薬は三十メートルほどはなして二ヵ所、壕を掘った。

陣地秘匿のため、従来あった路よりさらに回り道をして陣地に入るように命じたのだったが、不心得者がいて近道を通り足跡をつけたのと、射界清掃の後始末が悪かったため、翌日、敵の偵察機に発見され、残念ながらふたたび集中射をあびる結果となった。

これも初めての経験で、偽装や遮蔽をおろそかにできないことを手痛く教えられ、この後このような過ちを繰りかえすことはなかった。しかし、敵もこちらが一発も撃たぬのに集中射で攻撃してくるとは、砲兵をよほど目の敵にしている、覚悟してかからねばならぬと感じた。

第二陣地は第一陣地の撤去を察知した敵が、陣地進入した翌朝から観測機二機を飛ばせて、低空で谷間をくまなく偵察しての結果で、射向付与から効力射《こうりよくしや》（火力が効果的に指向されている射撃）にいたる手順は我々と全く同じで、その鮮やかな手並みには舌を巻いた。

第二陣地の占領時、第二分隊が追及してきたので、馬場與少尉に予定した第三陣地に進入を指揮させて、第三分隊は谷本高義曹長を小隊長として指揮させた。これで我が第三中隊は砲二門となったわけだ。
戦砲隊《せんぽうたい》小隊長は戦闘間は直接指揮する分隊に気配りができれば任務はつとまるが、段列《だんれつ》長は戦闘間、配置についている者以外の人員を段列に掌握し、配置についている者は逐次交代させて勤務に穴をあけぬよう、また弾薬と糧食の補充は中隊長の意図にそって遂行しなければならぬので、とても新米の曹長にはつとまらない。格の上下より実際の仕事ができるか否かで選任した。

それだけ配慮したつもりだったが、第二陣地は射撃前に敵の集中射をうけ、将来、歩兵第五中隊の支援のため、とりあえず歓喜嶺鞍部《あんぶ》に移動させた。

なお、第一陣地が敵の射撃をうけて陣地変換をしているときに、第二分隊（分隊長・田島正人伍長）が村瀬堯之准尉に指揮されて到着したので、ただちに三番目の陣地に入れたのは、すでに記した通りだが、この陣地は砲が二門にふえる場合を考え、屛風山《びょうぶやま》の歩兵第六中隊の支援を考慮せず、屛風山の裾野の小さな支脈を利用した理想的な陣地とすることができた。

狭い稜線上にあり、砲撃や爆撃をうけても命中しにくく、かつ前の稜線は地上の視線をふさぎ、深いジャングルは空からの偵察を妨害した。そして進入路は歓喜嶺～入江村道の一部をジャングルが覆っているところから入るので、ジャングルが消えぬ限り見つけるのは至難だった。

それでこの第三陣地は、その後方三百メートルに弾着した集中射によって敵に制圧された

山砲用掩体要図

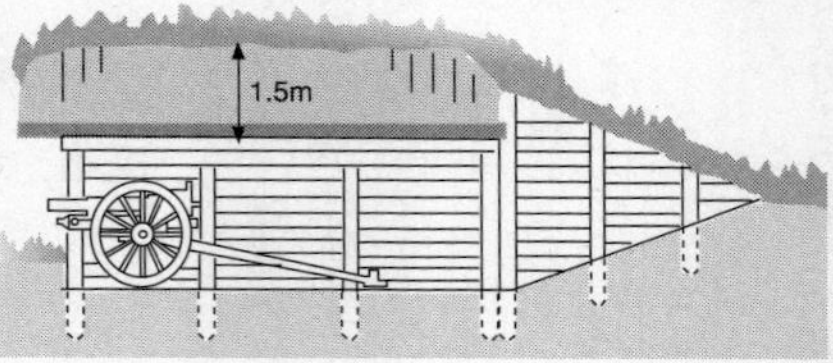

ように見せかけることにより、直接、放列に集中射をうける難をまぬがれた。敵は音源標定の結果を利用して射撃し、効果の判定も着弾音の標定結果から判定していると想像した。

中隊の集結も終わり、二回の集中射をあびた結果として、工兵の支援をうけて火砲の掩蓋《えんがい》をつくることと弾薬補充について意見具申をするため、司令部に出頭して支隊長に直接お願いした。

弾薬については「三日間は駄馬輜重《しちょう》の全力をあげて毎日一〇〇発運ばせたが、その後は毎日十発を補充することにしてあるので了承せよ」と言われた。

「それではとても戦さになりません」と申し上げると、「では、どのくらい欲しいのか」と問われたので「決戦が始まるまでに一五〇〇発を集積、それまでは毎日二十発撃てるように補給していただきたい」と申し上げると、「そんなに弾丸が要るのか」と言われた。

「前進陣地の戦闘と、敵の攻撃準備破砕に一〇〇、復行一〇〇、計二〇〇。突破破砕に一〇〇、復行一〇〇、計二〇〇。前進陣地撤退掩護一〇〇。合計五〇〇。不抜山陣地同じく、屏風山陣地同じく、全合計一五〇〇。もちろん本陣地は撤退でなく逆襲支援となる」と説明すると、「なるほど、弾丸が要るのはわかった。しかし歓喜嶺守備隊の糧食や歩兵の弾薬を考

弾道の比較

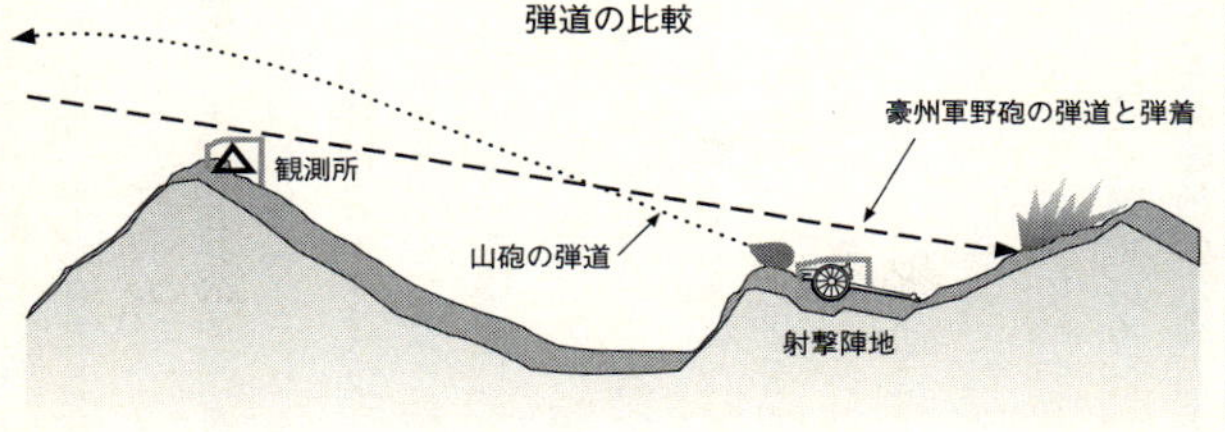

豪州軍野砲は落角が少ないので稜線下の射撃陣地の後方に弾着する。
日本軍山砲は前方の稜線の掩護下に射撃できる。

射距離の比較

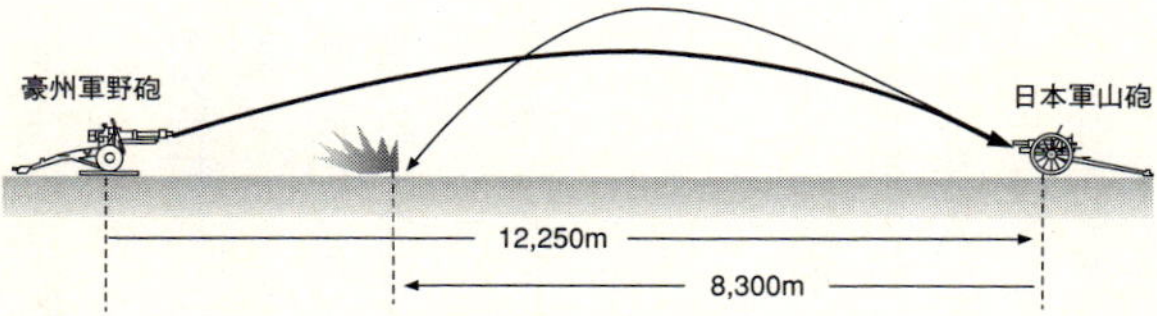

豪州軍野砲は射距離は長いが、その弾道は低伸する。
日本軍山砲は射距離は短いが、その弾道は山地戦に適している。

えると、砲兵の弾薬を運ぶ余地がないのだ」と手の内を見せられた。

しかし砲兵としてはこのままでは任務が遂行できないので「エリマに弾薬があるのであれば、毎日一〜二両の車両を弾薬輸送にあてて、ヨコピーに弾薬を集積していただけませんか。中隊の段列と戦闘配備についている者以外の手のあいた者で、ヨコピーから陣地まで担送して戦闘に間に合わせたい」と意見を申し上げると「そこまでやってくれるか、ならばヨコピーへの弾薬集積はさっそく手配しよう」と引き受けてくださった。

（九十五頁地図参照）

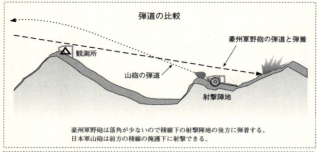

このようにして、弾薬についてはめどがついたので、つぎに「先日、閣下より一陣地一目標と指導いただきましたが、そのようにたびたび陣地変換すると、肝心の第一線の支援に間隙ができて任務が果たせなくなります。敵の射撃をうけても支援射撃を継続するには掩蓋が必要です。工兵の支援をうけてぜひとも火砲に掩蓋をかぶせたい」と申し上げると「わかった、協力させよう」との返事をいただいた。

この件はさっそくあす一日、工兵一個小隊の支援がうけられるように発令された。ただちに工兵と連絡して歓喜嶺に不抜山陣地を側防する砲兵の陣地をつくることにして、工兵小隊長と現地にいき協定した。

翌日午前十時ころ、協定した位置に下士官以上と戦砲分隊は全員、そしてその他の部署の者もできるだけ多くあつめて説明を聞かせることにした。

工兵小隊長は初めてのことで彼なりに教範を読み、今朝は早くから材料をあつめて、我々が到着したころには骨組みはすでに完成していた。さすがに工兵で材料の採集は敵から発見されぬように離れたところから集めたようで、付近の森林は荒れておらず感心させられた。

そして驚いたことには平素の演習では掩体構築には熱心でないのに、みなが工兵小隊長の説明を熱心にきいて構造図を画き、材料の寸法を記録していたことだった。説明をうけた後、掩蓋を完成させて解散した。

さっそく陣地にもどった戦砲隊は、いつ射撃が開始されるかわからないので、さっそく自分たちの陣地の工事に着手した。

数日後、出来あがった掩体を見たら、支柱や梁《はり》の太さは工兵の説明の二倍になっていた。また工兵の設計した掩体は、暗い掩体内で照準しやすいよう、弾薬を二〇〇発以上も集積しても順序よく使用しうる工夫、新式の九四式山砲（工兵の築城教範には旧式の四一式山砲用しか記載されていなかった）の射界に対応する広い開口部など、使いやすいように改善されていた。

通信線はとりあえず必要な数を携行したが、要求される任務を考えると、中隊ではあるが大隊並みの配置と運用をしなければならない状況だった。

そのうえ、わが展開地域は平素の演習では考えられなかった広い範囲にわたるので、中隊装備の三十四巻の通信線ではとても任務の達成はできなかった。

そこで当初携行した通信線ばかりでなく、残りをヨコピーから取り寄せて当座の間に合わせたが、不足するのは目に見えていたので、通信掛下士官の西村治軍曹以下三名をエリマの大隊長のもとに派遣して増加を申請、通信線は数日後ヨコピーに輜重《しちょう》の自動貨車で運ばれ、指揮小隊の勤務交代要員でヨコピー～歓喜嶺間を搬送した。

第三陣地の構築途中に、陣前二〇〇メートル付近に歩兵一個小隊ほどが壕を掘っているのを見つけた。あまりに砲兵陣地に近いことと、敵の観測所から非常によく見えるから移動したほうがよいだろうと小隊長に助言したところ、

「ここにと命じられましたから」

と言う。重ねて意見は述べなかったが、三十分ほどして歩兵の陣地は集中射をうけて数人の負傷者が出た。

土質が粘板岩で歩兵の小十字鍬でコツコツ砕いて小円匙ですくい出さねばならず、また、壕が浅いので頭と胴体を隠すと足が出て、足に負傷した者を何人か出したということだった。その後、陣地占領するときは、その位置が敵の砲兵に撃たれやすいか否か、歩兵から相談を受けるようになった。

ともあれ第三陣地はフレジャボ河谷、とくに作業中隊の防禦戦闘の支援に必要であり、また禿山の敵の指揮所と観測所の制圧にも必要なので工事を急ぎ、一昼夜で完成、第二陣地を撤退した翌日には射撃準備も完了した。支援に間隙を生じさせなかったことに天の庇護《ひご》を感謝した。

十月十八日の朝九時ころからカーチス（単発のスマートな戦闘機で小型の爆弾を二発持っていて対地銃爆撃をしていた）十六機がフレジャボ河谷を中心に飛ぶので、何がはじまるのかと見ていると、入江村の下条作業中隊の陣地を盛んに銃爆撃しはじめた。屏風山がその名のとおり戦場の真ん中を南北に縦断しているので、銃爆撃も自然にそれに平行して南からやっていた。

三十分ばかりで航空攻撃は終わり、待機していた敵がしばらくして出て来て渡渉をはじめた。河幅は五十メートルほどだが、水の流れているのは約十メートル幅で水深は膝から太股くらい。落ちついて渡渉すれば何とかぶじに渡れる程度なのだが、やはり敵前であわてる者もおり転んで流される者も出た。

敵と確認できたのでまず対岸の入江村に、射撃を開始した。渡河中の敵はあわてて渡ってしまおうとする者、引き返そうとする者、流される者など大混乱。友軍への危害を考慮して、もっぱら対岸の集落の人の逃げ隠れしそうなところをひと通り射撃した。あとは歩兵の希望をきこうと作業隊の中隊長に電話し、

カーチス戦闘機"キティホーク"。米軍P40を英軍が使用したもの

「砲兵の観測所からは目標を識別できないので、射撃してほしい目標があれば示してくれ。最後の着弾点を基準に、中隊長位置から見て遠近と左右とに何メートルあるかを知らせてほしい」

と言うと、

「いまの弾丸から遠く五十メートル、右へ五十メートルに機関銃」

と返事がきた。しかし、射向を五十メートル右に振ると崖になるし、距離を五十メートル伸ばしたところは何もない平地。眼鏡を通してじーと見つめると、射線を二十五メートルほど右にし二十五メートルほど射程を伸ばしたところにボサがある。そこに隠れている

と判断して一発見舞うと、中隊長から、

「命中」

と返事がくる。やはり敵前だと、距離や間隔を中隊長といえども過大に見誤りやすいことがわかった。つぎの目標を要求すると、中隊長からは同じ要領でつぎつぎと要求がくる。射撃すると一発で命中といわれ、張りきって二十四〜五発撃った。

そして「もう撃つ目標がなくなりました」との連絡で「撃ち方止め」を命じようとしていると、「まことに恐縮ですが、左翼小隊の前面にへばりついている敵を射撃して頂けませんか」との要求がきた。

観測所から見ると、河から左翼小隊の掩体まで百メートル余と見えたが、公算誤差は二十五メートル、友軍陣地に弾丸が落ちる可能性は理論上二発はあるので、私としては火中の栗は拾いたくない。下条中隊長に擲弾筒《てきだんとう》を利用できないかを問い合わせた。返事はできないとのこと。

左翼小隊長の電話では「渡河途中で砲撃をうけた敵は一部は逆戻りして対岸に隠れ、一部は流されて下流の淀みで溺れたと思われ、一部は流れを押しわたって小隊の前の窪みにへばりついている。それがちょうど四十メートルほど前で、手榴弾ではちょっと届かず、擲弾筒では行きすぎるし、中隊主力からは征夷嶺の稜線の東側斜面で見えないので砲兵に射撃をお願いしたい」と言う。

そこで、「非常に危険な射撃で弾丸をかぶる覚悟がなければ撃てない」と言うと、「結構です、お願いします」と答えてきた。

小隊長の位置をたしかめると、陣地の左に近い一本残った立ち木の根元の壕にいるとの返事。そこでまず一発。射弾の弾着がメインストリームの南にあることを確かめて、五十メートル引いて射弾が河をはさんで対称になっているとともに斜線が枯れ木に通じていること、河から陣地まで約七十五メートルあることがわかった。

ということは歩兵の陣地は射弾散布の範囲内にあり、きわめて危険だ。もう射距離を引けないのが常識だったが、小隊長からは少し射距離を引いてくれとの要求で「頭を壕の中に入れろ」と、まだ五十メートルあるから間違えてくれるなと祈りながら、二十五メートル引いて発射を命じた。さいわいに先の弾着と陣地の中間に落下し、ほっと胸を撫でおろす。

すると小隊長から「もう少し射距離を引いて下さい」との電話。「手品師ではあるまいし、もう限界で無責任なことは出来ぬ」と答えると「友軍の弾丸をかぶってもよいから」とのたっての要求。とにかく二千メートルも離れて斜めに見下ろした位置なので、立ち木と敵と放列の関係がわからぬのに加えて、公算誤差からは絶対に撃てないが、たっての要求である。

覚悟して目盛りにない十二メートル五〇を引いて射撃させた。すると、立ち木の枝の先端に真っ黒な爆煙とともに轟音が聞こえた。私は瞬間「天佑！」と思った。あの弾道高では絶対に友軍に危害はないという自信と、友軍の頭上近くに破裂したので破片が敵にかぶさったと判断できたからだった。

小隊長からは「危ない！」という電話。「覚悟の上だろう！」と怒鳴り返した。「すみません、負傷者なし、びっくりしました」としおらしい。

「もう二、三発どうだ?」と自信のついたところで問うと「もう結構です、直前の敵は全滅しました」との返事。こちらも火中の栗は拾いたくないので「撃ち方止め」を命じた。

「攻撃してきた敵は二〇〇、半数以上が流されて下流の渕で溺れました。機関銃五、擲弾筒二、破壊。今日は敵が渡渉をはじめてすぐ砲兵の射撃がはじまったので、敵はちりぢりになり機関銃は途端に沈黙。おかげで壕から頭を出して、ゆうゆうと戦況を眺めながら砲兵の弾丸も誘導できました。この戦場にきて初めて気持ちのいい戦闘でした。砲兵の支援のない戦闘などバカバカしくて、これからは考えられなくなりました。今までの鬱憤《うっぷん》はこれで一度に晴れました」

と作業中隊長の下条喜代巳中尉からお礼をいわれ、初めて歩兵の戦闘に協同して目的を果たした嬉しさを味わった。

少し間をおいて二機の敵観測機が飛んできたので、何事が起こるかと放列に撃ち方止めのまま待機を命じた。するとポンポンと遥か彼方より砲兵の発射音がしたので、緊張して見ていると、足下の観測所と入江村の中間付近の空中にきれいに並んで、パンパンパンと小さな破裂音。白煙をふきながら川にそった煙幕を構成しだした。

東西に走るメインストリームと、南北に走るフレジャボ河にかこまれた地域は、みごとに白いカーテンで我が方からの視界を遮断してしまった。みごとな空地連携射撃だった。敵はその煙幕に隠れて退却したらしい。中隊も射撃態勢をといた。下条中隊長から、

「陣前四キロ、敵影を見ず」

　という通報を得て、敵の狼狽ぶりが想像された。統制された敵の攻撃をはじめて経験したが、火力に意外にもろい一面があり、決して対抗できない敵でないことがわかり、自信がついたのが大きな収穫だった。

　こうして我々野砲兵二十六聯隊第三中隊は歓喜嶺において、濠州オーストラリア軍第七師団を相手に、砲弾四二六〇発を撃ちつくし、馬場小隊全滅、撤退のやむなきにいたるまで、三ヵ月以上におよび死闘に明け暮れる日々がつづくことになったのである。

第一章　砲兵隊、南の海へ

部隊改編と出動命令

昭和十六年（一九四一）七月上旬「関東軍特種演習」（以下「関特演」）の名で呼ばれる対ソ戦準備のための動員が発令され、八月中旬には大阪からの召集兵が到着して要員を充足した第二十砲兵団司令部と野砲兵第二十六聯隊は、いつ出動を命じられてもよいように準備をととのえつつ、朝鮮・龍山に待機していた。所属する第二十師団は陸軍の総予備兵力であり、虎の子師団の一つで甲編制、人員も充実し、装備も近代化されていた。

すなわち歩兵は歩兵団司令部と三歩兵聯隊、砲兵は一砲兵団司令部と野砲兵聯隊、一捜索聯隊、一工兵聯隊、一輜重兵聯隊、その他機関砲・制毒・通信・衛生・兵器勤務隊・四野戦病院があった。そして将校以下、定められた戦時職務にもとづき、ソ満国境突破作戦の錬成に励んできたので、その練度は相当なものと認められていた。

しかし待機が一年以上つづき、昭和十七年十一月にもなると精神的な疲労をもたらす。とりあえず昭和十三年兵と四年以上召集されている者とが召集解除されることとなった。解除された兵は営門を嬉々として出ていき、残った者もいずれ家郷に戻れるという希望がうまれ、かえって緊張を維持しうる結果ともなった。

しかし困ったことに、十三年徴集者で甲種幹部候補生になった者は聯大隊各本部の掛将校や各中隊の指揮小隊長職に、その他の者も観測手・通信手・砲手・馭者《ぎょしゃ》・蹄鉄工《ていてつこう》・衛生兵など、中隊の核心をになう下士官・兵となっていて、これの補充には相当の期間を必要とした。てっとりばやくいえば、来年（昭和十八年三月）にならなければ部隊の戦闘能力がととのわないということである。

そこに、山砲改編と南方出動の二つの命令が同時に下達されたから、騒ぎが大きくなった。昭和十七年十一月のことである。

聯隊はまず、編制改正に着手した。昭和十六年七月の「関特演」動員で、聯隊は第二十砲兵団司令部と野砲兵第二十六聯隊・野砲兵第二十六聯隊補充隊とを編成したが、こんどはその司令部を廃止して聯隊と補充隊とを編成すればよいのだから、それほど難しくなさそうだが、事はそう単純にはいかなかった。

野戦にいく聯隊の戦力充実を最優先に考えて編成したいのだが、補充隊はのちに新設される師団の砲兵聯隊の編成をまた担任させられる予定もあったので、無下《むげ》に自分の都合だけ考えて処理できなかった。

聯隊本部と大行李《だいこうり》（兵站部隊）・軽砲大隊三（大隊は本部および大行李・九五式野砲四門中

隊一・九一式十榴四門中隊二の三個中隊・大隊段列《だんれつ》）と野戦重砲大隊一（大隊は本部および大行李・十五榴を補充されるまで改造三八式野砲四門中隊三・大隊段列）、そして聯隊段列という輓馬《ばんば》編制の聯隊であったのを、新しく聯隊本部・山砲大隊三（大隊は九四式山砲三門中隊三）の駄馬《だば》編制の聯隊に改編しなければならないのである。

野砲編制を山砲編制に変えると、人員で六割増し馬匹《ばひつ》で十割増しと考えれば、概略の大きさが想像できるのではないだろうか。

山砲は駄馬に駄載して行動するのが原則で、砲の射程は短いのはやむを得ないとしても、馬は体格が小さくても重い積み荷に耐えられる体力が必要であり、人は砲の積み卸しのために体格のよい者が必要であった。

そこで、砲は従来の野砲・十榴などを返納して山砲を受領。馬は返納して、とりあえず砲は臂力《ひりよく》搬送することに定められた。そして人の方は、大隊本部は第一、第三、第四大隊本部を基幹としてそれぞれ第一大隊本部、第三大隊本部、第二大隊本部を、中隊は第二、第四、第五、第七、第八、第九、第十、第十二中隊長を基幹として第二中隊、第四中隊、第一中隊、第七中隊、第八中隊、第九中隊、第五中隊、第六中隊が編成された。

そして、しばし決定が遅れたために改編前の司令部・第二大隊本部・第一、第三、第六、第十一の各中隊および各段列は各隊の人狩り場になった。戦場に臨むのに頼りになる人材をほしがるのは人情であるし、人事担当の聯隊副官に申し出て各自の中隊に引っ張ろうとしたのは当然だった。

私としても、死を覚悟して出動するのだから、約一ヵ年ではあるが寝食を共にした人たちを指揮して戦場に臨みたかった。一ヵ月後には乗船して戦場に向かうのである。聯隊副官もあわてたがいまさら根本的な編成替えもできず、旧第三中隊と旧第六中隊とを合併して新第三中隊を編成するから納得してくれと言われ、私としても編成が遅れると中隊の業務（兵器その他の物品の受領・整備および訓練等）に支障をきたすので、聯隊副官の意見に従うことにした。

九四式山砲。馬でひくか、分解して馬または人力で搬送した
（佐山二郎氏提供）

　幸い、昭和十五年に支那事変から復員してきた第三中隊に、私は昭和十六年の動員まで勤務していた。だから、ずっと人事を取り扱っていた村瀬堯之《たかゆき》准尉の能力を知っていたので、人員の充足は谷本高義曹長を補佐につけて彼にまかせた。

　指揮小隊長要員の谷山登中尉には第六中隊の観測掛をしていた中村鉄雄軍曹と、第三中隊の通信掛をしていた西村治軍曹を補佐としてつけ、観測・通信器材の受領整備をまかせた。

　戦砲隊小隊長要員の奥原光治、馬場與《あたう》の二人の少尉には分隊長要員と見込んだ田島正人伍長・船戸森男伍長・吉住弥惣次軍曹を補佐としてつけ、火砲の受領整備をまかせた。

第六中隊の兵器掛だった溝吉悦軍曹には小銃その他の兵器の受領、高橋敏郎軍曹には糧食の受領にあたらせた。そして、その手もとに働く人員は将来その部下となる人をつけて、馴染ませるようにつとめた。

このようにして、十二月に入るころには一応の編成は完了した。しかし、それは形の上のことで、とくに下士官以下は、ただその職を埋めただけで適任の者が配置されたかどうかは疑問であり、これは各中隊共通の悩みではあるが、駄馬編成の人員と兵器器材を受け取ったものの、部隊錬成の基準、また馬のない中隊の機動をいかにするのか全く不明であった。

直面する戦況の設想《せっそう》（想定）がなければ訓練の構想もできない。聯隊も師団司令部と折衝の結果、部隊は陣地へ進入する直前までの機動は考えなくて宜しいということになった。そこで大隊長から、まず将校と下士官で分隊を編成し、短距離の機動と射撃とを研究するように示された。戦砲分隊（射撃に任ずる部隊）は局所における分解搬送については操典に示された通り訓練するとしても、搬送の距離が長くなれば別に方法を考えなければ、体力の限界を越して分解搬送は不可能であった。

十二月上旬、満州から転送されてきた九四式山砲を受領し、駄馬をのぞいて編成を完結したので、さっそく戦砲分隊教練の研究にとりかかった。要員は指揮小隊の中村軍曹・西村軍曹をのぞく下士官全員と将校全員で、交互に各砲手の動作を体験したが、射撃操作は従来とほとんど変わりなく十糎榴弾砲《りゅうだんぽう》をあつかった者にとってはかえって軽く扱いやすかった。

しかし分解搬送は、さすがに現役入隊した者は何とかこなすことができたが、やや距離が長くなると無理だった。それでも朝鮮でつかう「チゲ」という背負子に似たものをつくって、将校みずから龍山駐屯地の東につらなる標高一八九メートルの南山をかついで越えられたことで、自信を得ることができた。

そこで本来の観測・通信・砲手班の訓練をはじめるとともに、駄者《ぎょしゃ》要員には「チゲ」を作らせた。編成表には駄者の数が相当多いのであるが、馬のない現在、駄者の任務はないし、戦闘がはじまれば戦死傷者も出る、特技者の補充もおこなわれにくいとすれば、とりあえず同じ班の駄者要員にはその特技者を配置したので、特技を持たない駄者の数はさほど多くはなかった。

そして十二月三十一日から明くる昭和十八年一月二日の間の広州の射撃演習で、国内における訓練を終了した。射撃は一応の自信をつけ得たし、往復の行軍は砲車は人力により牽引《けんいん》した。そして「チゲ」で弾薬を担送《たんそう》すれば、とりあえず戦闘は遂行しうるのではないかという感触をえたのである。

見送りもない真夜中の出征

慌しい一ヵ月余がすぎ、新年の祝いもそこそこに、昭和十八年（一九四三）一月五日から先発部隊（第七中隊）を先頭に、駐屯地を出発した。わが野砲兵二十六聯隊第一大隊第三中隊は、一月八日夜に龍山駅で乗車した。だれの見送りもない静かな夜中の出征であった。

一月九日の朝、釜山埠頭《ふとう》に到着すると、「歩兵第八十聯隊第二大隊長の指揮下に入り昭南丸に乗船せよ」との大隊命令を受けた。そこで、岸壁に繋留された昭南丸に向かい合った土手上の歩兵第八十聯隊第二大隊本部をおとずれ、積み込みの打ち合わせをした。

自隊の兵器・器材等だけでなく軍の補給品の積み込みもあり、夕刻の出港を予定していたので、私はさっそく昭南丸に乗り込んだ。船長に会い、一等航海士の案内で砲二門を前甲板に、一門を後甲板に配置し、船に据えつけられた前甲板の野砲と、後甲板の山砲をあわせ指揮することとした。待機していた中隊を二分して半部で中隊の兵器や器材を搭載、他の半部で軍の貨物の搭載に協力させた。

出動初日の行動はおおむね順調にすすんだが、人事面では、さっそく齟齬《そご》をきたした。それは、人員の若干を国民兵役の者で充足したからである。

十六歳から四十二歳の男子は兵役の義務があるが、身体検査をして甲（身長体重が標準以上で筋骨発達し五体に欠点ない者）・乙（甲に準ずるが筋骨の発達がやや不十分な者）・丙（甲に準ずるが身長が少し不足している者）・丁（甲乙丙に該当しない者）に分け、甲乙丙に該当した者のなかから兵種を考慮し、現役兵として採用された。

大雑把《おおざっぱ》に考えてその年に二十歳になる人は約百万人で、その半分が男子、その二十パーセントの十万人を現役兵として採用すれば、二十万人の常備兵力は維持できたはず。四十三歳以上および身体検査で丁と判定され、国民兵役に編入された者の徴集は普通考えられなかった。

受け取った国民兵役の六名を私が面接したとき、一名は六尺豊かの大男で山砲隊にとって頼もしく思えたが、体格にあう服がなく急遽、服地をつぎたし巻脚絆《まききやはん》や帯革《たいかく》もつぎたして間に合わせた。他の五名は華奢《きやしや》で、山砲兵としてつかえるか心配のタネとなった。

いざ乗船となって思わぬ支障が生じた。喇叭手《ラッパしゅ》の平島上等兵が熱のあったのを隠して出発し車中で高熱を発したのにくわえて、銀二等兵が昨夜の車中の冷えで急に熱を発した。また、毛利二等兵が貨物を担送中に目がくらんで立往生した。荷は梱包したマッチで他の者は軽がる担いでいたが、質屋の主《あるじ》で終日坐っているのが常の毛利二等兵にとって、耐えがたい労働であったに違いない。

以上三名を後送したが、初陣の中隊長としては衝撃だった。

ともあれ、搭載の終わった昭南丸は九州の佐伯湾をめざし、その日（九日）夜に出港した。航路は海軍の制海権内とのことで特別の警戒態勢をとらず、ただ防諜上、甲板に出ないように注意が出された。明けて十日午前、関門海峡を通過、兵たちに目立たぬよう、見おさめの内地の景観に別れをつげさせた。

夕刻、佐伯湾に到着停泊した。船団を組むためしばし滞在することになった。ほっとしたところで船長に話を聞くと、この船は大正時代の欧州大戦にさいして物資輸送のために造った大量生産のぼろ船のいまだに残っている一艘で、船底の水槽の真ん中の仕切りの鉄板が錆びて左右対称に貯水しておけない。だから水が最も減少した場合、右に十七度傾くそうだ。海が荒れると、そこを中心に左右に揺れるので最大限右に二十七度傾くという。一晩とはいえ、冬の玄界灘の荒波にゆられて我々が、船酔いしたのも無理はない。

また輸送船は前述のとおり貨物船で、人は乗るようにはなっていない。貨物を積む船倉を上下二段に仕切って、寝起きできるようにつくってあった。貨物の積み込みは前後の甲板に大きな口（ハッチ）があり、一番下の船倉まで荷をデリックで下ろせるようになっていた。一番下の船倉には各部隊の兵器や器材貨物などが積み込まれていた。

中隊の乗るところは中甲板の後部、ハッチを囲むかたちに設けられていた。腰をかがめねば歩けなかったが寝返りはうてた。中隊の下士官以上の集まりができるよう六畳ほどの事務室のスペースもとれた。

将校には上甲板に、寝室と食堂兼用の部屋をつくってあった。しかし中隊として対潜配置につくこともあり、また非常の場合、船から脱出を命じなければならないこともあろうし、緊急の処置がとれるように将校は兵と共に寝起きし、食事のみ将校室でとることとした。

高級船員の食事には輸送指揮官と大隊付将校、船の砲兵隊長となった私とが毎度呼ばれた。船では高級船員は、ずいぶん格式が高いことを初めて知った。そしてフルコースの洋食には閉口した。

佐伯湾にはたくさんの艦船が停泊しており、その出入りも頻繁で、初めて見る基地の活況に目を見張らせられた。我々はここで逐次集まってくる船を待ち、集まったところで船団を組んで出発する予定だった。

集結を完了するまでの、佐伯港での滞在はまことに退屈だった。魚雷攻撃をうけたときの行動を訓練しようと船長に依頼したところ、一等航海士がやってきて、

「この船は老朽船だから、魚雷を一発喰うとボルトが緩んで多分一斉に漏水がはじまり、梯子《はしご》をつたって甲板に出るとなると時間が足らないだろう。最善の脱出法は身近にある手摺にしがみつき、目をとじ息をつめて約三十秒、その間に船中が満水になるから、手をはなすと自然に浮きあがり船から脱出できる。そこで救出を待てばよい。途中で手をはなすと巻きこまれて船内に流れ込み、二度と船外に出られなくなるから覚悟してほしい」

と話してくれた。この航海士は三回も沈没を経験し、そのつど、話したとおりの方法で脱出生還したそうで、我々は下手な訓練は中止したが、狭い船倉にとじこめられているのは苦痛だった。

到着して三日目の夕方、集結した輸送船の船長以下の高級船員と輸送指揮官とその幕僚（砲兵隊長をふくむ）が、陸上の艦隊司令部に招集された。行く先はしめされなかったが、船団を組んで警戒しつつ航海する方法について説明され、各船の船団内の航行順序も決められた。

海軍からは砲艦一、駆潜艇一が護送し、船団の運行は砲艦の指示にしたがう。船団運行についてはこまかな打ち合わせが担当者間でなされ、通信長が熱心に打ち合わせをしているのが私には珍しく感じられたが、考えてみれば陸と異なり無線以外に頼るものがない。陸上の感

覚で動いていた自分の迂闊さを恥じた。

なおその際に、出港後一時間して開封せよとの命令書を受領した。数日の乗船で足もとがつねに動いていたのが、びくともしない大地を踏みしめての感無量の数時間だった。

そのつぎの朝、船団は整斉と南に向けて出港した。

打ち合わせどおり船団中いちばん大きい七千トンの、そしていちばん船足の遅い私たちの乗りこんだ昭南丸が、先頭の砲艦に五百メートルの距離をとってつづき、昭南丸の左に間隔を五百メートルとって同じ七千トンの船がならび、その後ろに十二隻の船が二列縦隊となって距離間隔を同様に五百メートルとってつづき、最後尾を駆潜艇がかためるという堂々たる船団であった。

昭南丸の最大速度が七ノットなので、船団の速度はそれにならった。九州と四国の間の水道は広いが、季節風の影響もあまりうけず、静かな海を南へ向かった。

内海は海軍の警戒もきびしく安全だが、外海はそうはゆかず、とくに豊後水道の太平洋への出口には敵の潜水艦がひそんでいると警告されていたので、昭南丸では対潜対空の監視は歩兵と船員が、対潜射撃を砲兵が、対空射撃は歩兵が担任し配置についた。

出港時には船長と一等航海士の輸送指揮官と砲兵指揮官の私は、船橋で船団の行く手を見まもった。オンボロの昭南丸も船倉下部の水槽も満タンで、マストもほぼ垂直に立っていた。

船団は四国と九州の間のおだやかな海を圧して、頼もしく感じた。

出港後一時間がたった。船団はまだ港を出て約十六キロ、豊後水道をすぎて太平洋に出るまでにはあと数時間を要する。敵襲の懸念のないうちにと、封印された命令書をもって船長室にあつまった。二等航海士は船橋に、一等機関士は機関室に、残る全員が顔をそろえた。

命令はある地点にたいする上陸作戦命令で、われわれ第三梯団は師団の予備隊として第二回目に上陸するようになっていた。が、これだけでは疑問が多すぎる。

第一に、上陸地点が分からない。部隊は地図を受領していない。糧秣《りょうまつ》も十四日分しか受領していない。一等航海士によると、命令要図はガダルカナル北岸に近似していた。第二に船長以下はガダルカナル方面にはいった経験がなく、船はボイラー用としては半月分の水しか積んでいない。

ゆえに命令は受けとったが、まず半月以内に港に入り、水と食糧を補充して次の命令をうけなければ行動できないという結論に達した。

船酔いの妙薬は敵襲だった

豊後水道を通りぬけると、いよいよ太平洋に出る。船団は海面を整然と之字運動をはじめた。そして鹿児島の大隅半島をはるかに北に眺めるようになると、この季節の名物の北の貿易風にあおられた荒波に船は翻弄されて、手摺にしがみついていないと右へ左へ滑らされる始末だった。

船酔いはと心配して調べると、大半は元気で運動させられるので腹がすいて困るという。

激しい船酔いにゲーゲー吐いていたのは、戦砲隊小隊長の奥原少尉と馬場少尉だけだった。食事の量が少ないと、さっそく准尉に給養掛下士官の吉住軍曹をつれて交渉にいかせたところ、船では各隊平等に配食しているが、概して現役兵の多い部隊は残飯がなく、召集兵の多い部隊は残飯が出ていることはわかっているが、そこまでは面倒は見切れないという。兵はかならず抜け道を見つける。調べると携帯口糧の乾麺麭《かんめんぽう》が大分食べられていた。携帯口糧は非常食で、勝手な使用はできない。さっそく中隊全員をあつめ携帯口糧の意義を説明して、軍律に違反した者は処罰せねばならないが、それでは万歳の声に送られてきたみなの面目にもかかわる、処罰はしばらくお預けとして、そのぶん戦場で埋め合わせよと引導を渡した。

警備は熟練した船員の対潜監視にくわえて、歩兵部隊から前後甲板と右舷、左舷の計四組の対潜監視哨を重複させ、その結果を船橋の船長に報告して、船長が砲兵に射撃を要求することにした。

船には船舶砲兵が六名配置され船長の指揮をうけていたが、今回は砲兵隊長の指揮下に入れられた。船舶砲兵は人員も少ないので従来と同様に船室で待機し、「対潜射撃用意」で配置につくようにした。

船載野砲は上甲板前部左舷に三八式野砲の砲架から上部を鉄の円筒上に溶接してあり、四周を撃てるようにできていた。船載山砲は旧式の三十一年式速射山砲で、後部上甲板に後方に向けてワイヤーでとめてあって、射向は若干しか変換できなかった。中隊の山砲は輸送船の備砲の死角をおぎなうように固定した。

勤務員はだんだん南にさがるにしたがって、船艙内の暑さをのがれて砲側にいたがり、常時配置についているのが実情だった。砲兵隊長は敵発見でただちに船橋で指揮する必要があるので、私と指揮小隊長の谷山中尉と交代で船橋に勤務した。

貿易風にあおられるようになると、大海のなか我が行動も自由だが敵もまた同じ。発見した敵潜水艦の情報が随時無線で通報されるので、真剣に監視をつづけた。船団との接触の危険が予想されると、監視の目もふやし砲側も弾丸込めの準備をした。戦砲隊長はいかにと見ると、これまた今までゲーゲーあげていたのが嘘のように、毅然としているのにはさすがと驚かさざるを得なかった。あとで、船酔いの妙薬は敵襲だと笑い話になった。

緊張した航海をつづけて一週間目、ついに昭南丸はぼろ船の本領を発揮した。というのは、これまで昭南丸は船足が遅いので船団にくわわったことがなかったのを、今回は船の数が不足したので加えられたが、全速力で七日間走りつづけたのはこの船にとって、しょせん無理だった。昼近く機関長が船橋にきて、

「蒸気パイプに亀裂が入って、蒸気圧を維持するのが困難になった。圧力を弱めて亀裂をセメントでふさぐので、速力をゆるめる許可を得たい」

と船長に事情説明をした。船長はただちに許可して、船団指揮官にその旨を報告。そして、後続船に「我、船列をはなれる」の信号を掲げながら右にはなれ、後続船は船足をはやめて船列をととのえた。しばらくして船団指揮官から「駆潜艇に護衛させる」旨の電報をうけと

った。

駆潜艇は昭南丸のまわりをぐるぐる廻りながら警戒を続けてくれた。しかし、いままでは多数の目が見張っていたが、いまや独航船にひとしい。

刻々時は経過して、船団の影は遥か西南の水平線に消えた。昭南丸はボイラーの圧力を減らしたので時速は三ノット以下に落ちていた。船団指揮官からは「いまから真南に向かい独航せよ」と無線により命令が伝えられた。そして船の周囲をまわって警戒してくれていた駆潜艇も、「我船団に追及す、健闘を祈る」の信号を掲げて、みるみる船から遠ざかっていった。

船の速度がおちると船の動揺は激しくなり、スクリューが海面をとび出して無気味にガラガラ音をたてる。そのうえ、船艙のタンクの水も半分を割り、錆びて穴のあいた真ん中の仕切りをひと呼吸おいて行ったり来たり、揺れはますます激しくなる。船橋にいるといまにも倒れそうになるので嫌な顔をしていると、船長が「今が傾《かし》ぐ最大限ですから、ご心配なく」と慰めてくれたが、あまり気持ちの好いものではなかった。そして日暮れには、ひときわ高くガタンと音がしてスクリューの音が消えてしまった。

「機関長が倒れた」と伝声管から報告が伝わってくる。

船長は現場を確認するため機関室にむかう。船橋には一等航海士と私が残り、航海士は漂流をはじめた船を波に正対させて動揺を最小限にするよう努力していたが、なにせ季節風の最中で、船はタライ船よろしくの揺れ方だった。奥原、馬場の両少尉はゲーゲーと嘔吐《おうと》のしどおしで、すでに腹の中は空っぽ、哀れというほかなかった。

過労の機関長は栄養剤を注射してしばらく休ませるように指示し、間もなく船長が船橋にもどってきた。

夜の九時過ぎ、「数日前にハワイを出た敵潜水艦が進路上にあらわれる可能性があるので、十分注意するように」との警告が無線で連絡された。敵潜水艦のねらいが船団とすれば、迷《まい》子《ご》になった独航船など目もくれぬかも知れないが、広い海といっても船団をはなれて約十時間。その間隔は一時間に三〜五カイリずつ開いたとしても三十カイリ余で、どちらが先に見つかっても不思議はない。見張りをさらにふやした。輸送指揮官も船橋にこられて緊張した時間がつづいた。

夜中の二時ころ「直ったぞ！」という声が伝声管から聞こえたと思うと、ガッターン・ゴットーンとピストンの動く響きが伝わってきて、船橋に歓声があがった。

一等航海士が舵輪をにぎり、それまで風上にたてていた船首を真南に向けた。機関長が船橋にのぼってきて船長に心配かけたことを謝ると、船長は機関長の手をかたく握りしめ、目にいっぱい涙をためて無言だった。

船長は機関長が疲労しているのでただちに休養を命じ、輸送指揮官と今後の進路について協議した。船長の意見では「進路について問い合わせると、傍受されるばかりでなく発信する船の位置を敵に知られるので避けたい。船の水は貯水量の半分をきっているので、一週間以内に給水を必要とする。命令は真南に進路をとれとあるが、その通り行くとパラオにつく。

真南に進路をとろうと思う」という。もっともな意見で異議なし。

さて、船の修理もできて一応順調な船足にもどったとはいうものの、セメントで蒸気管の穴をふさいだだけで、佐伯湾出港時の七ノットの船速はとても出せず、五ノットがせいぜいではなかったろうか。それでも機関が動いて一定の速度ですすむので、刻一刻と目標に近づく。あれだけ荒れた貿易風も、北回帰線を通りすぎるころからピタリと止んで、いままでの荒波が嘘のよう。地獄から極楽へきたような激しい変化で、潜水艦の襲撃などなかったらさぞ楽しい船旅になったろう。

一月二十一日には「パラオに入港せよ」との命令を受領した。もちろん船では毎日六分儀で天体観測をして、自己の位置を承知していた。明日はパラオ港に入ることができるし、船団にも復帰できると希望をふくらませ、警戒をより厳しくして、二十二日の朝を迎えた。

午前五時すぎ、視界がだんだんひろがって、西南南の方向、水平線に煙らしい一塊を発見した。すわ！　敵と注視するうちに、砲艦を先頭にして駆潜艇に末尾を護衛された我が船団だった。やれ嬉しやと右側末尾の船列にくわわった。駆潜艇は船のまわりを廻って無事を喜んでくれる。

八時ころ、海軍の雷撃機二機が船団を低空で追い越して、いよいよパラオの制空権内に入ったと安堵の感を強くした。

パラオ港の入口は水平線にならぶ島の間にV字型に天空にすかして見え、あと一息と安心して朝食をとろうとすると、後方から突然、駆潜艇が汽笛を鳴らしながら真っ黒な煙を出して船の右側を追い越していった。

「あっ！　潜水艦警報だ」と気づき、急いで船橋を駆けあがると、背の低い船長はすでに窓枠にあぐらをかいて舳の水面を見下ろしていた。

「面舵一杯」

船長の声に航海士がキリキリと舵輪をまわす。辛うじてかわした敵魚雷、左舷五十メートルを泡をひきながら走り去った。一同、顔を見合わせ胸を撫でおろす。

「取舵一杯」

ふたたび船長の声と航海士の舵輪の音。右舷十五メートルを航跡を残して魚雷が走り去る。港の入口に海軍機から落とす爆雷の連続した破裂音と、立ちのぼる水柱、隊列を乱して我がちに港の入口をめざして走る船、船から発砲する砲声。瞬発信管は海面で破裂するので、潜水艦はその衝撃にいたたまれず浮上する。そのさいは軽砲でも撃沈可能とされていた。

船足が遅い昭南丸は、たちまち後方にとり残される。護衛艦の激しい爆雷攻撃で立ちのぼる水煙、一瞬に展開した修羅場だった。敵の潜水艦はつぎの魚雷を発射できないでいるらしく、雷跡は見つからない。船長はいままでの経験から、敵潜は水道の入り口両脇に二隻で待機していたと判断し、射距離千五百メートルと考えていた。両小隊長から射撃開始を意見具申してきたが、確認できぬ目標に無駄玉をあびせることもあるまいと許可しなかった。

二十分たらずの後、船は水道を静かに走っていた。狭い水道のなかを行くので船の速度も制限されていたが、敵の潜水艦は絶対に入れぬ水域である。安心して朝食をとった。

終わって甲板に出たときには、船はタグボートに押されて岸壁につくところだった。輸送指揮官の命令で上陸部署がなされ、原隊復帰を命じられた。中隊の揚陸はデリックをつかって火砲と船艙の機材をおろし、人員が装具をかついで下船すればよいので簡単に完了した。ただ、配置についていた火砲の後脚をはずして肩にかついだとき、砲手の足もとがふらついて手をはなした途端、後脚はスルリと海中に滑り落ちてしまった。まったくのうっかりミス。予備品があったのは幸いだった。

ともあれ、輸送船の船長や高級船員たちに世話になった礼をいい、お互いに武運の長久を祈り合って別れた。ぼろ船でいろいろの出来事があっただけに、忘れがたい思い出となった。

久しぶりに大隊長の蔭山常雄中佐（陸士三十五期）に原隊復帰を申告した。そのとき初めて、佐伯湾を出港したとき受領したガダルカナル上陸の命令は破棄されて、先遣隊に配属された第七中隊および聯隊本部、第三大隊主力はニューギニアのウエワクに上陸し、第一・第二大隊はパラオに上陸して待機、逐次ニューギニアに追及するように部署されたことを知らされた。

当面、大隊はコロール島アイライ村で、別命あるまで待機する。明日、コロール島に渡るために工兵が門橋を準備するから、午前十一時までにアルミズ水道に到着するようにと命令された。

そして明日までの各中隊の行動については、各中隊長の意図にまかされた。本部・第一中隊・第二中隊は揚陸した埠頭でそのまま露営して、明朝アルミズ水道に向かうという。

私は埠頭《ふとう》がコンクリートで舗装されていたので、日中は熱く夜は冷えて露営に適しないし、南洋特有のスコールにやられると水浸しになる。また、コンクリートでは天幕の支柱も打ち込めない。時間もまだ午後三時すぎだし、日暮れまでにはなんとか露営地を見つけられるだろうと出発した。

火砲三門・観測通信器材・弾薬箱・予備品を「チゲ」に負い、リヤカーを曳き、なんとか時速二キロで行進できた。二時間ほど行軍してアルミズ水道が見えるところまで行軍したが、予想に反して家は一軒も見当たらず、かといって稜線づたいに歩いてきた両側は傾斜地で、とても露営には適しなかった。

右手の高地に南洋神社を見つけたので、村瀬准尉に床下に寝かせてもらえるよう交渉を命じた。しばらくして村瀬准尉がもどってきて、神社との中間付近に南洋拓殖（株）の理事の社宅があり、管理人がいたので事情を話すと、理事はあいにく留守だがそのような事情なら、と快く舎営をひきうけてくれたとの報告。地獄で仏、ありがたく好意にあまえ、中隊全員、板の間ながら広々した部屋に装具を持ち込んでゆっくり休むことができた。

炊事、水浴、便所などはもちろん社宅のものを使えた。日暮れは激しいスコールに見舞われたが、我々は涼しい顔で眺めることができた。兵の口から「中隊はついている」の声を聞いた。

明くる一月二十三日は朝六時に起床して、ゆっくり準備をととのえ、渡河点には三十分前に到着した。

私が大隊長に昨夜からの情況を報告すると、「舎営とは思いもつかなかった」と喜ばれた。スコールで埠頭は水浸しになって、露営組はひどい目にあった様子だった。

渡河は一往復二十分くらいで順調にすすみ、中隊ごとにアイライ村に向かい、大隊本部・各中隊に分かれて露営した。ここで出動命令を待つことになったが、待機の期間は予想もできなかったし、昨夜のスコールの例もあり、とりあえずは天幕を利用したが、そのままではすむはずもなかった。

大隊長が村長に話をしたところ「戦場に向かう大切な兵隊さんが身体をいためては可哀想だ」と、家をつくる材料を村有林からとることを許可されたので、さっそく翌日から五日ほどで、屋根はニッパ椰子の葉でふいて、床は丸太を渡した雨露をしのげる掘っ立て小屋をつくりあげた。

このさい問題になったのは、木工具の装備が非常に貧弱だったことだった。兵器として大小の斧《おの》はあるが、重いので能率があがらない。これは後の研究課題になった。しかし取りあえず風通しのよい、床の高い、雨に濡れないですむ丸太小屋に住めるようになったのは嬉しかった。

パラオ駐留の日々

一応落ちついたところで、蔭山大隊長から訓練についての指針を示された。先々のことは予定できないので、まず一月を目標として中隊を錬成するように指示された。中隊としては正直なところ、やっと頭数をそろえてここまでやってきたというのが実状で、中隊長としていかにして秩序ある統率をし、なにを訓練していくかは今後の問題だった。

幸いだったのは、村瀬堯之准尉は事務処理に明るく給養炊事が得意だったので、曹長職と給養掛下士官の業務について指導させ得たこと。中村鉄雄軍曹は第六中隊の観測掛下士官をしており、私のしめす観測手育成の要点をつかんでいたこと。西村治軍曹は初年兵のとき、私が教えたこともあって気心も知れており、通信手教育にたいする私の要求を理解してくれたこと。岩永伍長は第六中隊の照準手として私の要求する精度を理解し、教える能力も充分だったことなどである。

砲兵の馭者《ぎょしゃ》は馬があれば大きな顔をしておれるが、そうでない現状では、味噌《みそ》カスで肩身も狭いし、いずれにしても中隊としては観測・通信・砲手のいずれかの技倆を会得して、活躍してほしいのだった。

そこで当面しばらくは、一週間のうち月曜から金曜までの午前中は、将校・下士官を中隊長自身で統裁して現職にもとづく職務の研究を、操典を基準に砂盤《さばん》（砂で作った模型）上で実施した。兵は兵長の指揮で特技の修練を実施し、午後は中隊訓練で、午前の砂盤で実施した事項を実地に訓練した。そして土曜は総合した野外訓練、日曜は休日として月末には二〜三日連続した野外訓練を計画した。

大隊長は各中隊の訓練の状況を見ておられて、ある夜、私を呼ばれて「第一・第二中隊は毎日、戦闘訓練に終始しているが、第三中隊は基本訓練に徹底している。いつ出動を命じられるかわからぬ緊張した時期だ。みな必死で考えての行動と思うが、いちおう注意を喚起しておく。いずれ、戦場で神の判定が下るのだ。悔いのないようにしてほしい」と言われた。

基本はすでに終わっているので、応用問題を数多くこなして臨機応変の行動がとれるようにせよ、という大隊長の助言だと感謝はしたが、支那事変帰還後の聯隊の教育訓練の欠陥は、典範令にもとづく研究が不十分で戦場における自己の経験を唯一の信条として訓練されてきたので、このままでは整斉とした部隊行動も、正確な射撃も望みえないと私は考えていた。

そこで兵の基本動作は私が教えた下士官兵を助教助手として訓練し、将校下士官は私が直接、典範令を説明しながらまず基本を教育しようと考えたのだった。

ともあれ、零下二十度の京城から摂氏三十度のパラオに短時日のうちに移動しての生活で、身体が気候風土になれるには、やはり若干の時日を要した。

まず暑さになれるまで、日中の行動はつつしまねばならなかったし、夜の寝冷えと寝不足も用心。暑さ負けも馬鹿にはできない。さいわいに湧水口を一つ見つけたので、飲料水と炊事用水には不自由しなかった。衛生については中隊ばかりでなく大隊本部の軍医の努力、また近くの集落の人びとにも関連あることを思い知らされた。

給養の問題だが、上陸当初、食糧は戦時定量をそのまま受領したと記憶している。米は六合以上あるので、相当の労働をしないかぎり残飯が出た。その残飯で干し米をつくり、輸送船の中で食べてしまった乾パンの代用とした。そのようにして量としては余るほどあるのだが、缶詰と乾燥野菜ではどうしても献立てが単調になり、食用油の支給もない。なにか変わったものがほしくなるのは当然だった。

私はきたるべき戦闘のことばかり考えて、気配りができなかったが、村瀬准尉が「こんなものを集落の人が幕舎をまわって売り歩いているが、これはキャッサバの澱粉《でんぷん》をとったカスに色粉と少々の砂糖をまぜて蒸したイカサマ菓子で、兵の健康をそこないかねない」と報告してきた。

パラオ地域は経済規模が小さい。滞在する部隊が勝手に物をもとめると、すぐインフレを起こして住民の生活を圧迫するので、軍命令で各個の調達は禁じられていた。しかし農家の畑でとれる果物は市場に影響もなく、生野菜のない食生活は無理と見ぬふりをしていた。買うのはバナナやパパイヤ・サワサップ・マンゴ・パイナップル・砂糖黍で、価格もパイナップルは缶詰工場が一個五銭で仕入れていたのが相場で、その他は思し召しだった。

しかし、このあやしげな菓子は衛生上問題があると思えたので、買うことを禁じ、売り歩いた家には村瀬准尉をやって「戦地に出動前の大切な身体なので、部隊でつくったもの以外、口にしないように注意しているので協力してほしい」と頼み込ませた。

ある朝、点呼のときに顔色の悪い兵を見つけ、当直下士官に診察につれて行くように命じたところ「森軍医の診察は死んでも受けたくない」と、どうしてもいうことを聞かない。明日は松谷軍医の診察日ですから松谷軍医の診察を受けさせます、との報告を受けた。

なぜ森軍医の診察をきらうのか気になったので、村瀬准尉に調べさせた。准尉の報告では、「森軍医は一中隊と二中隊はお茶菓子を出して俺を接待したのに、三中隊はお茶しかださなかった。あんな非礼な中隊長の部下など診《み》てやらん」と言われたという。

一・二中隊で出した茶菓子は加給品《かきゅうひん》で、第一中隊は各人一袋ずつの加給品を三人に二袋、第二中隊は各人一袋ずつの加給品を二人一袋、本部と第三中隊は交付された員数をそのまま各人に一袋支給していたので、第一・第二中隊ではだいぶ不平が出ていることがわかった。

隊員の出身地は師団管区内だから、他の中隊の状況は同級生や親戚がいるので、その者から聞けばよかった。私は村瀬准尉に「加給品の配分は従来の通り。隊員の楽しみの加給品は減らさないように」と命じ、接待用の菓子はべつに町から私がもとめさせた。

先日の患者（土師芳雄一等兵）は松谷軍医の診察でさっそく入院させられたが、手遅れで病死した。私は不始末を大隊長に報告したが、私の心情を察してかあえて追及されなかった。

さっそく馬場少尉以下二十名を派遣して、第一二三兵站病院から遺体を受け取り、茶毘《だび》の準備をさせた。村瀬准尉を馬場少尉に同行させたので、私が昼前に追及したときには遺体はいつでも受け取れる状態にあり、女学校近くの焼き場の使用許可もとり薪も運びこまれて、休憩所として女学校の校長官舎の一部を借用する承諾をえていた。

焼き場（当時の焼き場は民家から少しはなれた畑で燃やした跡があった）にいき、村瀬准尉が指図して薪を組み、火をつけた。火葬の経験のあるのは准尉一人となると大変で、なんとか翌明け方には灰にして骨壷におさめた。私も夜中まで立ち会ったが、遺体の頭が鉄板の間から転げ落ちたのをもとに戻すのには大分苦労した。

その日は作業した者を休ませ、住職にお経をあげてもらった後、遺骨と一晩名残《なご》りを惜しみ、つぎの日の朝帰隊した。お寺で遺骨の還送の手続きをしてくれた。

このことがあってから、中隊であやしげな菓子を買う者もなくなったらしく、村瀬准尉も二度と物売りの姿は見ないと報告してきた。しかし、中隊と森軍医との関係は最後までつづいた。さいわいに大隊の高級軍医の松谷軍医中尉は台北帝大を出てすぐに着任した人で、正義感もつよく兵の面倒もよくみてくれた。

森軍医は大阪で産婦人科の医院をひらき、博士号を持っていたのを軍医予備員として召集され、見習士官として遇されたことを面白く思っていなかったように感じられた。中隊の衛生兵が語るところによると、出された食事も不潔だといって煮直させてから食べるので、医務室勤務の者が困っているとのことだった。

さて、大隊長から出された二番目の課題は、「第五十一師団はラエをめざし海上輸送の途中、三月三日、敵の空襲をうけて船団全滅、兵器は海没、救出されたのは半数で戦力とはなりえなかった。我々はそういう場合、せめて兵器だけは持って揚がり、弾薬さえ補給されれば戦闘ができる態勢をととのえたい」というものだった。

予算はない。入手できる現地物資を利用してとの条件であった。

中隊の下士官以上で協議し、筏《いかだ》ならば我々でも作れる。材料もドラム缶・竹・木のいずれも入手可能。ドラム缶は船の燃料運搬につかったのが埠頭にたくさん積み上げてあった。竹は島のあちこちに生えており屋根や床の大切な建築材料であるが、話せば理解はえられた。木材は村有林の使用を村の了解をえてあるので心配はない。

銃撃をうけたときを考えて、木材が適当との意見がまとまった。

そこでその夜、菊岡良雄一等兵を私の部屋に呼んだ。菊岡一等兵は朝鮮総督府の林業技師として鴨緑江の森林伐採に従事していたので、その経験を聞きたいと思ったのである。

なお、パラオでは当初、滞在期間は短いものと思っていたので、宿営を戦地における訓練と考えて「野外教令」に示された勤務を課した。だから、小隊長は小隊幕舎の一隅に起居し、将校室は別になく、借り上げの中隊長室を会議室として使用していた。

三人の小隊長と准尉もあつまった。菊岡技師の話によると、鴨緑江は筏を組まず原木のまま河に流すので、新義州でひろいあげられる数量は流した半分にもならぬ。水面を流れてくる材木はきわめて少なく、潜ってくるのをひろうのが大部分だという。南洋には年輪のない堅木が多いので筏になる材があるかどうか、南洋庁の林産試験場で確かめるのが早道だという。やはり専門家は目のつけどころが違う。

翌日、私は菊岡一等兵をつれてコロール本島（駐留している島）にあった試験場をたずね、事情を説明して教えを請うと「試験林にバルサの木を植えてあるが、必要な資料も得られたので払い下げるつもりでいたが、事情が事情だけに進呈しますよ。現物を見てみませんか」と言ってくれた。

説明によると、バルサ以外に適当な筏材がないことがわかり、しかもここの試験林にしかないものを、上げましょうかと言われたのだからこんな嬉しいことはなかった。さっそくその場で払い下げの手続きをすませ、なおバルサの木の皮からはよい繊維がとれるので、縄をつくると役に立つのではなど、いろいろ教わった。

すぐに奥原少尉の指揮で伐採し、乾燥させ皮をはいで流れにつけ、晒《さら》して繊維にする準備をさせた。そして筏の作成担任として奥原少尉に命じて木材を管理させ、縄の作成担任として村瀬准尉に、晒している木の皮を管理させた。

筏は五月初め、各中隊戦砲一個分隊分を展示して大隊長の検閲をうけた。第一中隊は竹の筏を製作し、第二中隊はドラム缶の筏をつくった。第三中隊は予定どおり、バルサの木を十メートルほどに切断したもの三本を縄で縛着した筏に、砲一門一式と器具一式および弾薬十発、分隊長以下十一名を乗せた。いずれも海水に浮かべて実用に供しうると認められ、蔭山大隊長も満足されて、とくに講評はなかった。

中隊は十本のバルサを取得したが、十メートル取ったあとの半端で小さな筏をつくり、観測・通信・予備品を積むことにした。人員は当然、船に準備される救命胴着を使用することを考えていた。

ともあれ、中隊には特技馭者《ぎよしや》で優秀な兵も少なくなかった。山砲に改編されて馬があれば、馬の取り扱い技能者として活躍の場面も多かったはずだが、馬がいないのでは輜重《しちよう》特務兵（輜重の挽馬や駄馬の口取りをする兵で、丙種合格の者を充当した。日露戦争当時は輜重輸卒と呼ばれ、兵隊扱いされなかった）扱いされたくないという気持ちが強かった。

中隊としてバルサの繊維を得たので、筏ばかりでなく砲の臂力《ひりよく》搬送につかう縄もつくりたかった。縄は出征時に支給がまにあわず、軍隊の悪習である、いわゆる員数付け（盗むこと）をして間に合わせた中隊も少なくなかったが、中隊としては皇軍の名に恥ずかしい盗みはするなと指導していたので、縄は不足していた。さいわいに繊維を得たので早く縄をつくって必要な量を充足したかった。

訓練の段取りを考えると馭者をつかうのが適当と考えたので、村瀬准尉を呼んで意見をきくと、「馭者だけが励む仕事がなく雑用をさせられ、いらいらしているので、ぜひ仕事をあたえてほしい」との希望だった。

そこで製縄工場で働いていたという笠松・曾良・柿本の三人の兵長を呼んでたずねると、「繊維を手で縒《よ》って細引きをつくり、つぎに細引き三本を縒り合わせればできるが、その時の縒り具合が悪いと、まっすぐな縄ができない。そこが難しい」とのことだったので「中隊としては曳索がなければ困るし、せっかく手に入った繊維が宝の持ちぐされでは残念だ。二、三日考えて返事せい」と言って帰した。

すると三日目に、三人で絵を描いてきて私に要領を説明した。納得できた私は、村瀬准尉の監督下に七名一組の製縄組三組を編成し、組長は笠松・曾良・柿本の三兵長として、翌日から作業を開始するように命じた。製縄機も各組で一基ずつ使用できるように完成した。

初めてのことでやや騒がしかったが、八日間で作業を完了した。中隊は欠けていた曳索を充足しえたし、また皆が知恵と力を出しあっていけば問題を解決できるという雰囲気が醸成されたように思えた。

また、筏の製作で林業試験場の支援をえられたことに味をしめた私は、聯隊本部と第三大隊がすでにニューギニアに上陸しており、我々も早晩追及しなければならぬ立場にあるにもかかわらず、地図も地誌もなく五里霧中。赤道直下の天候気象の特性もわかっていない状況なので、南洋庁にいけば何か参考になることを教えてくれる部署があるだろうと訪ねたところ、受付は「図書室でまず本を調べ、のち疑問を担当に質問されてはいかがですか」と助言してくれた。

図書室にいくと、貸し出しもできる、持ち帰って読んでもよいとのこと。さっそく図書目録を見せてもらい、濠州政府発行のニューギニア探険記の翻訳書四冊と、南洋に生息する魚の図鑑一冊と、栄養学の本一冊の計六冊を借用して帰隊した。

図鑑と栄養学の本は、今回の出動にあたり蔭山大隊長より「異国の土地で兵の健康を保つためには、国内と異なる気候風土に応じた健康管理と栄養の補給を考えなければ、戦わずして兵力の損耗をきたす」と注意されていたからだった。

図鑑で参考になったのは、食べられない魚はないが、地質に有毒物質をふくむときは毒魚となることが多いので、食用になるかいなかは原住民に聞くのが手っ取り早いということだった。栄養学については「軍陣衛生学」と大差はなかった。

探険記は、新たに版図に入ったニューギニアが一部の寄港地が知られている以外は未知の世界であるため、濠州政府が探検隊を組織して調査した記録で、時期は大正末期、場所はウエワク～ブーツ付近。第一回の探検隊は一ヵ月で隊員全員が倒れて探険活動を中止。第二回は翌年隊員を倍加し、とくに装備は伐採用具とマラリアの薬を準備して、三ヵ月の探険行動を完遂した。

地図は地名がなく、水流が記入されているだけで利用価値がなかった。ただ、伐採用具の必要性とマラリア対策についてはくどいほど書かれて、これから彼の地に乗り込もうとする我々にとって非常に役立った。

探険記などを読んで学んだことの第一は、マラリアにならないための方法で、不節制をしない、風邪をひかない、水浴をしない、雨に濡れない、ことが大切だという。瘴癘《しょうれい》の地といえども健康によく注意すれば、生きていけるのだと痛感された。

第二は、身体を冷やさぬことが大切ということである。第二回の探検隊が成功した理由は宿営にあたって、小屋の床を上げて寝る。身体を直接地面に接しないようにしたことである。敷物を利用すればなおよい。天幕を立てるかわりにジャングルの木やシダの葉とかツルを利用すると、簡単に床のある小屋をつくることができた。造ってみると、時間も炊事をしている間に簡単に出来あがった。

第三に、マラリアの特効薬はキニーネだけだと我々は思っていたが、大隊付軍医の松谷中尉に聞くと、キニーネは予防薬で、ニューギニアに渡れば毎日一錠飲ませる予定。三錠飲ませれば理想的だがという。マラリアの特効薬としては、別に新薬があるから安心してよいということだった。

第四は、サゴ椰子である。私は椰子の木というと大きな実のなるココ椰子しか知らなかったが、色々な種類があって特に注意すべきはサゴ椰子で、記録によれば探検隊の入った地域の土民は五人家族で一本のサゴ椰子から採取した澱粉で三ヵ月間生活するという。これは主食の現地調達の可能性があるということを意味する。

これら図書室の本から得た知識は、ニューギニアに渡ってから非常に役に立った。当時の南洋庁のお役人の親切には、いまでも頭がさがる思いがする。

二人の戦砲隊小隊長

昭和十八年も三月になって、大隊長から「毎日、同じような訓練の繰り返しでは、飽きが来るのではないかと心配している。大隊長としては各中隊の練度も承知したいので、分隊戦闘訓練の検閲をしたい」と相談があった。各中隊異議なく、期日は四月の上旬、受検する分隊の名簿を提出するように命じられた。

当時、中隊は編成以来三ヵ月、落ち着いてからの訓練は一ヵ月で、やっと個人の性格・能力も大分わかってきたところ。戦砲分隊も思いきって、第三分隊長を吉住弥惣次軍曹から古賀正十士候補生にかえ、新人の養成をはかった。吉住軍曹は奈良県名張市の商店主だったのが召集され、貫禄もあり頭もきれるので中隊の給養掛下士官として活用したいと考えた。

また、高橋敏郎軍曹は馭者《ぎょしゃ》出身のため観測・通信・戦砲隊などの特技は得手でなかった。将来多忙を予想される書記業務に熟練させるため、いまから村瀬准尉の助手をやらせたかった。そして戦砲分隊長要員としては古賀および砥板重好の二人の乙種幹部候補生が考えられ、まず「士官適」とされた古賀候補生を第三分隊長に指名した。

ここで問題は、なぜいちばん若い人を使わねばならなかったかということである。召集の下士官で統率力のすぐれた者もいたが、私は同じ教えるのであれば、理解力のある責任観念旺盛な若い人のほうが飲み込みが早いと考えた。

そのため第三分隊の一番砲手（閉鎖機の開閉と弾丸を発射する拉縄《りゅうじょう》すなわち引き鉄をひく）と三番砲手（弾丸を装填する）を召集者の熟練者と交代させた。一番砲手と三番砲手は他の砲手をリードして、照準手の操作を容易にしてやり、正確な射撃ができるように気配りしなければならないので、古参の兵長または上等兵を充当したのである。

二番砲手は照準手で、現役と召集をとわず適任者九人を選抜し、照準の精度により甲乙丙に分けて各分隊に配置し、通常は精度甲の者、支障あるときは乙の者、さらに支障あるときは丙の者が照準手として勤務した。だから分隊の一番と三番砲手は、分隊長が分隊を指揮するときの片腕となる大切な人間だった。

そこまでお膳立てして、馬場與少尉に一ヵ月の特訓を命じた。

中隊としてさっそく受検分隊の名簿を大隊に提出した。すぐに大隊長から呼び出されて本部にいくと、心配されて「大丈夫か？」と聞かれたので、「最低の分隊の訓練をご覧に入れますので、他の分隊はそれ以上の練度にあるとお考えいただきたい」と返事すると、「それだけの覚悟ならば何も言うまい。中隊長の権限内だから」といわれて、辞去した。

四月上旬の当日、馬場少尉とともに検閲に立ち会った。検閲は大隊指揮班長の野中清彦中尉の指導ですすめられ、約一時間で終了した。演習は指導官の指導にしたがって真剣な演習になり、講評もおおむね良好と合格点をもらって、面目もたち安堵した。

その夜、蔭山大隊長のもとで中隊長会食がおこなわれた。野中中尉の話では、大隊長は今日の検閲の成績が期待した以上によかったので非常に喜んでおられたとのことだったが、話もはずんで賑やかにお開きになった。

帰途につこうとしたとき、大隊長に呼び止められて、

「おい貴様、人が悪いぞ！　いままで一言も中隊にはこういう優秀な分隊長がいるとは言わなかったな。今日の検閲の成績は古賀が一番だった。十六年兵の乙種幹部候補生であれだけ指揮掌握ができて、テキパキと任務を処理できる頭の良さは珍しい。

また部下も分隊長が年下なのに、その分隊長を助けてやろうという気分が一杯で積極的に動いていた。とくに一番と三番をつとめていた兵は古参の召集兵と見たが、気配り充分で分隊長の意図を実行するようにつとめていたのは見事だった。

あの分隊は戦場で役に立つぞ、これからもよく面倒を見てやれ。今日の成績は古参分隊長の自信をなくさぬように、古参順で成績をつけたので了解してくれ」

と言われた。私は大隊長の温情に礼を述べて辞去した。

このように古賀分隊が検閲でよい成績を上げたが、これはまったく馬場少尉の熱心な指導のたまものだった。しかし、検閲のために馬場少尉を一ヵ月ほど第三分隊の訓練に専念させたが、通常は戦砲隊（射撃に任ずる小隊）として奥原、馬場の両小隊長が課目を分担して、訓練していた。また中隊として動くときは戦砲隊としてまとめることが多く、その場合、戦砲隊の正・副隊長という関係だった。その二人が天の配剤か仲がよかったので、中隊長としては大変助かった。

奥原光治少尉は父親が土建業で、その手伝いとして現場の指揮もたびたびとらされたようで、気性は激しかったが正義感が強く指揮も的確だったし、さらりとした性格だった。馬場與少尉は昔ながらの商店の跡取りで、大事に育てられたらしく、誠実で人情に厚かった。

兵の言うことを陰で聞いていると、「奥原少尉は言うことが筋が通って曲がったことが嫌い、反対できないから言う通りにしなければ仕様がない。馬場少尉は若いが人情味があって、我々の気持ちをくみとってくれる。あの人のためなら喜んで死ねる」と言っていた。二人の将校の性格をよく言いあらわしていると思った。

さて、赤道直下の体験は初めてで、酷寒零下二十度の朝鮮から炎暑三十三度の熱帯地にきて体調がくずれるのではと心配したが、日本の夏のじりじりと照りつけられて汗のにじみ出るなかを行動した思いにくらべれば、なんとか我慢できた。

それなら空気が乾燥しているかといえば否で、数日おきに配給される煙草《たばこ》は「たこ」の葉でつくった入れものの中に保管しないと、翌日には湿って煙草の巻紙にヤニの斑点が出る始末。これにびっくりして各人に分配していた乾麺麭《かんめんぽう》（乾パン）を検査してみると、なんと青《あお》黴《かび》がはえて食料としては使用できない。

携帯口糧は米二日分の一升二合と乾パン二日分の六袋、計四日分だったが、米は毎日消費する分で更新を計画したので問題なく、船内で盗み食いした乾パンは毎日の残飯で糒《ほしいい》をつくらせ代替させていたが、すっかり計画がはずれてしまった。

そこで腹をきめて乾パンの青黴について、現況を大隊長に報告した。大隊長は他の中隊もおなじ状況であることを確認して兵站《へいたん》と交渉し、乾パンは全部ブリキ缶に入ったまま受け取ることにした。これで頭の痛かったことが一つ解決した。

また熱帯といっても、太平洋の小島で土地は痩せており、かつかつ食べられる程度。大部隊が上陸すると少なからず民需を圧迫する。勝手な買物は禁止されていた。しかし、待機中の部隊としては訓練にはげむのは理の当然だが、食糧は内地からはこんだ米・味噌・醤油・缶詰の魚肉・乾燥野菜の毎日では飽きがくるのも自然だった。

のちに当地にあった鰹節《かつおぶし》工場が内地に製品を送る便船《びんせん》が不足したため、軍が生カツオを調達して各部隊にくばったが、食物に変化ができて喜ばれた。

種油は、当時シンガポールの捕虜がきており、食事に油をたくさん使う彼らに支給するため、日本軍のほうは我慢させられた。それでも何とか天ぷらを食べたいという兵たちのため、現地産の椰子油を交付されたが、最初はなれぬ油に下痢をした者もいた。しかし、将来ニューギニアに上陸したのちはこれに頼るほかなしと、極力なれることにつとめた。これは他日、自家製油の製造方法を会得していろいろ利用する端緒になった。

パラオの名物として土地の人から教えられたのは、椰子蟹《やしがに》と子鰯《こいわし》と小海老《こえび》だった。椰子蟹は闇夜（産卵期）のものが身が充実して好いと話は聞いたが、ついにお目にかかることはなかった。鰯は付近の海が産卵場で、珊瑚礁には子鰯が群れていた。これを獲《と》ってきて天ぷらにして食うのは確かにうまかった。

小海老は十センチくらい。マングローブの生えている水路に生息する。一メートル幅の竹筏をつくってその上に十センチほど泥をのせ、餌をばらまいて水路に沈めて、頃合いを見て引き上げると泥の上でバタバタしている。餌は残飯で充分だった。

果物は珍しい物がたくさんあった。パイナップルは缶詰工場もあり、一個五銭で手に入った。内地ではなかなか食べられなかったので、みな喜んで食べた。バナナ・パパイヤ・サワサップなどは珍しく、また美味であった。自家用に栽培していた果物でたくさんはなかったが、慰問品としてけっこう口に入る機会があった。兵舎も村のはずれに掘っ立て小屋をつくって住んでいるので、民家の人が隣りの家を訪ねるようにして慰問してくれていた。

甘いものに目のない馬場少尉は、バナナを腹一杯食べては便をつまらせ、下剤がわりにパイナップルを食べて、その繊維の効果で下すという無茶をして「これぱっかりは甘い物好きの私としては止められません」と笑っていた。南洋ならではの出来事だった。

酒は島では砂糖黍《さとうきび》からとったウイスキーと、椰子蜜からつくった椰子酒があった。椰子蜜は椰子の花に送る樹液を途中でとるから木を弱らせる。子供や病人のため必要とされる以外は、あまりやらないようだった。

ウイスキーは砂糖黍からしぼった樹液を五日ほど醗酵させると、強いウイスキーになった。月に一回は入手して楽しむことができた。

パラオに来て、デング熱という風土病も知った。対策はなにもなく、ただ静かに休養して熱の下がるのを待つだけ。上陸して一週間ほどたって患者が出はじめたのでマラリアかと慌てたが、軍医の説明で納得した。

一週間に二度、熱の山があり、その間の身体のだるさは格別で、食欲もなくなり嫌な思いをさせられたが、軍医の言うとおり死者は出ず、三月までには、みなひと通り体験した。いちど経験すれば免疫になるということで、結果としては予防接種をしたようなもの。ニューギニアにもある病気だった。

榴弾一〇〇発を使用して実弾射撃

三月半ばごろだったと思うが、中央から派遣されて前線を視察し、帰還途中の参謀から、前線の様子を聞く機会があった。中隊長以上あつまれとの命令で、付近に駐留中の各部隊から会場の大隊長宿舎にあつまった。

師団のパラオ残留部隊は、このアイライ村の先任である我が蔭山常雄第一大隊長が、露営司令官として統制していた。話はガダルカナル島の戦訓ということであったが、非常に苦戦をしたと強調されたにかかわらず、目新しい話は出なかった。

ただ一つ、敵の三分間の集中射で一個大隊が全滅したという話が気になった。

一般の野戦で戦う砲兵中隊は、三分間に一ヘクタール（百メートル四方）に有効弾子破片密度1（一メートル四方に人を殺傷できる破片が一個以上飛散する）にする能力をもっていた。大隊が集中射を実施するときには通常二ヘクタールに対し、二個中隊を並列し残りの一個中隊を二百メートル正面に射向をひらいて重ね、破片密度を濃くするように射撃する。

ゆえに理論上は一平方メートル有効破片密度は1・5となり、歩兵一個大隊がジャングル内で見えないだろうと油断して密集隊形で休憩していようものなら、たちまち敵砲兵の餌食にされるのは必然で、歩兵部隊の迂闊さをとがめるべきだと考えられた。

一平方メートルに有効弾子破片一個でほぼ一人は死ぬであろうし、三分間すぎるころには隠れる者は隠れてしまうので、それ以上の射撃継続は無駄だった。若干の時間をおいて射撃を復行することはあるが、効果は半減すると考えられる。また数ヘクタールの広い地域の制圧を企図するのであれば、数個大隊の射向を向ければよいので、特別の時間は必要ない。

それで大隊長に、「あの参謀、ちょっと頭が変じゃありませんか？　何も掩護物のない部隊が三分間の集中射をうければ全滅するのは当然でしょう」と、こっそり告げると、「お前、言葉が過ぎるぞ」とたしなめられた。

話が終わって大隊長のもとに中隊長があつまって茶飲み話になったときに、「大畠、先刻から貴様の言ったことを考えていたのだが、やはり貴様の言うほうが正しい。しかし、お互いジャングル内の射撃効果については体験がないからなあ。何とかして一度、実験射撃をして戦地にのぞみたいな。貴様やってみるか？」と言われたので、私は「喜んで」と返事をした。

その後、五月末になって大隊長の希望がかない、一〇〇発の榴弾の使用が許可された。大隊長は実験射撃の内容を次のように決定された。

一、実弾に慣れるための試射　第一第二中隊各二十発（第三中隊十発）　計　五十発

二、弾着点への接近　第二中隊の試射とあわせて本部実施

三、三分間の集中射撃　第三中隊五十発

計　五十発

合計百発

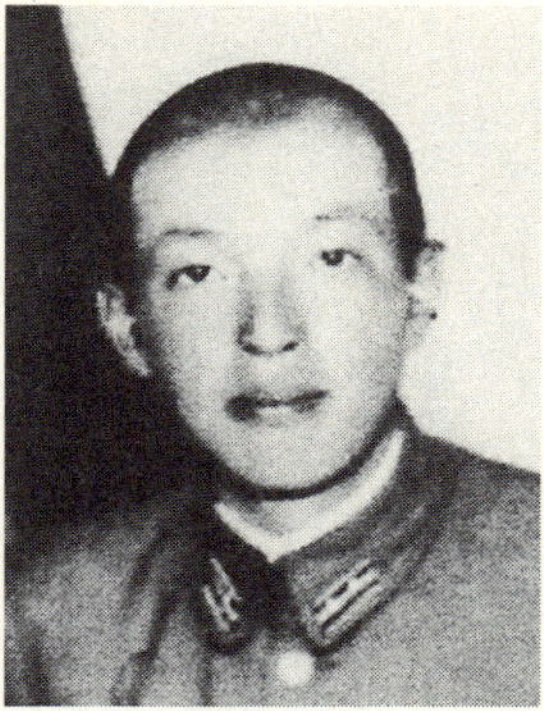

著者・大畠正彦中尉（陸士52期）

まず、実弾に慣れるための試射は、各中隊ごとに中隊長の統裁で、所属中隊の小隊長が射撃指揮官と

なって実行された。射場は村有林を村人の好意で利用させてもらったもので、安全のため村人への連絡や警戒兵の配置など、事故の防止に充分な注意をはらい、一個中隊ずつ順次に射撃した。

我が第三中隊は奥原少尉の指揮で砲門射撃を予定したので、前日、奥原少尉をつれて数発の命中では壊れないように、目標の銃眼を堅固につくらせた。当日、大隊長を迎え演習を開始した。そして小隊長に目標を指示しようとすると、あれだけ堅固につくらせた銃眼がきれいに吹き飛んで、弾痕のみが残っていた。

とっさに私は離れたところにあった四角の板を目標の銃眼として指示した。見ておられた大隊長は、「何だ、目標を立てるのをさぼって!」と咎《とが》められた。その途端、「目標は立てました!」と奥原少尉が言い返した。私は急いで昨日の目標設置の状況を説明して、演習を再開し状況をすすめて終了した。

この演習で残念だったのは、目標を実際の銃眼のように構築して壊れる状況を確かめたかったのが出来なかったことと、奥原少尉が大隊長から反抗心が強いと誤解されて、誤解をとくのに半年以上かかったことだった。

なお、中隊の目標の銃眼を射撃したのは第一中隊で、自隊でつくった目標は簡単に壊れたので、がっちり出来た目標がかたわらにあったので射撃したと謝られたが、計画を目茶苦茶にされたことには変わりなかった。

第二の弾着点への接近は、大隊長が第二中隊の試射終了後、効力射を実施するさいに、観測所推進の状況を想定して目標に接近し検討されたが、目標前約三百メートルに近づいたときに破片が音をたてて飛来したので、前進を中止したとの話で、結論は「弾着点に近づくときは少なくとも三百メートルに接近したら鉄帽をかぶる必要がある」ということだった。

第三の三分間の集中射撃は、第三中隊が計画し、想定は「大隊の標定点に各中隊の試射を完了した大隊が、標定点付近のジャングルに敵の部隊が隠れているとの情報を得て、標定点より右二ヘクタールの地域に集中射を実施する」という設想《せつそう》（訓練のための想定）。敵はわが歩兵と似た編制、ジャングル内でやや開いた隊形をとっているという設想だった。

村有林を一杯につかって二千五百メートルの射程が限界で、方向も三〇ミリイ（一ミリイは円周の六千四百分の円弧の張る中心角）振っただけで思う存分の実験にはならなかったかも知れないが、「ガダルカナルで友軍がジャングル内で集結していて敵砲兵の三分間の集中射で全滅したのは事実ではあるが、我が軍でも実施を企図している戦術常識である」ということが、いちおう理解できた。

ところで、中隊に装備された木工具は、ノコギリは指揮小隊に刃渡り一尺一寸の両刃のもの。刃渡り一メートルの折り畳みノコギリが戦砲分隊と予備品車に各一。鉈《なた》・斧《おの》・大斧が指揮小隊と各分隊に二丁ずつ、装備されていたと記憶する。土工具は大型の十字・ツルハシ・円匙《えんぴ》が装備されて充分だった。

朝鮮で森林通過の演習をしたさい、装備品の斧・鉈の効率が悪く問題になっていたが、パラオにきて実際にジャングル通過を実行してみて、ますますその必要性を感じた。四月の初めにニューギニア戦場の経験から追加装備として蕃刀三、ノコギリ（刃一尺二寸くらいで柄が曲がっていて薪切りや余り太くない木を切るには最高）二を交付された。

さっそくいろいろの作業（筏・宿舎・軽易な橋梁作り、進路の伐開や宿営等）につかってみた結果、指揮小隊・各戦砲分隊・各段列《だんれつ》分隊にノコギリ（一尺丸太を切れるもの二丁・薪切りノコギリ三丁）と蛮刀五丁、そして目立てヤスリと砥石《といし》（本職大工に二年分として見積もらせた）を付けくわえて、大隊長に調達をお願いした。

大隊には演習費が月に二千円交付されていた。増賄料（カロリーを増すための費用）・加給食費（時間外勤務のカロリー補給、通常甘味品を出す）などは糧食費から支払われて、演習費は大半消費されずにいたのが現実だった。ただし演習費は法規上、消耗品以外は認められぬことになっていた。

大隊長はニヤリと笑われて「貴様、俺に法を犯せというのか」といわれたので、「はい、これがないと任務の達成がおぼつかないと考えます。法令違反の罪はあの世で受けますので、会計検査院にはご苦労でもあの世に出張をお願いしましょう」と答えると、

「ひどい奴だ、悪事を強要しおって！　俺はどの中隊もかわいいのだから全中隊に揃えてやりたいと思っているが、意見が出てこない。貴様が必要というのだから同数でよかろう。いつ出動するかわからぬから至急手配する」

と言われた。これは六月の初めには受領できた。そして、濠州の探険隊にならった宿営訓

練を戦闘訓練に連携させて実施し、ほぼ満足できる状態にあることを確認して、七月の出動を迎えることができた。

コロール島一周機動訓練

パラオにおける訓練も、典範で定められた分隊・小隊の基本動作は満足できる域に達したと考えていた。中隊の戦闘訓練と陣中勤務との連繋は、月末の二〜三日を使用しての訓練をと考えていたが、都合で演習を二日目の朝で終わらせてしまう計画なので、これでは問題点の発掘はむずかしいと感じていた。

ところが、六月になってぜひやりたいという意見も出るようになり、思い切って三泊四日の演習を計画した。これは結果として思わぬ体験を得ることになった。

まず第一に、リヤカーの効用についてである。

部隊は編成のときに馬匹《ばひつ》を除かれ、運搬のためにはリヤカーが交付されていた。このリヤカーで指揮小隊の観測・通信器材、戦砲隊の砲の後脚と器具箱・弾薬箱、段列《だんれつ》（輸送補給隊）の予備部品・工具・炊事用具・弾薬箱などをかろうじて運搬できた。

しかし、パラオにきて指揮小隊は演習に毎日リヤカーを使用し、破損したものは段列の予備で補充していたが、観測通信器材が重いため、車軸の屈曲部に方向変換のさいに亀裂を生じ、使いものにならなくなった。結果として段列のリヤカーは全滅で、今後どうするかが問題だった。今回の演習にはリヤカー全部を携行して、どのくらい壊れるか試すねらいもあった。

そこで中隊としては全力をもって行動すべく、段列は炊事班のみリヤカー二台、戦砲隊は編制そのまま、指揮小隊は通信線を規定の半分の十七巻にして、浮いたリヤカー二台を段列に提供する。

伐開用具を携行するが、各人の携行品は背負袋に入れた。段列の弾薬箱・非常用食糧（各人の携帯口糧）・防毒面などは除外して、下士官以下の四名を留守番に残して出発した。

演習の一日目は朝鮮人の村を通過して行軍二時間の山中、二日目は島中央の山の中、三日目は島西岸の清水村に宿泊、四日目に駐屯地に帰着の予定だった。

アイライ村のはずれまでは、一車線の自動車道で順調で進むことができた。しかし、それから先は駄馬道と聞かされていたので、陸地測量部のいうところの駄馬道と思っていたのが考え違いで、朝鮮の人たちのようにチゲに荷をつけて往来するには充分だろうが、車に荷をつんで引っ張るとなると、リヤカーの車軸の折れる事故が続出した。

二日目と三日目は全くの「けもの道」。後にニューギニアで経験するジャングルにくらべれば安易なものだったが、通路の啓開《けいかい》や軽易な橋架けなどに、新たに大隊から支給された木工具を活用した。四日目は約六キロの自動車道で、疲労はしていたが無事に帰営した。

四日間の演習で、またリヤカーの破損が急増し中隊の三分の二は使用不能となった。個人の荷物は洗面用具に毛のはえたくらい、糧食は毎日軽くなる。リヤカーの減った分を戦砲隊のリヤカーで補充し、戦砲隊の弾薬箱は砲車のうえに木を組んで積むなどして、なんとか行軍を完遂した。

結局、リヤカーは戦闘用としては邪魔にしかならぬとの結論になった。代わりは輜重車《しちょうしゃ》（弾薬食糧等の運搬用荷車）が必要で、弾薬を自力で搬送しない場合でも指揮小隊二両、戦砲隊と段列各分隊二両、計十二両を要すると結論した。

また、演習を通して知ったのは朝鮮人集落の存在である。

島の案内図に朝鮮集落とあるが、私には、はじめその意味がよくわからなかった。パラオには役人や商人は別にして、昔から住んでいた土地の人と、将来、南洋での発展を意図して基礎の農業を学んでいる内地人たちが朝日村と清水村を形成していた。ほかに、沖縄の人たちと南朝鮮から移住してきた人たちが集落をつくって、ひっそりと農業を営んでいた。

島を一周する計画をたてたときに、これが避けて通れない地点にあることを知った。とくに気にする必要もないと聞いていたので、素通りを予定した。南朝鮮には積極的な人が多く、暖かい南洋に新天地をもとめて来たのかと想像していた。駄馬道だが屈曲していて上り下りが多く、家は風通しよくつくられていたが朝鮮半島にあった集落そっくりで、服装も朝鮮そのまま。片言の日本語はなかなか通じない。

そこでさっそく志願兵が朝鮮語で話をして、彼らが我々を歓迎してくれていることがわかり、彼らも同族が出征してきていることを知って親近感を感じたようで、家の中からぞくぞく人が出てきて、藷《いも》（内地の八つ頭と同類か。人の頭くらいの大きさで味は八つ頭のようなねっとりした旨味があった）や西瓜を蛮刀で豪快に切って、食べろ食べろと勧めてくれる。すっかり御馳走になり、小一時間を過ごした。

まだ演習を開始したばかりなので村長に厚く礼を述べて去ったが、故郷を遠くはなれ、同じ民族が参加している軍隊にたいして親近感を感じての歓迎ではなかったろうか。

なお、わが第三中隊の百八十三人中、朝鮮からの志願者は十三人であった。

演習でえた第三の収穫は、野外の宿営動作についてである。

濠州の探険隊と異なり我々は戦闘任務をもっているので、任務との調和をいかにしてとるかが問題と考えた。蛮刀やノコギリも希望どおり装備されたので、宿舎の構築や炊事などは、手際よく申し分なかった。半数の人員で宿営動作をおおむね一時間で終了しえた。

毎日の訓練には山で木を切ることは許されてはいたが、それも島民の好意によるもの。生活のための山だから荒らさぬようにと大隊長に注意されていたので、ほとんど手をつけたことはなかったのであるが、今回はそれを実施してみた。結果としてジャングル内を何とか行動できる自信を得たが、そのためには会計検査院に罰金を課せられても悔いはないと思った。

忘れえぬ思い出の第四は、清水村での宿泊である。

演習三日目になると暑さのなかの慣れぬ行軍で、初めの勢いはいずこへやら、落伍者も出て収容班を編成せねばならなくなった。これはリヤカーが壊れたため、担送しなければならなくなったからである。

もうちょっとで村に着くところで、きれいな湧水を見つけたので小休止して、収容班の到着を待ち村に入ることにした。村に入って炊事の支度で迷惑をかけないようにと洗米や味噌汁の下拵えもすませ、一方、予想外に疲労しているので露営を予定していたが村の集会所を借りることができれば舎営したいと、村瀬准尉に給養掛下士官をつけて交渉のために先行させた。

軍隊が民間の施設を使用するときは、規則にしたがって使用料を支払う。また舎営といって民家に宿泊しときには、炊爨《すいさん》を依頼することもあったが、これらの費用はすべて支払われた。今回の場合は、大隊の演習費から支払われた。

収容班に収容されて清水村についたのは午後四時ごろだった。さっそく村長に村の集会所の使用をお願いした非礼を詫びて、了解をもとめた。ところが村長は逆に我々をねぎらってくれ、「この村は兵隊さんを家に泊めたことがない。集会所に泊まるのならぜひ各家庭に泊まってほしい」という。

村長のたっての申し出に、好意をありがたく頂戴することにした。地獄で仏にあったような気持ちだった。おかげで翌日は一同さわやかな顔をして、出発することができた。

宿泊した夜、村瀬准尉から休止時に洗米した米がむれて酸っぱくなっていたので、村の人が自家の米と交換して食べさせてくれたと報告してきた。出発前に村長に、心からの歓待にお礼を述べるとともに、少ない配給米まで我々のために提供してくれ、われわれの臭い飯を食うハメにしてしまった非礼を詫びた。

中隊は午前中に帰隊し演習の結果を大隊長に報告すると、「旨いことをしたな」と笑われた。

さて、パラオに上陸して五ヵ月ともなると、訓練について最も不安を持っていた我が第三中隊も、やっと自信が持てるようになった。そして演習の結果、つぎの二点を至急改善する必要があると考えられた。

・リヤカーは構造が華奢《きやしや》で使用に耐えない。至急、輜重車と交換を要する。

・装備品の弾薬箱は駄馬も駄鞍《だあん》もない現在、無用の長物。木箱入りのままが扱いやすい。

これは大隊長が軍兵站と交渉された結果、つぎの通り決定された。

一、リヤカーは出発時、兵站《へいたん》に返納する。

二、輜重車はニューギニア上陸後、兵站より交付される。

三、弾薬箱の返納についてはニューギニア上陸後、別命する。

これでパラオに上陸して訓練した体験にもとづく装備の改善の目途はついたが、未知のニューギニア戦場に応じた訓練は手つかずで、とくにジャングル内の測量と無線通信の信頼性については確信が持てなかった。

滞在が長くなると、生活が単調なだけに変化がほしくなるのは人情の常だ。四月初めころ、村長から慰問に島民の踊りを見せたいとの申し出があった。

村長の意図は、日本の委任統治になってからこの地方に伝わっている島民の踊りは風紀上問題があるとして南洋庁から禁止されていたが、台湾や朝鮮と異なり青年団の制度もない。

なにかで団体訓練をしないと、非常のさい中心として働いてくれる集団がないようでは困ると南洋庁の許可を得て、ようやくここまでになった踊りを皆さんに見て戴きたいということだった。

大隊長は村長の意図に共鳴されて大いに励まそうと、露営司令官として露営地にいる将校を大隊長の宿舎にあつめられた。村長のあつめた青年は約三十五名で、よく訓練されており色々の踊りを披露してくれた。

最後に風紀上の問題になった踊りを見せてもらった。あらすじは「彼氏が彼女にたいし乳房を見せろと迫るが、彼女は嫌がって逃げてまわる。あまりにしつこく迫るので遂に見せてしまうが、恐怖のあまり小便をもらして彼氏の顔にかけてしまった」という他愛ないものだった。彼氏役の大男と彼女役の小男の演技は諧謔《かいぎゃく》にとんで、見ている者を笑わせた。

見終わって、村長の企図する団体訓練のためにとった手段は立派に目的を果たしつつあるのを確認した。そして待機中の我々はもっと訓練を積まねばと、発破《はっぱ》をかけられた観があった。

六月末ころになり、村長から大隊長に「村の娘たちが踊りを披露して兵隊さんを慰問したいというので、機会をつくってもらえないか」との申し入れがあった。七月のはじめだったと思うが、村の広場で鑑賞することになった。

踊りはこの付近の島々に伝わるもので、やはり女の子たちの踊りは華やいだ雰囲気であった。最後は婿探しの余興で、若い娘が右手に雁来紅《はげいとう》のような綺麗な枝をもって、左腕で左の娘の腰をかかえて十五人が横に並び、左へ右へと軽く跳躍してあちこちに移動し、好きな男をその枝で指名し、承諾されれば列からぬけて指名した男と手をつないで同じ調子でゴールに入る競技なのだった。南洋美人にさそわれて逃げ出した兵が大分いたが、お笑いでけっこう気分転換できた。

前回の青年団の踊りにつづいて女子青年団の踊りを見せられて、「いざ、鎌倉」というときにそなえて統制ある行動をとりうるよう、中心となり得る若い者の教育を思いついた村長の慧眼《けいがん》に感心させられた。

第二章　戦場はニューギニア

ハンサ上陸と火砲の舟艇輸送

昭和十八年（一九四三）七月初め、パラオに駐留している部隊が急に騒がしくなった。さてはニューギニアに追及の日も近いなと感じられたが、七月十日、我が野砲兵二十六聯隊第一大隊にも乗船命令が下達された。

建築した宿舎はつぎにくる部隊のために残し、七月十六日朝、宿営地を出発してパラオ港埠頭《ふとう》にいたり乗船。今回は船足の速い新型の船なので、船団を組まず敵の目をかすめて航行する。慣れた船員が見張り、潜水艦にたいしては三十六計、逃げ切るつもりであった。

甲板には兵員はいっさい出さず、万一の場合にそなえて指揮小隊・戦砲隊の要員は上甲板に近い船室に位置した。観測・通信器材と砲は筏《いかだ》に縛着し、シートをかぶせて空中偵察には普通貨物としか見えぬようにした。運航は船長に一任、いちおう制海権は我が海軍がにぎっていたので、船長が海軍から直接情報をうけとって航行した。乗船部隊はほとんど後方部隊で、輸送指揮官はそれらの部隊の長の先任者某《ぼう》大尉（所属姓名失念）、人員は千名余りだったと記憶する。

この船は貨物を多く積んだので、積み卸《おろ》しの時間は前回の倍以上を要した。乗船部隊で大尉は二人だったので、船では上甲板の二等航海士の部屋をあけて輸送指揮官と私の二人を入れてくれた。輸送船は七千トンで船足も速く十五ノット以上を出すので、順調に走ればパラオに来たときより早くニューギニアに着くだろうとの予想だった。

ところが、私は乗船した日からデング熱で発熱。大隊長の指揮をはなれて輸送指揮官の指揮下に入り、乗船を完了して状況を報告しおわると、意識がもうろうとしてきた。伝令の箕浦章兵長があわてて衛生兵の安心院満兵長を呼んできた。兵長は「デング熱に間違いありません」、絶対安静にしてほしいという。

輸送指揮官もかたわらにきて「船長はベテランで、航海は護衛もつかない独航船、船長の宰領で目的地へ到着しなければならぬ。一切をまかせねば船長もやりにくい。あなたも輸送間に身体をなおし元気に上陸できるようにしたら」と忠告された。そこで指揮小隊長の谷山登中尉を呼び、私が熱のさがるまで中隊の指揮をとるように命じた。

その後はほとんど記憶がなく、船室の丸窓から南洋のきれいな穏やかな海をチラリと見た記憶がある。熱のさがるまで七日間、ほとんど水ばかり飲んで寝ていた。さて、歩くとなるとふらついて歩けない。上陸するまでに歩けるようにならねばと、上甲板の狭い廊下で歩行訓練をはじめた。

日のあたる上甲板は船外から望見され、兵員が見つかると軍隊輸送と見なされて襲撃される可能性があるので、出ることを禁止されていた。

たまたま船長と廊下で会うと声をかけられ、「筏《いかだ》をつくって乗船した部隊は初めてで、真剣さに感心しました。上陸後はどうするつもりですか」と訊《たず》ねられた。「あれは輸送中の事故にそなえたもので、その後の処置は考えていません。もし、船で利用する途があれば喜んでお譲りします」と返事をした。

双方の希望が一致して、私は筏を無駄にすてずにすんで嬉しかった。聞けば、船長もこの筏のようなものを非常用として準備したかったが得られず、思わぬ置き土産によろこんでいた。ハンサへの海上輸送は船長の宰領により、鬼にもつかまらず無事逃げおおせたという感じだった。

七月二十五日の午前一時、輸送船はハンサ沖（十頁地図参照）に投錨した。輸送の名人船長は敵潜水艦より速い船足を利用して独航し、目的地に到着したのである。錨をおろす音に目をさました私は、軍装をととのえて上甲板にあがり、各小隊が配当された大発に乗り移ったのを確認して、船長と輸送指揮官に別れをつげて上陸した。

揚陸した火砲等はとりあえず、五百メートルほど埠頭からはなれた大隊の集結地にはこび、私は蔭山大隊長に揚陸完了を報告し、つぎの趣旨の命令をうけた。

一、作業員五十名を出して軍貨物の揚陸を支援する。

二、揚陸地は敵機の爆撃目標となる。すみやかに現在地をはなれて大隊の露営地に進入すること。位置は埠頭より東約十二キロの海岸に沿う椰子林で、細部は先発した副官に指示させる。

三、弾薬箱は現在地で返納する。

四、輜重車を現在地で受領する。

この命令にもとづき、中隊はつぎのように処置した。

・奥原少尉の指揮する五十名をもって軍貨物の揚陸を支援する。

・谷山中尉は下士官以下三名を指揮し宿営地設営のため大隊副官に連絡する。

・村瀬准尉は兵器掛下士官の溝軍曹以下三十名を指揮して弾薬箱を返納し輜重車を受領する。

夜が白々と明けるころには揚陸作業も終わり、村瀬堯之准尉の一隊も任務を終えて帰隊したので、大休止して朝食をすませた。我々が乗ってきた船の姿はすでになく、つぎに入った船が抜錨しはじめていた。

友軍の戦闘機一〇〇機（?）が我々の上陸を援護すると命令にあったが、その先ぶれか三機編隊の戦闘機三組が飛来し、揚陸地の上空に轟音をとどろかせて旋回しながら警戒してくれた。轟音は空いっぱいにひろがり、制空権は完全に我が手にありと思えるほどだった。なるべく早く揚陸地を去ろうと出発したとき、上空の激しい機銃音に見上げると、敵のロッキード二機が特徴のある双胴をひるがえして東へ逃走するのが見えた。今朝の揚陸は成功したと感じた。あとで聞いた話では、今回ほど順調な輸送は初めてだということだった。

さて、大休止を終えた中隊は当座の糧食（五日分だったと思う）を受け取って、大隊長の指定する宿営地に向かった。とにかく揚陸地点は敵爆撃機の好目標なので、用の済みしだい立ち去りたかった。

輜重車《しちようしや》（運搬用荷車）を受領したので、隊貨としては指揮小隊の観測・通信器材と戦砲隊の砲と器具箱、段列《だんれつ》の予備品、それに山地用の運搬器具としてのチゲと受領した糧食と個人装具である。とりあえず全部積みこんで、十二キロ東にある椰子林のなかの宿営地に異常なく到着、先行した谷山中尉の計画にしたがって、露営行動にうつった。

椰子林内はおおむね砂地で、湿気も少なかったので天幕を張って休むことにした。中隊に蚊帳《かや》のついた個人用天幕、十六枚張りの広さの事務所用天幕を支給されたので、珍しくまたこの地には合っていたので使用したが、他の機会にはあまり利用した記憶がない。パラオで訓練した現地物資による掘っ立て小屋の方が少人数で作業ができて、床があるので湿気の心配もなく、出入りしやすかった。

午前中に露営準備も完了。船旅と夜中からの揚陸作業の疲れも出たところで、海岸と道路の間が四百メートル、敵機にねらわれる心配も少ないと考えられたので、対空監視をのぞいて大休止させた。

午後、蔭山常雄第一大隊長のもとに、中隊長が召集された。船舶工兵司令部との打ち合わせでは、①今夜六時、マダン向けに大発三隻が出るので砲六門の便乗をひきうける、②残る三門は二週間後ウリンガンより三門の便乗を引き受ける、とのこと。結局、先任の若菜孟義大尉（第二中隊長）が遠慮して、第一・第三中隊の砲を先行させることが決まった。

マダンに留まるのは各中隊分隊長一、伝令一、各分隊照準手一とし、輸送中の責任者として中隊長に伝令一を随行させることになった。船の積み込みは午後五時なので、さっそく帰隊して手配した。中隊としては第二分隊長の田島正人伍長を長として各分隊は照準手一名とし、伝令は第二分隊から田島伍長を指名した。

大隊長の上陸後の行動はすばやかった。おかげで中隊としては、隊貨の大部をしめていた弾薬箱をへらし、輜重車を必要量入手して、重い火砲は舟艇によりマダンへ送られたことは、軽装でマダンまで歩けと言われたにひとしく感じられた。

ともあれ、輸送部隊は前送荷物の運搬に手一杯である。前線から帰る船は空船が多いが、前線に向かう船で空席はまれだ。それを素早く見つけての配船の獲得は貴重だった。第二中隊はウリンガンまで行程の半分ちかくを歩くわけだが、部隊としての負担の軽減はやはり大きかったと思う。

第一中隊長の川上正士中尉と、示された時間までに埠頭に待機し、べつべつの大発に積みこんだ。前線に追及する部隊の余積につんだので重量ぎりぎりで、射撃態勢をとる余裕はなかった。

船舶工兵の小隊長以下は「毎日の仕事で」と自信たっぷりで、「敵魚雷艇の動きは予想できるので心配ご無用」と言う。我々は俎板《まないた》の鯉で、手も足も出ない。

午後六時、船舶工兵の小隊長は事務所で最後の情報をたしかめ、舫《もや》い綱《づな》をといて出港を命じた。小隊長の艇を先頭に三角に艇隊を組み、みるみるうちに岸辺から二〜三千メートル離れ、進路を東にとって全速力で走った。聞けばこの時間帯は敵の魚雷艇が夜の出動のために準備中で、敵が少ないのと、視覚がきくので敵を発見しやすく、逃げるのに余裕ができるとの話だった。

なるほど、道によって賢しだと感心した。暗くなれば岸に近く運行して、すぐ隠れられるよう行動するのだそうだ。船の後ろにごつい釣り糸を流していたが、一メートル以上もある魚を釣り上げておかずができたと喜んでいた。陸を行動する我々には思いもつかぬことだった。

ハンサに上陸して以来ほとんど眠っていなかったので、いつしか眠りこんでしまい、艇を岸壁につける大声に目ざめた。岸壁といっても水面から二メートルほど出た石積みで長さ二十メートルくらい、大発動艇が三隻並んで接岸できる程度の小さなものだ。マングローブの繁茂した中を一本の水路がつきぬけている途中につくった岸壁という感じで、まだ夜明けには間のある午前四時。星明かりでは周囲の状況は、はっきりわからなかった。

とにかく早く火砲を揚陸して艇を秘匿地に隠さねばと、第一中隊と協力して砲を岸壁にあげて、舟艇隊にはご苦労を感謝して別れた。

マダンの聯隊の連絡所は、岸壁から一本道で約五百メートル、二股に道が分かれたところの二階建ての一軒家に置かれていると聞かされていたので、私は川上中尉と伝令をつれて先行した。連絡所はちょっとハイカラな洋館で、聯隊連絡掛将校の山田正四郎（陸士四十九期）大尉が所長としておられたので、ぶじ到着を報告して各中隊分隊長以下五名、火砲三門をお預けすると申告した。

夜明けまでに砲は連絡所の一階の車庫のようなところに収容され、分隊長以下の居室もあたえられた。私と川上中尉は朝食を山田大尉と共にして状況を説明され、夕方までとりあえず休養することにした。砲は分隊長以下五名で三往復して、夜が明ける前に格納を終わった。

連絡所長の昼の連絡で「海トラが午後八時、マダン埠頭を出港するので乗船するように」との命令を伝えられた。

海トラというのは、南洋方面の漁船は漁ができなくなったため、かわって軍の後方運搬をひきうけたもので、陸上のトラックのように活動し、義勇隊として将兵に愛されていた。

午後七時、夕食をすませて川上中尉と伝令と四人で埠頭にいくと、すでに海トラは接岸して出港を待つばかり。操舵室の前の二十畳ばかりの畳敷きの客室に案内され、船長に状況をきくと「敵は兵力の増強にはきわめて神経質で、前送する部隊が乗船したときはよく出てくるが、貨物のときはそれほどでもない、そして帰りの空船は見ても知らん顔をしている。油断はできないが、まず安心して乗っていて下さい」という。

午後八時半、静かに波止場を出発。しばらくはマングローブの間の水路を静かにすすんでいたが、急に機関の音が高くなるとともに波をきる音がはげしくなって、心地よい振動に眠り込んでしまった。翌日午前三時、ハンサ埠頭に上陸して、部隊に帰った。朝食後、川上中尉とともに大隊長に「ぶじ、砲をマダンに搬送し終わりました」と報告、第一段階をぶじに終了し喜んでいただいた。

私と川上中尉がマダンへの輸送をおえて帰ったので、さっそく行軍計画の作成のため中隊長会議が招集された。会議に出席したのは大隊長蔭山中佐、中隊長若菜・私・川上の三人、大隊指揮班長の野中清彦中尉、連絡掛将校の小林中尉の六名だった。

従来の行軍であれば、指揮班長が一人で起案できる問題だが、今回はつぎのような困難があった。
一、地図のない未知の地域なので、行進についての予測ができない。最初の目的地エリアまで約三百キロ。最近の追及部隊は二十日くらいで到達している様子だった。
二、輜重車を人力で曳くのだが、未経験で行軍能力が予測できない。一時間三キロで五時間行進。大休止一回、小休止三回、難路一回、合わせて休止三時間。計八時間ぐらいで一日行程をこなせないだろうか。
三、敵の航空攻撃は予想できない。ただ、飛行場の位置から編隊を組んで飛来するのは午前十時ころになり、夕方四時ころになるとスコールか、山に雲のかかることが多く、これを避けるためにそれ以前に引き揚げることが多い。
また、知り得た状況は次のようなものだった。

まず第一に、濠軍がポートモレスビー方向から、米軍がナッソウ湾方向から進撃。そして連合空軍は濠州とニューギニア基地から飛来して、我が軍を悩ませていた。

第二に、我が第十八軍は軍司令部をアレキシスに置き、第五十一師団がラエ及びサラモア付近において敵と交戦中。第二十師団がフィニステル山系の道路啓開中で、その一部はラム河谷に進出してベナベナ地区の敵と対峙中。第四十一師団がウエワク付近に集結中。

第三に、我が大隊は若干の欠員は生じたが戦力に影響はなく、運搬には輜重車の交付をうけたのでほぼ支障ない状態にあり、砲は第一・第三中隊はすでにマダンに搬送済み。第二中隊はウリンガンからマダンまで船舶輸送の予定で、途中、不測の事故がないかぎり予想どおり搬送できそうである。

以上のような状況では、綿密な計画など立てられるものでない。当時、糧秣交付所はおおむね七日から十日行程ごとに置かれていると考えられたので、十日から十四日分の糧食を受け取り、何でもかんでも歩き通さねばならぬと腹を決めた。そのための一日の行動をつぎのように予想した。

▽考慮事項

イ、敵の航空攻撃と午後のスコールを避けるため、極力午前中に行軍する。

ロ、雨天の際は中止する。

ハ、疲労を避けるため夜行軍は行なわない。

ニ、草原とか障害物を午前中に通過し得ないときは、行程を変更する。

▽決定した一日の行動基準

イ、〇四〇〇　起床　朝食　出発準備

ロ、〇五〇〇　宿営地出発
ハ、一一〇〇　行軍終了　宿営

この要領でまずウリンガンまで前進する。各部隊とも十日くらいで到着している。大隊としてもそのくらいで行進可能ではないかと考えた。

翌日、実際に行進してみると、起床してすぐの朝食は食欲が出ず残飯になり、これを携行すればつぎの小休止のときには臭くなって食べられず、昼食まで腹がすいて困ったので、行軍をつぎのように変更した。

▽改訂した一日の行動基準
イ、〇四〇〇　起床　出発準備
ロ、〇四三〇　宿営地出発
ハ、〇五二〇～〇六〇〇　大休止　朝食
ニ、一一〇〇　行軍終了　宿営

小休止・大休止・宿営なども、敵情・地形・天候・疲労の程度により、そのつど発令された。一見無計画ともとられそうな行軍ではあったが、探検隊的な行動とすればやむを得ないと思う。聯隊主力がマダンに前進したときは、中隊の行軍長径が四日にひらいたとの話もあり、そのような事態にならぬようにとの配慮だった。糧秣は二週間分を受領して準備を完了した。

ついでながら、ニューギニアにおける戦闘間、私が地図なるものを見たのは、歓喜嶺《かんきれい》の戦闘間、最後の守備隊長となられた矢野格治少佐が（昭和十九年一月）着任後、敵の斥候《せっこう》からぶんどった歓喜嶺付近の二万五千分の一地形図だけで、具体的に戦闘に利用する時間がなかった。結局、ニューギニア作戦間、地図なしで戦わざるを得なかったのが実情だった。濠軍戦史にも、戦闘間にあわてて地図を応急的に作製したが信用できなかったと記録されている。私も最近十万分の一地形図を得て濠軍戦史を読み、やっと戦闘の実情を納得することができた。

聯隊主力に追及せよ

当時、地図はなく目的地エリマまで約三百キロ、ウリンガンはおおむねその中間と考えられていた。

一日の行程は十キロ前後だろうと覚悟して出発した。ゆえに、聯隊主力に追及できるのは一ヵ月後と予想していた。中隊は輜重車を指揮小隊に三両、戦砲隊に三両、段列に四両を配当して荷物を積ませ、指揮小隊の器材の積みきれぬ分と、戦砲隊の荷物の若干を段列に応援させた。余分なものは極力減らした。個人のものは背負い袋一つで、余分には持っていなかった。

大隊長は各中隊の行動開始をじっと眺めておられたが、「各隊の前進状況を見ていると、貴様の中隊がいちばん軽快に動いている。思いきった荷物制限をやったな。それでも酒の一升瓶の二本や三本は持っているんだろうな」と私に言われたので、「昨夜、一本残らず飲んでしまいました」と返答すると、「若い者は思い切りがいいな、覚悟のほどよくわかった」と笑われた。

宿営地を出て五百メートルほど行ったところで、海岸方向の椰子林の中から「おーい」と呼ぶやつがいた。褌ひとつで白扇をつかいながら近づくのを見ると、野砲兵第二十六聯隊に一緒に赴任した同期生四人のうちの一人、川村南海男中尉だった。士官学校卒業と同時に、当時、不足していた対空部隊の増強のため平壌の高射部隊に転属になり、その後、羅南の高射部隊にうつって独立第四十二機関砲中隊長として出征、当地の防空任務についていたのだった。久しぶりの出会いだったが、お互いに任務中でもあり武運を祈り合って別れた。

初日の行軍は朝飯を喰ってからの出発で、寝ぼけマナコの朝飯は満足に食べたものが少なく、またいちど蓋をあけた飯盒は時間をおくと腐敗して喰えない。目的地到着まで、空腹を我慢して歩く結果となった。

それに懲りて第二日から、前述のとおり改めて順調な行進をつづけて三日目、中隊がワンゴ集落で宿営にうつっているとき、大隊本部から伝令がきて「中隊長に暇ができたら一緒に釣りに行かないか」との大隊長の誘いを伝えられた。私が本部に行くと大隊長が「他の中隊長は忙しいので来られんそうだ、貴様、釣りは上手か」といわれたので「曹長に冷やかされました」と答えると「貴様の腕は信用できないらしいな。舟の上で釣りをしながら一杯やろうと思ったが、二人だけならここで呑もうか」と、そこで呑むことになった。

蔭山大隊長は酒を酌みかわしながら、私にたいする遠慮のない注意を述べられた。

「昨年暮れ、編成改正のとき、だれもお前を中隊長として指名しなかった。俺も砲兵団司令部にいた貴様に数回会った記憶はあったが、いかなる人物か記憶に残っていなかったし、中隊長になってからは大隊も異なり、同じ駐屯地にいたこともないので、人柄は知らなかった。中隊長要員として名をつらねて誰もとらぬとすれば、先任の俺が面倒を見て一人前にしてやらねばならぬと思って指名したわけだ。

その後の広州の射撃演習は往復の行軍がいちばん問題と考えていたが、休止するたびに貴様は部隊の状況を報告にきていたので第三中隊の状況はよくわかったから、他の中隊も同様と考えてやかましく報告をもとめなかった。このとき俺は、貴様の積極的に俺の指揮下に入ろうとする態度を見て、指導すれば充分に大隊の戦力になると思った。

パラオでは貴様は基本教育をやるといって、俺の戦闘を前にした応用教育の実施には反対した。しかし、ニューギニアに来てからの各中隊の行動を見ていると、やはり貴様の主張した基本教育の実施が正しかったと断定できる。俺の考えは間違いだった。この件については俺は貴様に負けた。実際、貴様の中隊は貴様が命令を下すと、ついで小隊長、ついで分隊長とその責任に応じて命令なり注意なりをあたえて、全員が積極的に機敏に行動して活気にあふれている。

中隊長は心配なく部隊をはなれることができる。だから、今日も大隊長のもとへ来ることができたわけだ。貴様の中隊はいまや大隊の中でいちばん使える中隊となった。あとは俺が

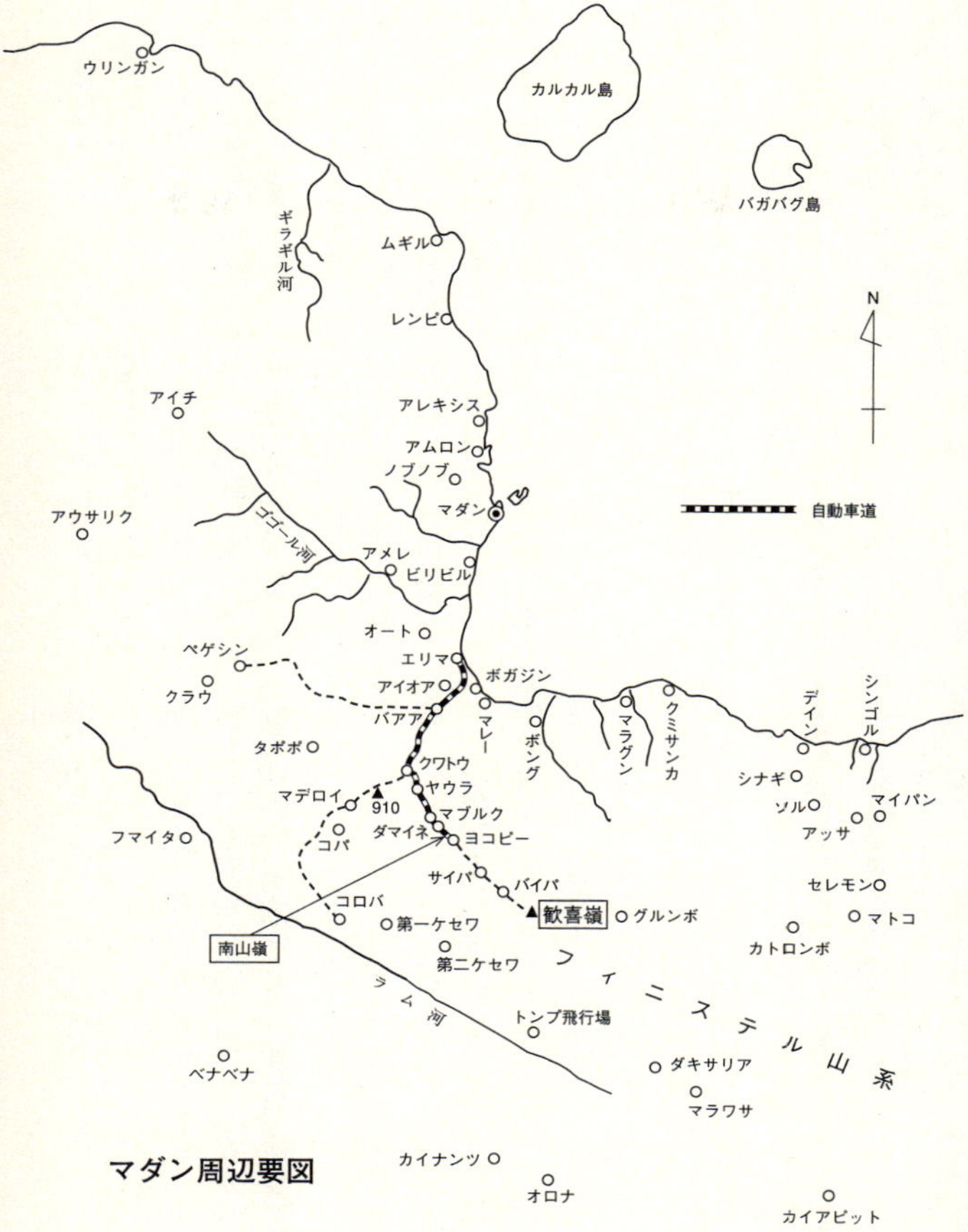
カルカル島
バガバグ島
ウリンガン
ギラギル河
ムギル
レンピ
N
アイチ
アレキシス
アムロン
ノブノブ
マダン
自動車道
アウサリク
ゴゴール河
アメレ
ビリビル
オート
ペゲシン
エリマ
ボガジン
クラウ
アイオア
バアア
マレー
ボング
マラグン
クミサンカ
デイン
シンゴル
タポポ
クワトウ
ヤウラ
マデロイ
910
マブルク
シナギ
ソル
マイパン
アッサ
フマイタ
コパ
ダマイネ
ヨコピー
サイパ
バイパ
セレモン
コロバ
歓喜嶺
グルンボ
マトコ
南山嶺
第一ケセワ
第二ケセワ
カトロンボ
フィニステル山系
ラム河
トンプ飛行場
ダキサリア
ベナベナ
マラワサ
カイナンツ
オロナ
カイアピット

マダン周辺要図

貴様の緒戦を、上手に慌《あわ》てないようにやらせれば立派な中隊の完成だ。期待している」

と言われて、楽しく呑んで辞去した。

ともあれ、ウリンガンまでの行軍は、第二中隊が砲を船舶工兵の大発に便乗を依頼してある。日時を間違え機会を逸したら部隊は苦労する。何としても間に合わせねばならなかった。

その点、気はせいたが、地図はなし、どこどこへ何キロとか、どこどこへ軽装で徒歩で何時間かかるとかの基準もなしで、某部隊はどこからどこまで何日かかって行進したが、先頭が目的地について後尾が目的地につくまで何日を要したとかいう話を参考にして、何日間で行けるだろうなどと予定したもので、自信はなかった。

中隊としては、行軍による損耗を絶無とし、かつできる限りすみやかに聯隊主力に追及するという大隊長の方針に従って、ひたすら行軍の効率を上げることに努力した。

ウリンガンまでの道路は、路幅は輜重車が交差できる程度。自動車は通常一列で使用していた。路面は砂地で少し土がまじり固くなったところが比較的多く、雨水溜りができていて、百メートル前後ジャングルを伐開して迂回したこともしばしばあった。車の荷物をぬらさぬため、卸下して渡った河が一度。草原も一ヵ所、五百メートルばかり。一両ずつ通過させて、ウリンガンには予定どおりに到着した。

その結果、休養日もとれて、つぎの躍進のための食糧の準備もととのえて出発することができた。最初の行軍が順調にできたので、つぎも何とか克服できそうな自信もついて、はりきって行軍の開始となった。

こんどは広い草原で、朝早く通過するために前日の行軍をその手前で打ち切ったり、川を渡るために工兵の支援が必要で渋滞させられたり、道路が沼になって遠く迂回を余儀なくされたりしたこともあった。

また湿地に杭を打ち込み、桁を乗せて板をしいて坂道になっていたところも多く、前段にくらべて苦労は多かったが意外に行進は早く、午後にはジャングルに隠れてアレキシスを通過した。

アレキシス、すなわち通称、猛頭山には第十八軍司令部があった。猛頭山に入る分岐点に近づいたとき小休止の指示が出、中隊長集合を命じられた。大隊長から「軍司令部が大隊の行進状況を視察のため路傍に出て来られたので、中隊ごとに部隊の敬礼をして通過するように」と命じられた。

第18軍司令官・安達二十三中将

それで服のシワをのばして略帽をかぶりなおし、中隊長は抜刀して行進を開始、軍司令官・安達二《は》十三《たぞう》中将（陸士二十二期）の前で「かしらあ右」の敬礼をして通り過ぎた。

つぎの小休止で追いつかれた大隊長から「ニューギニアに来て初めて部隊の敬礼をうけた。ハンサから一兵の落伍者も出さず、そろって当地を通過した部隊は初めてだ。ニューギニア随一の精鋭部隊と言ってよい」と軍司令部からほめられたと伝えられた。私は一人の落伍者もなく行軍できたのは、指揮官の計画と管理が的確であったからだと考えている。

こうしてアレキシスで面目をほどこした大隊は、意気揚々とマダンに到着し、聯隊の連絡所の付近の林のなかに露営した。ここで先行した戦砲班を各分隊に復帰させた。ここから先は敵の航空機が日中はたえず哨戒しているから夜行軍するように指導されたので、その準備を翌日中に完了し、夕刻の出発を待った。

さいわいにもその日はスコールもなかったので、敵機の飛ばなくなる午後四時すぎに出発。夕食は暗くなってからすませ、鰐《わに》がいるというゴゴール河の渡河は午後十時ころになった。初めて見る泳ぐ鰐は気持ちのよいものではなかった。

夜十二時ごろ、先発者の誘導でエリマの椰子林の宿営地についた。その夜はめずらしく天幕を張り、乾燥した砂地に横たわった。翌朝は目ざめると天幕をたたみ、遮蔽した位置に移動して仮眠、夕方の出発をまった。

午後五時、敵機の活動状況を見て発進、聯隊主力のいるクワトウに向かった。水無川を渡って山にかかると、鬱蒼としたジャングルはわずかに天空をのぞける程度に道路に覆いかぶさっていた。八月十二日だったろうか午後八時ころ、クワトウの聯隊本部に着いた。

当時の記憶がはっきりしないが、イオワロ河左岸のジャングルの道路にそって部隊が宿営しており、聯隊本部は道路の右側、イオワロ河支流にそってすこし登ったところに在ったように思う。大隊長は中隊長を従えて聯隊長に、到着して八ヵ月ぶりにその指揮下に入る申告と、これまでの状況報告をして辞去された。

ここから先はヤウラを越えるまで姿を隠す地域がないので、今晩は現在地に宿営して、明日の夜行軍で目的地まで行くことになった。暗い中をなんとか眠るところを作ることができた。

久方ぶりに聯隊の大半があつまったので、聯隊本部その他をまわり情報を聞いて歩いた。そして次のような情報を得た。

一、米軍はガダルカナルからソロモン群島を逐次、北上進攻中である。

二、濠軍はポートモレスビー・ラビ・ブナからワウを経てサラモア・ラエを、また空路、中央山脈であるビスマーク山脈のハーゲン山・ウィルヘルム山・ベナベナ・カイナンツ等に航空基地を設けて、マダンやウエワクを狙っている。

三、軍は第二十師団主力をフィンシュハーフェンに配置し、その一部でフィニステル山系を啓開《けいかい》し、敵に対抗しようとしていた。

四、聯隊は第三大隊主力を歩兵第八十聯隊に配属先遣し、聯隊主力は師団主力に随行する。第一大隊は第二十歩兵団に配属、フィニステル山系の啓開任務につく。

五、M少佐は発狂後送されて、第三大隊長職は北川正明（陸士四十八期）少佐が継承された。

六、陸士を卒業した第五十六期士官候補生十五名のうち三名が少尉に任官して（中熊義治・平岡初男・石橋達夫）聯隊に（空路）着任した。

以上、我々のたたされている立場が容易ならざることを自覚させられた。

ハンサを出発してからほぼ一ヵ月の行軍をふりかえってみると、パラオで訓練したのとまた異なった体験の毎日で、物珍しさに夢中で過ごしてきたが、昨昭和十七年十二月に新編された中隊が既設の中隊に伍して無事ここまでこられたことは、各人の職責の自覚と実行の結果と、私は部下への信頼を深めた。

パラオで検討したことは次のように実行され、その場で効果を確認したものもあったが、先の効果を期待したものもあった。

・木工具・蕃刀などはジャングルの啓開・宿営動作などに非常に役立った。
・宿営には簡単な小屋をつくり床を上げたためか、寝冷えを防ぐことができた。
・炊事は中隊の合同としたが、行軍中は朝いちど蓋をあけた飯盒は醗酵して昼には食えなくなるので、二人一組として二つの飯盒を二人で朝と昼とに食べ分けることにした。
・キニーネは、衛生兵に予防用として受領を命じ、朝、昼、夜、一錠ずつ飲ませることができた。行軍中マラリア患者の発生はなかった。

砲兵隊が道路建設を

クワトウに一泊したわが第一大隊は設営隊を早朝に出発させ、ヤウラ方面の宿営地を偵察、本隊は日の暮れるのを待って建制《けんせい》順に出発した。半年以上も聯隊長の指揮下をはなれていて、やっと聯隊に復帰と思ったとたん他部隊に配属され、寂しいという感が湧かなかったのはどうしてだろうか。いまでも運命の分かれ道だったたような気がする。

クワトウからしばらく進むとジャングルはほとんど消え、山の地肌が現われた荒涼とした風景の中を、一条の道が九十九《つづら》折りに山の上につづいて見えた。よくもここまで爆撃したものよ、そしてまた道路を造ったものよと感心させられるとともに、敵味方の戦意の激しさをさとらされた。

ヤウラまでは同じ調子の登りで、自動車は途中で少なくとも一回はエンジンの冷却水を取り換えねばオーバーヒートしてしまう。行程の半分のところに具合よく、ちょっと遮蔽した谷川が流れており、輜重兵聯隊の自動車隊はつねに利用していた。

月齢も満月をすぎたころで明るく、ヤウラの標高は七〇〇メートルを越えているので熱帯といえども気温もさがり、湿気の多い海岸ぞいの行軍にくらべれば格段に快適だった。ヤウラの集落は爆撃で吹きとび、言われてみればなるほどとわかる跡しか残っていないところを過ぎて、夜が白むころ宿営地についた。その日は部隊は休養することになった。

宿営地につくと、道路工事について計画担当者が説明をするので、小隊長以上は工兵隊司令部に集合するように命じられた。第四工兵隊司令部は宿営地より一キロほど北のヤウラ付近にあるので、朝食後に出かけた。

司令部につくとさすがに工兵で、バラックながら会議室もあり、粗末ながら手製の机と椅子が準備されていた。さっそく作業の内容と担当区域を示された。

会議が終わるころ突然、空襲警報が鳴り防空壕に案内された。工事専門の部隊の防空壕はがっちりしていて感心させられた。とどろく轟音に見上げると、ヤウラの高地すれすれに飛ぶ四発の大きさにいささか驚かされた。「一回目は目標確認で二回目に爆弾を落としますので、あわてないで下さい」という言葉に気持ちを落ちつかせて壕に入ったが、まもなく二回目の飛来で爆弾を落として去った。

壕はだいぶ振動はしたが異常はなかった。ただ入口近くにいた私は隙間から吹きこむ爆風で、舌に渋いものを味わった。これが初めてうけた爆弾の洗礼となった。会議は中断したが、説明はほぼ終わっていたので、残る質疑応答で終了、帰隊した。

わが大隊の道路工事の担任区域はクワトウをふくまず以南マブルクまでで、作業の難易を考慮して各中隊に区域を割り当てられた。

中隊の担任は宿営地の道路に出たところから北へクワトウの手前まで約三キロの間で、その間に橋梁もなく崖崩れで道路が埋まったり欠けたりの可能性があるが、敵の攻撃目標としては頻度の高い方ではなかった。

そこで中隊としては指揮小隊・第一小隊・第二小隊に段列《だんれつ》の一個分隊をくわえたものとで三個作業小隊を編成し、宿営地の出口から担任区域を三分して各小隊に担任させた。ただし宿営地から歩くと第一・第二両小隊の区域は往復に時間がかかるので、できれば分駐させたいと考えて偵察をした。

クワトウからの夜行軍はよく晴れた月夜だったから、見通しはよかったが銀色に光って細部を見ることができなかった。昼間、太陽の光でくわしく見ると、クワトウからヤウラまで山の北斜面はよくもここまで爆撃したものと感心させられるほどで、鬱蒼としていたであろうジャングルは跡形もなく、わずかに数ヵ所だけ虎刈りのようにジャングルの痕跡を残していた。

これではとても危険で部隊を宿営させるわけには行かぬと考えたとき、第二小隊長の馬場少尉が「危険が起こらぬように教育するから、ぜひ分宿させてくれ」と懇願するので、これも一つの訓練と許可した。翌朝早く分駐する小隊は出発して、敵の航空機の飛来するまでにはその残ったジャングルに隠れ、午前中に宿営準備を完了した。

第20師団によるマダン〜ラエ間の自動車道構築作業の光景

工事は八月十五日、予定どおり開始したが、歩兵のように小さい円匙《えんぴ》や十字鍬で作業するのではなく、分隊単位で大円匙・大十字鍬・ツルハシなどをそなえていて、必要に応じて人員と器具をつかうので、工兵団の計画とは若干異なったように感じた。

道路の破損も銃爆撃によるもの、雨などの天候気象によるもの、部隊の通過とくに自動車などの通過によるもの等いろいろだった。

雨に流された道路の基礎となる栗石《くりいし》が必要なこともあり、これを運ぶのには自動貨車も必要になって、工兵団に要求したところ、そこまでやってもらえるのですかと、大隊に自動貨車一台を毎日協力させてくれることになり、中隊の担当地域に用いられることが多かった。理由はクワトウの川原が石をとるのに適していたのと、せっかく造るのだから補修を繰りかえす賽《さい》の河原にならぬように、しっかり造ろうという中隊の者の願いだった。

ある日、支隊長の中井増太郎少将が最新の四輪駆動の指揮連絡用自動車で通過された。ちょうど私もヤウラの北約五百メートルの道路の大きく湾曲したところで、奥原小隊の作業――屈曲部が雨のふるたびに土が流れて車が通れなくなるので、本格的道路の要領でその部分を改造すべく先ず栗石を敷きつめた――を見ていたところに来られ、労をねぎらわれるとともに「こんなに丁寧に仕事をしなくてもよいのだ」と言われて、きれいに並んだ栗石のうえを車の天井に頭を打ちつけながら「これはたまらん」と頭をかかえつつ去られた。

これは後の話になるが、半年後、中隊が南山嶺《なんざんれい》の陣地を撤退してエリマに向かうとき、この地を通過したが、基礎から工事をやりなおした部分は舗装道路のように平らになっていて、砲車や輜重車を引っ張っていた我々の行動が楽だったのは皮肉だった。

ともあれ工事中、大隊主力はヤウラ東南の深いジャングル内に宿営していたので、出入り口は大隊で歩哨を配置して、とくに対空警戒（出入口を敵航空機の偵察から察知されぬようにする）を厳重にした。そのためか、宿営地は大隊が移動するまで敵の空襲はうけなかった。

中隊は二個小隊を分駐させ、かつその位置が道路脇の敵爆撃の跡に残ったジャングルの小さな片割れで、地上から見ればすぐにわかってしまう危なげな場所だったが、だれもが慎重に行動したためか、撤収するまで一度も銃撃も爆撃もうけなかった。このことは敵も有り余るほどの爆弾を使っているようにみえるが、無駄な爆弾は極力使用しないように努力していると感じた。また各人が油断なく警戒しておれば、敵に見つからず行動ができるという証しにもなった。

敵の爆撃の重点が軍の後方に向かったためか、攻撃してくる機数も少なく、道路の保持も順調だったので、蔭山大隊長から一週間に二回、中隊長と夕食をしながら意見をききたいと思うがどうかと聞かれて、各隊長賛成。さっそく当日から実行された。糧食は各隊から持ち寄りとなり大隊長・指揮班長・各中隊長の食事はそれぞれ、各隊の炊事担当者の工夫があらわれていた。

最初の話題は生野菜の補充だった。大隊長は「野菜の種子を駐留したとき各隊に交付するよう準備したが、まだその時期でないので、当座は現地で、何か代わるものを探す必要があるのでないか」との意見を述べられ、各隊さっそく見つけたのが兵隊言葉でいう「南洋春菊」や「ジャングル草」、芭蕉の芯などで、ニューギニアを離れるまで利用する結果となった。また副食として交付された高野豆腐を沸騰する湯に放りこんでふくらませ、湯豆腐に似せて郷里を思い出すなど各隊の工夫が話題となった。

ある日、分屯している馬場與少尉から「泊まりがけで視察にきてください」と誘われた。毎日、作業現場を見て顔を合わせてはいるが、なかなか話をかわす暇もないのでよい機会と出かけた。

水は近いので炊事や洗濯には不便はないが、敵の銃爆撃にわずかに残ったジャングルの中につくった小屋で、材料はクワトウのいまだ爆撃を受けていないジャングルから収集してきたとのことで、材料はよかったが、狭いところで工夫して作っていた。内地の建設現場の飯場と同じで、壁がないと考えていただけば間違いない。

一歩あやまてばたちまち敵の爆撃目標になる場所であったが、全員が慎重に行動したと見えて、移動するまで銃撃も受けなかった。夕飯はそろって会食となったが、なんと今までにないご馳走である。私が「小隊の方がご馳走があるじゃないか」と笑うと「独立小隊は特別給養ですからね」と得意気だった。

食事をしながらだんだん話を聞くと、輜重隊の自動車から盗み出していることがわかった。要領は、九十九折《つづら》りの坂を登ってくる自動貨車は極端に速度を落とすので、乗り降りは自由にできる。曲がり角に隠れて待機して飛び乗り、目的の貨物を投げおろして、つぎの曲がり角で飛び降りれば仕事は終わる理屈だった。

もちろん自動貨車には車長と助手の二名で、運転と警戒をしているわけだが、坂道はオーバーヒートしやすく途中の谷川で冷却水の入れかえをやらねばならず、屈曲も多いので運転の気配りで精一杯であり、他の一人は不意にあらわれる哨戒機の急襲を警戒して視線を空からはなせず、後ろでごそごそやられても気づかぬのはもっともだった。

　ときどき輜重隊の者が、この辺に荷物が落ちていなかったかと聞きにくるという。馬場少尉がいたずらっぽい眼で笑っているのを見ると、怒る気にもなれなかった。

第三章　反転、歓喜嶺へ

弾薬と食糧を担送せよ

昭和十八年（一九四三）も九月に入って、戦況は急迫した。ラム河をはさんで対抗する敵には大きな変化はあらわれていなかったが、サラモア・ラエ方面は敵の大部隊の攻撃をうけて、その陥落は時間の問題となった。

第二十師団主力はフィンシュハーフェンに急行して同地を確保、中井支隊（第二十歩兵団長・中井増太郎少将の指揮する歩兵第七十八聯隊および野砲兵第二十六聯隊第一大隊基幹）は、フィニステル山系を確保するとともに歩兵一個大隊をカイアピットに派遣して、第五十一師団の転進を容易ならしめるための牽制《けんせい》作戦をすることになった。

中井支隊は歩兵第七十八聯隊第三大隊（二個中隊欠）をカイアピットに急進させ、同地付近で探索活動中の歩兵第八十聯隊第二大隊第八中隊（中隊長・森貞英之大尉）を合わせて牽制作戦を、歩兵第七十八聯隊主力および野砲兵第二十六聯隊第一大隊をもって歓喜嶺《かんきれい》からマラワサにいたる間に拠点をもうけ弾薬と糧食の担送を、駄馬輜重兵聯隊はヨコピーから歓喜嶺にいたる間の輸送を、輜重兵第二十聯隊の自動車中隊がエリマからヨコピーまでの輸送を担当させられた。

状況が急変して新たな命令がわが第三中隊に達せられたのは、九月六日の夜になってからだった。命令には、第五十一師団の収容のための糧秣十トンの集積も入っていた。さっそく道路工事は中止し、明日夜ヨコピーに移動するよう命じられた。中隊は分屯している小隊に、明早朝ヤウラの分屯地を撤し本隊の位置に集結するように伝令を派遣し、翌朝、分屯小隊は集結して正規の編成にもどり、夜の出発のため待機した。

問題は南山嶺《なんざんれい》およびダマイネの難所の通過と、夜明けまでにヨコピーのジャングルに隠れる必要があり、かつそこに火砲をしばらく残置するので十分に秘匿する必要があった。大隊の先発隊（大隊主計以下、各中隊は給養掛下士官以下三名）は早朝出発した。小部隊は用心すれば発見されにくいし、哨戒機の銃爆撃くらいなら何とかなった。

大隊主力は夕方五時ごろ宿営地を建制順に出発、中隊は最後尾を続行した。ダマイネまでは下り坂で、ジャングルの中を進むので「死のダマイネ」の言葉が想像できなかったが、谷間におり集落のあった跡をはさんで約三キロほどの間は、激しい爆撃で耕されたようになっており、十五夜にちかい皓々《こうこう》たる月光に照らされた廃墟は「お前もいよいよ地獄の三丁目にやってきたな、首を洗って待っておれ」と言われているようで、寒気をもよおした。

ここを通り過ぎると上り坂になり、眺めのよいところに出た。遠く北をながめるとエリマ

・ボガジン地区から遥かにマダン地区まで海岸線がかすかに見えて、昼間ながめたらさぞ美しい景色だろうと想像した。

なんで「魔の南山嶺」なのかと思いながら進むと、南洋特有のジャングルが絶えて断崖になっていて、その中腹をえぐって道路をつくったので、南側は見上げるばかりの断崖で北側は千仭《せんじん》の谷。南山と名づけたこの山の通過は、まことに逃げ場のない「魔の難山」だった。我々徒歩部隊は夜間行動で通過したが、輜重の自動車隊は運転の安全を考えて昼間の運行をつづけているが、これから我々はこの兵站線を頼りに作戦しなければならず、将来に不安を感じないわけには行かなかった。

夜が明けかかる頃ヨコピーの道路の端末に到着して、先発隊の誘導によりジャングル内の宿営地に入ることができた。ここで当分の間カイアピット付近に作戦する友軍のため、糧食と弾薬の担送任務につくこととなり、不要なものは残置する。その処置に一日を費やした。ヨコピーに着いて一休み、中隊長は大隊長のもとに集合して、業務開始までに各中隊のなすべきことが示された。

一、ヨコピーの残置物件について＝各中隊三名を残し大隊から出る指揮官の指揮下に入れ統一して監視させる。

二、各中隊の担送拠点への展開について＝各中隊の担送拠点は、大隊主計が各中隊の先発隊に現地で指示する。

各中隊はサイパとバイパの中間と歓喜嶺付近で各一泊して、拠点に進入する。行進順序はおおむね建制順とし、日中の行軍とする。これは初めての荷をかついでの行軍なので、山男の一日の行程が十六キロと聞いていたので二往復。一日の行程をほぼ八キロとし、ジャングルの山路なので日中の行進が安全と考えられたからである。

そして、中隊としてはつぎのような処置をとった。

まず第一に、食事を一食二合、一日四回とする。搬送する者は朝食後、荷物をその日の行程の中間地点まではこび、そこに荷物を置いて出発地に帰来する。出発点で握り飯をうけとって食べ、つぎの荷物をかついでその日の目的地まで運ぶ。ここで昼飯をうけとって食べてから中間地点にもどり、先ほど置いた荷物をかついで目的地にはこび、その日の仕事を終えて夕食となる。

炊事班は朝飯を交付したら全員の握り飯をつくって交付できるようにして、炊事用具の残りをもって目的地にいき昼食を準備する。昼食を交付したあとは通常の夕食の支度に移行する。という段どりで担送を実験したが、担送する者の行動と炊事班の作業とうまくかみあって順調な中隊の行動となった。

このころは交付される副食は定量をみたしていなかったが、米はほぼ定量の六合を受領していたので、通常の行動時は米五合に副食は極力、現地物資（野草や野鳥など）を利用して、担送に必要な食料の備蓄につとめた。

第二に、将校も一人分の荷物をかついで部隊の先頭を行進し、必要な場合、空襲警報を発する。中隊長は最後尾を前進する。空襲警報をきいた場合は各自が所在の遮蔽物下に入って待機し、つぎの前進の命を待つ。

ヨコピーからの道は土人道で路幅は一～一・五メートル。土人は裸足で歩くので軟らかい地面を好むが、その道を軍隊が通るのだからたまらない。ジャングルの湿った腐葉土の路面をハダシの土人が何人通過してもたいして変化はないが、固い軍靴だと五人や十人ならあまり問題にならないが、これが五十人から百人となるとクルブシまでもぐる泥濘《でいねい》になり、さらに馬が通ると手におえない。膝までもぐるぬかるみになってしまうのだ。

歩兵一個聯隊の主力が前進し、駄馬輜重中隊が毎日、毎日、歓喜嶺まで輸送をつづけているのだから、道路は荒れ放題といっても過言ではなかった。我々は昼間行進したので、道は荒れてはいたがよいところを選んで通ることができた。

ヨコピーを出発して一・五キロの峠を越えている途中、先頭の奥原光治少尉から高柳淺四郎中佐（師団の情報参謀で当時中井支隊に配属中・陸士三十四期）が視察にこられたと逓伝《ていでん》してきたので、さっそく挨拶にいき、状況報告をして様子を聞くと、

「敵情に大きな変化はなく前方に出た歩兵は予定どおり展開中で、前方の各隊も異常なく前進している。貴様のところの逓伝はなかなか早いな。また将校たちも兵と一緒に荷物をかついでいるのは感心だ。頑張ってくれ。飛行機にはくれぐれも気をつけてな」

と言われて別れた。逓伝が機敏だったので歩兵部隊は夜間行進をしているのに、こちらは昼間行進している。そのお叱りを頂戴せずにすんだのだった。

ともあれ、上陸して二ヵ月近くの行軍で、軍靴がいたみはじめた。地下足袋も支給された

ので使い分けしたが、交付された地下足袋は、靴と同じく親指がはなれていないので踏ん張っても力が入らないのと、砂が入ってこすれて痛くて歩けなくなる。地下足袋は使える場所が制限された。そのため軍靴が消耗の度をくわえ、心配のタネをふやした。

もう一つの心配はマラリアであった。毎日三十度を越す熱帯の行軍で、水浴をさせないわけにもゆかず、直接、地面に寝かさぬよう、行動間はキニーネを毎日三錠、駐留間は一錠かならず飲ませてきたが、いまのところ熱を出す兵はいなかった。薬は一括してゴム袋に入れ、毎月一袋が中隊に配当されたので、補給が止まる（翌十九年一月）までは薬に不自由はしなかった。

これは中隊がニューギニアに上陸して約半月後には、標高四〇〇メートル以上の高地に行動するようになったためだ。マラリアを伝染させるハマダラ蚊が生息するのは標高二〇〇メートル以下で、これは全く神の恵みと言わざるをえない。

三日目に中隊の担送拠点に無事到着して、夕刻までには当座をしのぐに十分な小屋を完成した。ヤウラを出発して五日目、さいわいにも行軍途中では雨にあわず、夕方になって洗濯物の乾燥に火を焚く。雨が降りだして煙にむせるくらいは我慢すべし。途中の担送も火砲・観測器材・通信器材の大部をヨコピーに残したとはいえ、けっこう運搬量は多かった。

歓喜嶺を二回目に越えたときは任務達成の感慨にひたった。この付近は標高も高いので日中は摂氏三十四〜五度にもなるが、夜は摂氏十七度前後にさがり、寒さを雨合羽でしのいだ。

到着した翌日から、さっそく担送が開始された。大隊本部（本部には観測・測量に任ずる者と無線および有線の通信に任ずる者と、大行李といって大隊全員の食糧一日分を運ぶ者がおり、中隊に近い人員を有する）は黒木村の糧秣交付所から第一中隊拠点へ、第一中隊は第三中隊拠点へ、第三中隊は第二中隊拠点へ、第二中隊は歩兵第七十八聯隊第七中隊拠点へと順次、送りとどけ、カイグリンの最終拠点に集積される予定だった。

わが第三中隊は朝食の後片づけが終わったところに第一中隊に駆けこまれたので、さっそく担送人員百名の輸送隊を編成し、小隊長一名に交代で指揮させることにして、第一日を出発させた。私は伝令をつれて隣接拠点までの地形を確認して、昼過ぎに帰隊した。

地形は複雑で、単独で歩きまわるには広すぎた。このような広い地域にぽつんと独立して駐屯していると、土民は目の前に現われないが集落の跡があるところを見ると、どこかに隠れているのだろう。敵性であれば警戒が必要だが、中隊の騎銃の定数は十六梃で、エリマとヨコピーの隊貨監視に各一梃を残してきたので、現有は十四梃しかない。

支隊の進行方向にたいしては支隊の主力、歩兵一個聯隊弱がいるので、まず敵の奇襲は考えられぬとしても、ラム河をへだてたベナベナの敵にたいしては、尾花捜索隊一個中隊が二十キロ正面に展開して警戒しているだけで、敵の有力な偵察隊がゆうゆうと捜索をして帰るのは当然。担送地域に悪戯を仕掛けられたとしても不思議はなかった。

担送の仕事は隊貨をはこんだ体験を思えば、軽量で距離も短く、機動の疲れを休めるのに大いに役立ったが、警備面では心配がたえなかった。

宿営地は深いジャングルで覆われていたので敵に発見される恐れはなかったが、歓喜嶺を越えて下りの谷間約三・五キロ、入江村まではほとんど天空に暴露しており、つづくジャングルが険しい登り下りで、中隊の宿営地にきてやっと傾斜がゆるくなる。ほっとして腰をおろして休む人が多く、中隊の留守居の者も見兼ねて湯茶の接待をするので、宿場よろしくの賑わいを呈する。

独立工兵聯隊長が休まれたとき、たまたま居合わせた村瀬堯之准尉が炒り米の茶を出したところ、「お茶が飲みたくて色々工夫していたが名案がなく、寂しい思いをしていたが、今日は思いもかけぬ旨《うま》いお茶をご馳走になった。中隊長に宜しく」と、副官が水筒に半分の酒を置いていった。

その日はあいにく午後四時ごろから雨となり、ずぶ濡れになって到着した部隊があった。気の毒になって中隊の宿舎の土間に雨宿りさせ、どこの部隊かと聞くと、歩兵第七十八聯隊の速射砲中隊だという。ならば中隊長に会いたいと言うと、一人が走り出て道路で指図をしていた円城寺大尉を呼んできた。士官学校の同期でおなじ駐屯地・朝鮮龍山の独身官舎で暮らした仲。京城以来の再会だったので話は早かった。

人員は砲兵中隊より少なかったので分宿すれば入れる。村瀬准尉と速射砲中隊の准尉とを呼んで宿舎割をして、食事は中隊が合同炊事をしているので一緒につくらせることにした。速射砲中隊の者はすぐ濡れたものの乾燥にかかり、炊事は他人まかせ。すっかり好い気分になったようで、「隊長が同期生というのは好いことだ、たちまち親戚付き合いだ」と。その後、両中隊の者はどこで会っても声をかけ合って親しくしていたようだった。

その晩の食事は私の部屋で両中隊の将校の会食となり、工兵聯隊長から贈られた酒が思わぬ興をそえた。また、速射砲中隊の浦山武郎少尉とは、のちに歓喜嶺の戦闘で緊密な連係をたもちつつ戦闘をすることができた。

エリマ海岸地区への急進命令

そうこうするうちにカイアピットの戦況が伝わり、先頭の歩兵はいやおうなく戦闘に加わり、担送の荷物も弾薬が急増してきた。また、第五十一師団はマーカム川沿いの退路を断たれ、サラワケット山系を越えての退路を選んだと伝えられた。そしてラム河谷に敵が出現すると、中井支隊としても態勢をととのえねばならず、案じていると十月五日九時ごろ、中隊長集合を命じられたので、私は大谷幸雄軍曹をつれて本部にいった。

先着の第一中隊長・川上正士中尉と大隊長室に上がり、第二中隊長・若菜孟義中尉の到着を待った。その間、カイアピット付近の戦闘で歩兵第七十八聯隊第三大隊主力（米倉恒雄少佐指揮の歩兵二個中隊基幹）は全滅し、大隊に配属の森貞中隊も手痛い損害をうけたことを知った。

前進中、状況を知った中井増太郎支隊長は、歩兵七十八聯隊川東第一大隊に急進を命じたが、司令部がダキサリヤに到達したとき、すでに敵はカイアピットを確保して逐次前進してきたのを確認。支隊長は高柳参謀に歩兵一個中隊を指揮し高柳収容隊として前線から引き揚げてくる者を収容し、戦面を歓喜嶺に収縮するよう手配された。

そして軍の新たな企図にもとづいて、中井支隊は歓喜嶺~九一〇高地の線を占領し、ラム草原方向よりする敵の攻撃に対して靭強な激撃を実施する。砲兵大隊はエリマ地区海岸の防備につくことになった。

わずか二十日ばかりの間の目まぐるしい戦況の変化にあきれるばかりであったが、戦況に迅速に対応しなければ任務の達成はおぼつかない。我々はつぎの大隊命令を待った。若菜中尉も途中から話のなかに入り、切迫した状況を了承した。

大隊命令に示された事項は次のようなものだった。
・大隊はエリマに急進、同地区の防衛に任ずる。
・各中隊は本日中に現露営地を撤し歓喜嶺以北に露営、その後、各中隊ごとにエリマに移動し後命を待て。
・第三中隊は谷山中尉の指揮する砲一門（小隊長以下十六名）を側防砲兵として歩兵第七十八聯隊長の指揮下に入れよ。
・大隊長はただいまよりエリマに先行する。
ここで困ったのは私だった。というのは、独立小隊長としては通常、中隊長の次級者かそれに匹敵する者、したがって先任小隊長の谷山登中尉を充当するのが自然であるが、ニューギニアに上陸以来の彼の態度を見ていると、落ちついて部下を掌握できていない。他の二人の小隊長はそれぞれの性格なりに部下を掌握し、部下もまたよく従っているのが感じられるのだ。

側防砲兵ともなれば、危険な陣地を占領しなければならぬ場合も生じて逃げ場を失うことがあることも考えておかねばならず、そのさい統制のとれる指揮官をつけておかねば余分の損害も出しかねないので、命ずる立場としても腹をくってかからねばならなかった。

私としては戦砲隊（射撃小隊）の指揮の強化のために馬場與少尉を、そして観測・通信機能増強のため要員の増加を意見具申して、大隊長の承認を得た。それでエリマにおける中隊の戦力に全然影響がないとは言い得ないが、中隊長としては安定した分割ができたと考えた。

命令は重大で迅速な処置を必要としたので、本部での会食を中止し、おなじ方向に帰る若菜大尉と拠点に急行した。大畠村について一休みしてということになり、昼食をひらいて二人で食べはじめた。私は留守中の状況の変化を村瀬准尉から聴取した。

一つは、ラム河に近くダンプ付近に配置された森貞中隊（歩兵第八十聯隊第八中隊）の警戒兵二名が今朝敵襲をうけて撤退し、いましがた中隊の位置を通過したこと。もう一つは、グルンボ付近に敵が接近していると後方に連絡にいく歩兵の伝令の話だった、という情報を得て、若菜中尉と「いよいよ敵も接近した模様だから日暮れまでには歓喜嶺に移動しよう」と話し合っているところに、フェリア河谷（フレジャボ河谷）にドカーンと一発、砲弾の破裂音が響きわたった。

中隊の宿舎と河の間には屏風のように岩がへだてていたので直接の爆風はこうむらなかっ

たが、谷間ゆえ、その反響音は大きかった。いよいよ敵がせまったという感は二人とも同じで、私は非常呼集を命じ、若菜中尉は食事を中止して自分の中隊の宿営地に向かって出発した。

私は集合した中隊に対して、次のように命じた。

一、谷山中尉は観測手一（方向盤一携行）伝令一（騎銃一）をともない歓喜嶺にいき、同地の守備隊長（歩兵第七十八聯隊長）の命を受けよ。

二、奥原少尉は小銃手十一名（騎銃十一）を指揮してフェリア河とその支流との合流点付近を占領し、フェリア河をさかのぼる敵を阻止せよ。

三、有線一個班（三名）は、すみやかに第二中隊との間に構成した通信線を撤収せよ。

四、馬場少尉は中隊主力（騎銃二）を指揮して、すみやかに宿営地を歓喜嶺北側に移動せよ。

支隊長・中井増太郎少将

五、余は溝軍曹（兵器掛下士官）をともない有線班の撤収を指導し、その後、奥原少尉の指揮する小銃班とともに最後尾を歓喜嶺に向かう。

私はまず有線班と同行して第二中隊の拠点までいったところ、中隊長が拠点についたときは担送も終わり昼食も終わっていて、順調に撤収できるだろうとの話だった。自衛火器としては私と溝吉悦軍曹の拳銃二丁のみ、敵の斥候にでも出遭ったら一巻の終わりだと、奥原小隊の陣地につくまでは薄氷を踏む思い。

戦況は不明ながら、友軍歩兵はまだラム河に面した山裾は確保しているものと思っていたので、奥原小隊も引き上げて歓喜嶺に向かった。

ところがそこへ、フェリア河伝いに退いてきた小池正夫大尉（歩兵七十八聯隊第三大隊長）に出遭った。状況をきくと「大隊は入江村付近に陣地を占領して敵を阻止する。このあたりは間もなく敵が進出するだろう。すみやかに移動を完了するように」とのことで、歩兵部隊はどんどん入江村に向かって進んでいった。私は小池大尉に「まだこの後に来る一個中隊がいるので、しばらく掩護部隊を残してほしい」と希望したが、聞き入れてもらえなかった。

中隊の行進速度も進出のときは二度にはこんだものを一度ではこび、抵抗線を小刻みにさげて何とか敵の攻撃を避けたいと考えた。自衛火器を各人が持っていなかったこの時の恐ろしさ。のちに私が各人に小銃を持たせたとき、誰からも異論が出なかった。

中隊の行進は時速二キロ程度なので、末尾をすすむ私が入江村についたのは午後三時を過ぎていた。また小池大尉とすれ違ったので「いかがされる？」とたずねると「焼山の占領を命じられ、いまから行くところだ」という。

支隊はフェリア河をはさんで左岸に第一大隊、右岸に第三大隊を配置して前進陣地とし、第二大隊に歓喜嶺陣地を固めさせようとしていると察しられ、わが中隊も第二中隊も歩兵の援護下に安心して転進できることになった。

その日（十月五日）の日没近く、中隊は歓喜嶺鞍部（歓喜嶺と屏風山との接合点）の北側に集結した。突然の移動で、敵の砲弾におびやかされ友軍にも見放されそうになった慌ただしい行動だったので、その日は小屋の床を上げることもできず草をあつめて敷きつめ、屋根は天幕で夜露をしのぎ、とりあえず寝られるようにした。

翌朝、荷物を整理して、前進時の要領で二往復して隊貨をはこび、十月七日夕、ヨコピーの隊貨集積所に到着、宿泊した（前進時、戦闘に必要な観測通信器と火砲は宿舎に格納し、警備兵を配置し、大隊本部より出る指揮官の指揮を受けていた）。その夜、歓喜嶺に残る谷山独立小隊を編成し、中隊主力は十月八日夕、エリマに出発できるように準備させた。

谷山独立小隊の編成は支隊命令では長以下十六名となっていたが、分解搬送で手一杯の人員では、とても砲兵らしい戦闘はできない。馬場小隊（砲一個分隊）に指揮機関として伝令一・観測手一・通信手三をくわえて三十四名の編成とした。その他は中隊主力として八日夕、エリマの大隊主力に追及することとした。

大隊本部と第一中隊は支隊命令を受領したときに後退を承知し、移動の手配をしていた。第二・第三中隊が大隊命令を受領して後退を承知し、当日の搬送を終わってから移動の処置をとったのでは、行動発起の差は大きく、中隊がヨコピーに着いたときは大隊本部と第一中隊の姿はすでになく、第二中隊は一日行程遅れているものと思われた。

歓喜嶺を守りきれ

中隊主力は予定どおり八日夕、午後四時、九日に歓喜嶺に向かう馬場少尉以下に別れをつげて、宿営地を出発した。三十分ほど歩いてヨコピーのはずれに差しかかったとき、道路から少し横道に入ったところにあった歩兵団司令部ヨコピー連絡所から「オーイ、そこの砲兵止まれ。中隊長、至急、司令部へ来い！」と呼ばれた。

急いでいくと、十畳ほどの部屋から大声で呼んでおられたのは支隊長の中井増太郎少将だった。私の顔を見た支隊長は「おお、ちょうど都合よく砲兵が来てくれた。じつは軍司令官に歓喜嶺に砲兵一個中隊の増加をお願いしたところ、その一個中隊を全滅させてもよいから、歓喜嶺を守りきれと厳命された。ただちに手配をしたが、砲兵は全部移動中で連絡がとれず途方に暮れていたところだ。俺も必死だ。貴様の命を俺にくれ」と頭を下げられた。

とっさのことでとまどったが、「短絡《たんらく》命令は困ります。しかし、状況は急を要する。歩兵団長は現在は直属上官ですから、命令に従います。大隊命令にそむいた釈明をお願いします」と申し上げると、「よくわかった」と言われ、今後の行動について打ち合わせをすませた。

その内容は次のようなものだった。

・支隊長は明九日七時出発、十時に歓喜嶺の支隊司令部に到着し、その後、同地に位置する。

午後偵察に出る予定。出来れば随行せよ。
・火砲は一門だけでもすみやかに推進し、敵の進出を阻止せよ。

中隊としては次のとおり処置し、報告した。
・中隊長以下三名偵察のため先行し、明日午前中に支隊司令部に出頭する。
・中隊主力は明九日中に砲一門、弾薬一〇〇発を携行、歓喜嶺に前進し、十日には陣地に進入して射撃準備を完了する。
・独立小隊をただちにエリマに出し、大隊長の指揮下に入れる。

支隊長は笑いながら「歩兵聯隊が三日かかったところを砲兵は一日で推進するのか、期待しているぞ」といわれ、私は司令部を辞して待機していた中隊に帰った。

奥原少尉と村瀬准尉をあつめて事情を説明し、まず独立小隊を編成した。奥原小隊の第一分隊（分隊長小川清夫軍曹）を基幹とし、付属として高橋敏郎軍曹・吉住弥惣次軍曹・砥板重好候補生をつけて小隊長を補佐させ、身体要注意者三名をくわえて計三十六名として、独立奥原小隊を送り出した。

そして中隊主力は旧宿営地にもどり、歓喜嶺にいく準備をしていた馬場小隊を掌握して、明日の準備をととのえた。

すなわち指揮小隊は砲隊鏡一・方向盤一・測遠機一・測板一・電話機三・対向通信線十六

巻を運搬する段どり。戦砲隊と段列《だんれつ》は砲一門と榴弾一〇〇発を運搬する段どりを馬場少尉が、村瀬准尉は炊事班を指揮して歓喜嶺およびヨコピーにおける給食の段どり。そして中隊が展開した後、ヨコピーに残る砲一門と隊貨の推進、歓喜嶺における段列陣地の構築（歓喜嶺の鞍部より約五百メートル北で駄馬道とミンジム河上流との間のジャングル内を考えていた）の段取りと分担を決めた。

なお、輜重車など当座の戦闘に必要ないものは残置することとし、隊貸監視と大隊本部とヨコピーの弾薬集積所との連絡の任務をあたえて、長以下三名を配置し、自衛のための騎銃は一梃とした。

ともあれ、支隊長から命令をうけて歓喜嶺に反転する準備をしている馬場少尉のところにいく途中、私は歓喜嶺から引き返してきた吉原矩《かね》軍参謀長にパッタリ出会った。状況報告をすると「歩兵は苦戦中だ、状況を打開するのは砲兵しかない、頼むぞ」と言われ、中隊が通り過ぎるのをじっと眺めておられた。最後尾が通り過ぎ「では、参ります」と敬礼すると、黙って答礼して立ち去られた。

第十八軍の主攻はフィンシュハーフェン方面で、中井支隊はあくまで助攻、全滅も覚悟しなければならぬ立場にあることを今更《いまさら》ながら自覚させられた。

九日夜明けとともに行動を起こした私は、午前十一前に歓喜嶺の司令部に到着した。中井支隊長はすでに到着。歩兵第七十八聯隊香川《かがわ》第二大隊は歓喜嶺守備につき、歩兵第七十八聯隊小池《こいけ》第三大隊は敵より離脱してバイパに集結中で、歩兵第七十八聯隊川東《かわひがし》第一大隊は敵と接触をたもちつつ歓喜嶺の左拠点（中尾第五中隊陣地）方向に後退中という状況を承知され、到着した私に第一大隊の敵との離脱を容易ならしめるため、すみやかに射撃を開始するよう命じられた。

当初の任務が決まったので、さっそく陣地偵察のため歓喜嶺の鞍部を越えて屏風山《びょうぶやま》東側の谷間におりて旧蔭山村にいく谷間との合流点付近にいくと、陣地偵察中の谷山中尉に出会った。側防砲兵の陣地を探しているが、なかなか見つからないので弱っているとのこと。敵が目の前の台地上に現われて、あわてているという。

その指差す方向を見ると、入江村の上の稜線が三本かさなっている真ん中の稜線上に、ちらちらと動いている多数の敵兵を見ることができた。初めて見る敵兵に思わず武者ぶるい。距離は四～五千メートル。わが第一線の歩兵の位置は確認できないが、少なくとも現在地より四千メートル以内であろうし、早急の射撃開始の必要を感じた。

第18軍参謀長・吉原矩中将

まず観測所を屏風山に選定すべく、谷山中尉らを即刻、屏風山に派遣、偵察が終わったら敵情を偵察しつつ私の到着を待つように命じ、私は戦砲隊陣地の偵察に着手した。遮蔽《しゃへい》陣地をとるのは至難で時間の制限もあり、まず射撃を開始し、発見されれば即刻、陣地変換をする覚悟で、とりあえず半遮蔽陣地を選定。急いで屏風山に登った。

歓喜嶺鞍部から急斜面を登ると、屏風山北端の高地に出る。濠軍（オーストラリア第七師団）はこれをさらにプロセロⅠ及びⅡに分けて呼んでいるが、プロセロⅠは戦闘の末期、我軍の馬場砲兵小隊が陣地を占領していたところで、濠軍の主攻正面となり歩兵のかわりに頑張って全滅した陣地の要点である。そして、プロセロⅠの争奪が歓喜嶺陣地の運命を決したのであるが、敗戦のため戦史にも記載されなかったのである。そのような大切な地点になるとは思いもつかず、その時は単なる通過地点としか見ず、稜線づたいに南下した。

しばらく行くとジャングルが切れて、屏風山の中央高地との間四十～五十メートルを結んでいたのは、屏風のように切り立った岩の壁だった。頂上の幅は五十センチくらい。鉄平石のように平らで、歩くのには支障はなかったが、両側は切り立ち、高さは十四～十五メートルぐらい。下は急斜面の草原で中央高地の側面の草原へとつづく。

中央高地斜面に倒れこんだ戦死者が、山の裾野のジャングルまで滑り落ちたことを考えれば、急傾斜を想像できる。高所恐怖症でなければ通過可能である。私と溝軍曹は夢中で通過したが、伝令の永野一男兵長がひっかかった。仕方がないので跨《また》いでいざらした。

ちょっと時間をくったが、中央高地を南に向かった。ここはもう歩兵の陣地内で、七～八メートルの木の生えた低いジャングル内の幅の狭い稜線上を、二～三名ずつ稜線の通過をはばむように蛸壺《たこつぼ》を掘って配備についていた。百メートルほどの縦深の陣地を通り過ぎて、また百メートルほど行くと、ジャングルの様相が変わって常緑樹の森で、隠れて砲隊鏡の目を

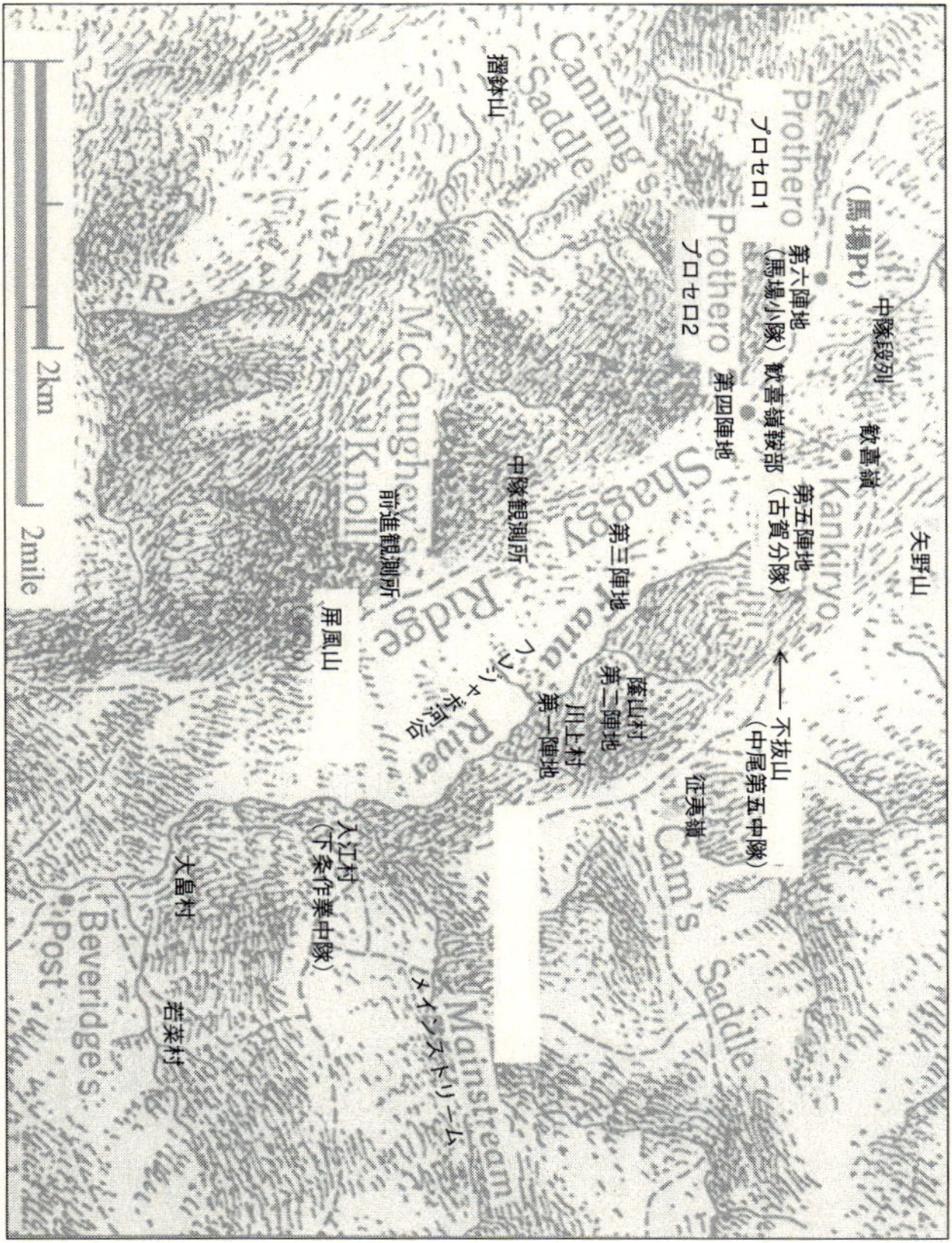
矢野山
歓喜嶺
Kankiryo
中隊段列
（馬場Pt）
第五陣地
（古賀分隊）
歓喜嶺鞍部
第六陣地
（馬場小隊）
第四陣地
Prothero
プロセロ1
Prothero
プロセロ2
Canning's Saddle
摺鉢山
Shaggy Ridge
第三陣地
中隊観測所
McCaughey's Knoll
前進観測所
屏風山
フレッシャーズ河谷
River
R.
薩山村
第二陣地
川上村
第一陣地
不抜山
（中尾第五中隊）
征夷嶺
Cam's Saddle
入江村
（下条作業中隊）
大畠村
若菜村
Beveridge's Post
メインストリーム
Mainstream
2km
2mile

出すにはもってこいの場所。視界もフレジャボ河谷から入江村をへて、遠くグルンボまでの吾人の戦闘地域、さらに遠くラム河の両岸、とくにトンプ飛行場周辺を観察できた。

先行し待機していた谷山中尉の案内で、付近に陣地を偵察中の速射砲小隊長・浦山少尉と地域を協定、五十メートルほど前方にいた歩兵第七十八聯隊第十一中隊長・上村弘英中尉(屏風山拠点の守備に任じていた)に、砲兵の観測所の位置を歩兵の第二線小隊と第三線小隊との間にもうけて、細部は速射砲小隊長と協定するよう話をつけた。

速射砲小隊長の浦山武郎少尉は先日、大畠村で酒を酌みかわした仲なので、中隊長が側にきてくれたようで心強いと喜んで、話は円滑にすすみ、観測所と速射砲の指揮所を隣り合わせにして話がすぐ通じるようにし、速射砲は入江村を照準できるように、東斜面にボサと地形を利用して配置した。

かくして中隊の陣地偵察は目的を達し、危険な地形でもあるので早々に帰途につき、予定した集結地(将来の中隊段列位置)に午後五時ごろ帰着した。

村瀬准尉の指揮する炊事班はすでに到着して、糧秣受領・炊事場の構築・炊事の準備をはじめており、日没までには夕食の交付が可能になった。中隊付属機関と指揮小隊は通信班をのぞいて日没までに到着。通信班は電話線が重かったためやや遅れ、真っ暗になった坂を登り、疲れきって午後十時に到着したが全員ぶじだった。戦砲隊は重い弾薬を携行したのに、馬場少尉の指揮で日没までに到着したのはお手柄だった。

こうして九日は、支隊長の要請で無理な行軍をしたが、さいわいに天候にめぐまれて予定どおり行動できた。

一夜が明けて今日十日は、いよいよ陣地に入り戦闘がはじまるかも知れず、きのうの疲れも忘れて、陣地占領のため早朝から行動を開始した。日出・日没はほぼ午前六時と午後六時で、薄明はその前後三十分。だから灯のいらなくなる時間と、いるようになる時間は自然と明らかで、行動もそれが基準になった。

展開した陣地の広さは、平素の訓練の予想外だった。観測所と放列《ほうれつ》（砲を据えた射撃陣地）の直距離は測遠機ではかって千五百メートル。通信線は十六巻（一巻五百メートルで十パーセントは屈曲や縛着などのため無駄が出る）を要した。また放列と中隊段列《だんれつ》（弾薬食糧などの輸送補給隊）の距離は約四キロで弾薬・糧食の補給も考えねばならなかった。

そのような状況下で今日からでも射撃を開始しなければならぬと覚悟して、観測所は谷山中尉の指揮。放列は馬場少尉の指揮で砲の掩体と弾薬の掩体を三ヵ所と砲手の蛸壺を掘って砲を据え、射向は観測掛下士官の中村鉄雄軍曹と観測手の前田健作上等兵とが測定。弾薬は携行した一〇〇発を村瀬准尉の指揮で放列の掩体に集積した。

以上の作業はおおむね十時過ぎには完了した。

危険な放列に多数の兵を置く必要もないので、小隊長一・伝令一・分隊長一・砲手六・通信手二の計十一名にとどめ、その他は段列に集結させた。

放列の配置が終わったので屏風山の観測所に向かい、昼近くにつくと谷山中尉がきのう指示したとおり、速射砲小隊長の浦山少尉と協定して観測所の配置を決め、敵情の捜索にあたっていた。観測所からの視界は歩兵第七十八聯隊第五中隊・作業中隊の正面は遠くまで見下ろすことができて理想的といえるが、局地的な各中隊正面の戦闘支援のためには前進観測所がほしくなり、また同じ稜線上に陣地を占領している歩兵第十一中隊の陣地は全然視界に入らなかった。

配備を完了したので支隊司令部に陣地占領の完了を報告し、射撃の許可を請うた。司令部からは、撤退を命じた川東大隊の後尾の位置を確かめているので、しばらく待てということだった。

フィニステル山系地区の戦闘

当時、カイアピット戦以後、中井支隊としてはフィニステル山系において敵を支えるとともに、海岸方面の防備をかためるべく急速な配置転換を実施中だった。敵はカイアピット戦の勝利に乗じ、一気に雌雄《しゆう》を決しようと追尾してきている。

「第二十師団作戦経過概要フィニステル山系地区の戦闘」につぎの記述があり、混沌とした戦場の様相が想像される。

⑴九月二十五日以来、歩兵第七十八聯隊第二大隊はグルンボに位置し、歓喜嶺第一線陣地たるスリナム河合流点〜小池村〜全禿山にわたる陣地偵察ならびに陣地構築を開始す。

⑵斎藤義勇隊は二十七日夜、「魂の森」敵幕舎二の爆破（殺傷三十余名）。極力敵の前進阻

止につとめたるも敵約五百は二十七日、三縦隊となり西進し、二十八日、ラム河を渡河、カイナンツよりトング方向は二十九日、軽装甲車三、ダキサリヤ付近に現出する等、敵の西進企図活発なり。

(3)敵の急速なる進出にともない、ナンバホープ、ワンプン、カイグリンに在りし歩兵第七十八聯隊第二中隊は、糧秣輸送途中、敵の包囲を受けしが脱出後退せるをもってスリナム河合流点に陣地を占領せしむ。

(4)ここにおいて中井支隊長は酒井第四中隊をしてトンプを撤退せしめ、スリナム河右岸に前進陣地を占領せしむるとともに、歩兵第七十八聯隊主力をして歓喜嶺に陣地を占領せしむ。

歩兵七十八聯隊長の部署。

・歩兵第七十八聯隊第一大隊をしてスリナム河合流点～小池村～全禿山～焼山に第一線陣地を占領せしむ。

・歩兵第七十八聯隊第二大隊をして不抜山《ふばつやま》～入江村～屏風山の線に第二線陣地を占領せしむ。

(5)右部署にもとづき第二大隊は第一大隊と十月四日いらい交代中なりしが、焼山守備に任じありし一個小隊は命令電文の誤りにより交代部隊到着前、十月四日同地を撤退せり。

(6)五日、トンプ守備に任じありし斎藤義勇隊六および土民二十は、ラム河を渡河来攻せる約百五十の敵の包囲をうけ、フレジャボ河に沿い後退し来る。

(7)六日夜、トンプより後退せる兵により(5)、(6)の状況を承知せる支隊長は、当時、若菜村付近に集結、第二線陣地を占領準備中なりし第二大隊をしてすみやかにこの敵を攻撃、ラム平原に圧迫するごとく命ず。

(8)第二大隊(第八中隊欠)は七日夕、主力をもって薄暮攻撃を実施せるも地形未知のため攻撃意のごとくならず、八日早朝来、攻撃を再興せり。

(9)敵は迫撃砲三を有する約百にして、早朝来の攻撃により敵主陣地の一角に突入せるも、爾後、敵の一部(土民兵)敏捷に移動す。我方地形未知、加うるに連日の雨のため運動鈍重となり、同日午後、ついに包囲せらるるにいたる。

(10)第二大隊長は状況にかんがみ若菜村東方小流左岸の線に集結、攻撃再興を準備せり。

(11)十月七日第二大隊出発以後、十日までに知得せる状況左のごとし。

・第二大隊の攻撃正面たる焼山は七日いらい銃砲撃さかんなりしが、砲の弾着音、逐次、東方に移動、機関銃銃声は八日いらい静かとなる。

・川東第一大隊の敵情左のごとし。

イ、十月六日、敵約二～三百、オリヤ河下流を上流に向かい前進中。

ロ、全禿山は十月六日、敵約百の占領するところとなる。

ハ、十月七日、敵約百、オリヤ河合流点付近より藤本村方向に前進せる足跡あり。合流点より上流は十月六日、第一中隊をして占領せしめあり。

ニ、小池村の第一中隊は六日いらい連日二～三百の敵来攻せるも撃退しあり。

ホ、十月四日いらいスリナム河を渡河せる敵の状況にかんがみ、グルンボ付近要点占領のため酒井隊は五日前進陣地を撤し、グルンボに集結す。

へ、南麓道を警戒しつつ後退せる第三中隊（1／3機関銃属）は七日、ムゴを占領。ト、義勇隊は小池村陣地正面の敵砲および迫撃砲にたいし潜入攻撃す。

(12)支隊長はオリヤ河方面の敵情にかんがみ、すみやかに第二大隊をして第二線陣地を占領せしむるごとく指導せるも、歩兵第七十八聯隊本部～第二大隊間の無線は依然不通なり。

(13)十二日、支隊長は第一大隊をして第二大隊の攻撃を援助せしむるごとく指導す。

(14)第一大隊長は当時、予備隊たりし第四中隊を指揮し第二大隊と連絡、これと協力するとともに、ムゴに在りし第三中隊をグルンボに配置、オリヤ、スリナム両河を遡上する敵に対せしむ。

(15)十三日にいたるも第一、第二両大隊の連絡とれず。敵はオリヤ、スリナム、フレジャボ各河川にたいする行動、ますます活発となりたるため、支隊長は攻撃を中止し第一線陣地を撤収、すみやかに第二線陣地を占領せしむるごとく歩兵第七十八聯隊長をして指導せしむ。

(16)十四日、両大隊の連絡成り、第一大隊に派遣せる連絡将校また前項命令を伝達せるをもって、両大隊は十四日夜より逐次、歓喜嶺第二線陣地につき配備変更時における危機を脱せり。

(17)略

(18)支隊長は十月十日いらい取りあえず配置せる不抜山の第二・第三中隊／独立工兵第三十七聯隊および入江村の第五中隊を第二大隊と交代せしめ、左のごとく歩兵第七十八聯隊長をして陣地占領せしむ。

・屛風山　第十一中隊
・入江村　作業隊および野砲兵第二十六聯隊第三中隊（山砲二）
・不抜山　第五中隊　第二機関銃中隊　聯隊砲小隊（聯隊砲一）
・蔭山村　第六中隊
・黒木村　第二大隊本部

なお、敵濠州軍の戦史と比較して、師団後方参謀だった高田佐寿郎少佐（陸士四十七期）が、当時の支隊長でのちに第二十師団長となられた中井増太郎中将から話を聞いて記述した我が第二十師団作戦経過概要は、大きな食い違いはない。そして相互の行動とか発見とか交戦した事実は、日時的にほぼ敵味方の記録が一致している。

当時、中井支隊長は「歩兵は地形の骨格をつかんでいないのでトンチンカンな行動をとって困る」といわれ、歩兵が地形偵察をするのを極力すすめておられた。観測や測量が直接射撃に関係する砲兵にくらべると、歩兵が偵察に関心が薄いのは仕方がないのかも知れない。

射撃精度には自信がある

さて、十月十日の午後二時を過ぎるころ、支隊司令部から「藤本村・グルンボ以東には友軍なし、敵をもとめて射撃を開始せよ」という命令が伝えられた。藤本村は若菜村の東側の稜線のかげにあるはずで、その稜線上を対空顧慮なしに行動しているのは敵に間違いない。

これを射撃することにして、射撃諸元を算出した。観目《かんもく》距離（観測所と目標との距離）・観測所と放列との間隔は一メートル測遠器で測距し、射向（方向角）は三角法で、砲目《ほうもく》距離（砲と目標との距離）を五千メートルとして作業したので、射撃諸元の算出は射撃教範に示されていない腰だめ射撃になるが、時間と地形の関係でやむを得なかった。そしてそのまま射撃板（測量したデータを測板に図解し、放列・観測所・目標の関係位置を計測する道具）に写して射撃に利用した。

その後、観測所も放列も逐次陣地変換をしたが、地味に正確な測量をするいとまもなく戦闘は終了してしまった。

諸元は前記の要領で算出し、支隊長が友軍に危害がおよばぬように川東大隊の斥候の所在までたしかめていただいたので、万一でも引っ掛かるまいと思ったが、さらに射距離を千メートル加えてまず一発撃たした。

ドーンと遥かの谷間から鈍い破裂音が返ってきた。山の流れは左に高く、すなわち東北から南西にラム平原につらなっていたので、左に二〇〇ミリイ方向を振って撃つとさらに鈍い弾着音で、これなら射距離をひけば左の稜線の壁にぶつかるだろうと四百メートル縮めて撃つと、こちら斜面に弾着をみとめた。

三発で弾着を確認できたので、幸先よしと四発目を目標にみちびくべく修正して発射を命じたが、残念ながら急に風向きが変わって、谷間から湧きあがった白雲に目標地帯の視界をさまたげられてしまった。やむを得ず放列に「諸元書《しょげん》け」（射撃諸元を書きとめておき、つぎに「諸元取れ」の号令でその射撃諸元を砲にとらせる）を命じて射撃態勢を解除させ、司令部には状況を説明して射撃中止を報告した。

明くる十一日の朝、きのう射撃しようとした禿げた南方の台地を見ると、朝陽に映えて三つの集団に分かれて綺麗に並んだ天幕の列がある。一つの集団は五十～六十ほどで、さすがに制空権をにぎった敵は乾燥した健康的な露営地を選定していると感心もした。朝陽をあびてゆうゆうと洗面や食事をしているらしい。

司令部に報告すると射撃を許可されたので、制圧を決心した。砲は一門、撃ちはじめると天幕から飛び出して右往左往する。射距離は五千メートル前後、発射から弾着まで三十秒ほどかかるので敵の行動を正確に読まねばならず、なかなか巧くいかない。思いきって「照準手、松谷清上等兵に交代」と命じた。

さっそく小隊長の馬場少尉からその理由を質問してきた。上田博兵長は中隊の看板照準手だからヘソを曲げるのはもっともなことだったが、私が笑いながら「いまは下手な方がよいのだ」と返事して、射撃をつづけた。考えたとおり射撃は弾丸があちらこちらに散らばって、敵はどちらに逃げたらよいかまごまごし、かえって損害を大きくした。

砲兵は射撃精度のよいのが命で、そのため正確な照準手の養成にはなみなみならぬ努力をしており、戦死などの欠員を考慮して一門に三名の照準手を準備するのを理想とした。そのうち一人は名人芸で、三千メートル付近で射距離公算誤差が三メートルの精度を出しうるが、他の二名は二十メートルくらい。実用射距離公算誤差は二千メートルで二十五メートル、五千メートルで五十メートル、我が中隊の練度には自信がある。それで一番下手な照準手をえらんで射撃したら、弾丸先《たまさき》（弾着点）が散らばってかえって都合がよかったというわけだ。

天幕から若干はなれて十四～五人の一団がいた。眼鏡をのぞいているらしく時々レンズが太陽光を反射してキラリと光る。砲隊鏡のようなものも見える。指揮所か観測所らしいと見て五発ほど射弾をあびせた。もちろんこの場合、照準手は上田兵長だった。一発目で一斉に伏せた。五人ほど担架で運ばれて見えなくなった。

このようにして午前中、二時間で台地上の敵はあらわれなくなり、そのまま監視をつづけた。第一日の射耗弾は一〇〇発余。射距離は五千～六千メートルだったが台地上の目標で、見下ろした個々の目標は砂場の玩具のように浮き出して見え、弾丸も精度よく命中してくれた。

射距離の公算誤差は前述したが、のちの銃眼射撃（間接照準での）や入江村の陣前の阻止射撃、屏風山の浦山少尉の二度の逆襲支援射撃は、精度に自信がもてたからこそできた射撃だった。

士官学校や砲工学校の射撃学で教えられた実用公算誤差は、射表の公算誤差に砲の安定・砲手の練度・戦場心理・天候気象を加味し、野山砲では射距離三千メートルで二十五メートルを、五千メートルで五十メートルを使っていた。しかし、我が隊は技神《わざ》に至るの境地にある者をつかうので、最大限の機能を発揮させ得ると考えた。

第四章　砲兵対砲兵の戦い

敵爆撃機一二五機の大編隊

ニューギニア上陸以来、敵の航空攻撃にさらされてきたが、我々のような小部隊が大規模な編隊爆撃の目標になろうとは、夢にも思わなかった。すでにプロローグに記したように、十月十八日、統制された敵の初めての攻撃をうけ、わが野砲兵二十六聯隊第三中隊は砲撃戦を演じ、さいわい濠州軍を撃退することができ、少しほっとしていた翌日、清々《すがすが》しく晴れた朝を迎えて何気なく東の空を眺めていると、太陽を背に塵《ちり》のようなものが浮かんでいるのを見つけた。

監視をつづけていると、マーカム川づたいに飛んできた敵重爆撃機の編隊であることがわかった。ただちに支隊司令部に空襲警報をつたえると、すぐ軍参謀部に電話をつないでくれたので状況を報告したところ「引きつづき監視を続けよ」と命じられた。

敵は四発のコンソリデーテッド一二五機の大編隊、これは大変と軍司令部に報告した。そして編隊を見ていると、ラム河とフレジャボ河の合流点近くにくると高度をさげて単縦陣になり、フレジャボ河にそって方向を変えた。まだこの時は、まさか歓喜《かんき》嶺《れい》が爆撃されるとは夢にも思っていなかったので「方向変換、エリマ・ボガジン・マダンのいずれかに向かうと見られる」と報告した。

ニューギニア戦場のコンソリデーテッドB24四発爆撃機

ところが、高度は観測所よりやや低いくらいに思っていると、ムカデが足もとに這い寄るように、フレジャボ河にそって遡ってきた。私はぞっと身震いをおぼえた。観測所の前を観兵式のように我々に側面を見せ、搭乗員の横顔もはっきりと見える。とっさには何しに来たかと疑ったくらいであった。

と、目の前で突然、爆弾倉を開いたので、初めて我々を爆撃に来たことをさとった。警報を出す間もあらばこそ、見る間にフレジャボ河谷は片っ端から爆煙におおわれ、その高さは観測所の足もとにもおよぶ感じだった。そして入江村から歓喜嶺鞍部《あんぶ》の下まで爆煙の溜まりができた。観測所の前で三分間、分列飛行をしたような観だった。

私はただちに入江村陣地の下条中尉に電話すると、

「陣地地帯をはずして爆撃してくれたので助かりました、ただ薪とりに二名の兵が出かけているので心配しています」との返事だった。中隊の放列《ほうれつ》（射撃陣地）に電話すると馬場與少尉が出て、「びっくりしました、ちょうど百メートル手前で爆撃が終わりました、天佑でした、砲側は全員無事ですからご安心ください」との返事だった。

なお、歓喜嶺の陣地というと、一連の陣地を想像されやすいが、各中隊の間隔は一キロ以上もはなれており、広正面防禦としての対応を考えねばならなかった。

そして最初は、土民道（幅一・五メートル。一列で通過できるくらいの自然道）上の要点、不抜山《ふばつやま》拠点（第五中隊陣地）・入江村拠点（作業中隊陣地）・屏風山《びょうぶやま》拠点（第六中隊陣地）をとりあえず占領したというところで、その後は状況の変化に応じて逐次、配備を変更する考えだった。入江村も前進陣地といっていた。

当初、谷山独立小隊には不抜山拠点の側防という限定した任務をあたえられたが、中隊として加わったときは支隊の戦闘を支援するように命じられたので、どの戦線をも支援できるよう戦闘の合間に、各中隊の陣地の状況を見てまわった。

不抜山拠点は工兵がつくりかけたのを中隊長の中尾皓一中尉が引き継いで完成したもので、中隊本部を中心とした円形陣地で、陣地の両側は深い谷で迂回は容易でなく、鉄条網を前後に張り、陣内は交通壕・棲息掩蔽部《えんぺいぶ》・重火器の掩蓋《えんがい》などは完成して、相当な抵抗が期待できた。歓喜嶺鞍部《あんぶ》に近いプロセロの陰からの陣前の側防が有効と観察した。

入江村拠点はフレジャボ河をはさんで南面した野戦陣地だが、さすが作業中隊で掩蓋・交通壕・掩蔽部などの施設も充実して、砲兵の支援も期待して自信満々だった。

屏風山陣地は狭い稜線上に二〜三名の抵抗群を縦長に配備した防禦陣地で、壕は立射の個人壕、第一線の先端に工兵のつくったトーチカがあり、それにつづいて第一線陣地が百メートルほどつづいて、その後方五十メートルほどで稜線が屈曲して岩山となり、屈曲部までは敵方斜面で敵の観測所からは丸見えだった。

屈曲部から五十メートルほどは岩が露出して稜線上は一列になって通過でき、両側の崖にはえた樹木が衝立《ついたて》になって屈曲部までの往来はどこからも遮蔽されていた。

その後方に第二線小隊がやはり縦長に、その後方に重機関銃および大隊砲、その後方、稜線のくぼんだところに中隊の本部、その後方、高台になったところに速射砲小隊の陣地と砲兵の主観測所、その後方に第三線小隊の陣地が縦長に展開していた。


空襲騒ぎがあった翌日の十月二十日、司令部から呼び出されたので私は急いで出頭した。中井増太郎支隊長はさっそく先日の戦闘をねぎらわれ、戦果について質問された。

入江村前進陣地の戦闘は初めての歩砲協同の戦闘であったが、地積は狭く東西三百メートル、南北四百メートルくらいで、砲兵としても撃った弾丸は一一〇発にすぎず、二千メートルも離れた観測所からの視察では、射弾の効果判定は戦術常識でするほかなく、中隊の場合、一メートル平方に有効弾子破片一を落とすためには、一応全滅させると考えて、二ヘクタールに三分間の集中射が必要で、十二ヘクタールのためには六回の集中射二、すなわち六三×

六＝三七八発の弾薬を必要とするので、人員「歩兵の誘導もあって成果は特別上がったとして、人員に一〇パーセントくらいの損害。に一〇パーセントくらいの損害。攻撃してきたのは歩兵一個中隊二百名として二十名の損害をあたえたことは確実。一時間たらずの間に一〇パーセントの損害が出れば、志気阻喪し退却するのが通例と聞いております」と返事をした。

するとと支隊長は「何だ、それだけか、下条作業中隊長の報告だと機関銃や迫撃砲など沢山あったぞ。渡河してきた敵は河に流され、溺れて下流のよどみに浮いた屍体が多数あったと報告されたぞ」と言われた。「観測所からは確認できませんので」と答えると、「要領の悪いやつだな、歩兵はほとんど弾丸を撃っていないのだ、歩兵から報告がきているから俺が書いてやる」と笑われ、私は「宜しくお願いします」と頭をさげた。

支隊長からは改めて「俺は海岸方面が忙しくなったので今日エリマに出立する。今後、砲兵中隊は松本聯隊長の指揮をうけることになる。健闘を祈る」と言われた。

私はその足で歩兵第七十八聯隊の松本松次郎大佐のもとにいき、支隊命令により聯隊に配属されたむねを申告して、中隊に帰った。

後日、段列《だんれつ》（輸送補給隊）長の村瀬堯之准尉に聞いた話だが、聯隊から師団に派遣されている書記の言によると、中井支隊からの報告に『大畠山砲中隊の砲撃で濠州軍の攻撃を撃退した』とあったのを、そのまま軍の作戦日誌に転載されているという。

私は、中井歩兵団長が砲兵一個中隊を犠牲にしても歓喜嶺を守ってみせると啖呵《たんか》をきられたのを思い出し、これで砲兵火力の有効性の証明ができたと嬉しかった。

さて、入江村の前進陣地の攻撃に失敗した敵は、つぎに矛先《ほこさき》をわが左翼第五中隊（中隊長中尾中尉）陣地のある不抜山方向に向けてきた。両陣地の間隙は約三キロあり、五百メートル間隔で駐止斥候《せっこう》を配置して、いちおう連続した陣地と見せかけていた。この方面は深いジャングルで斥候の小競合いは頻繁だったが、部隊の衝突はなかった。（敵の二回目の攻撃。十七頁地図参照）

そこに前進陣地の左翼小隊の歩哨が、「十八名ほどの斥候らしい者が潜入した」という報告をもたらしたので、各隊は一斉に緊張し、当面の第五中隊は全力をあげて捜索した。第五中隊陣地は前述のとおり堅固であったが、しかし、ジャングルは広く、稜線づたいに歓喜嶺への前進ははばめても、前進陣地の後方に出て攻撃もできるし、中隊の第三陣地や蔭山村の予備隊の陣地に攻め入ることも考えられるので緊張した。

翌日、その斥候らしいものが出ていったのを前進陣地の歩哨が確認し、一応の危機は去ったが、事態が改善されたわけではなかった。

第五中隊からは陣前に地雷を敷設《ふせつ》したむね通報をうけた。中隊としては指揮小隊長の谷山登中尉を不抜山に観測所の偵察をすべく派遣し、かねて偵察しておいた不抜山陣地支援のための第四陣地に谷本高義曹長指揮の第三分隊を陣地占領させ、段列に五〇〇発の弾薬の集積を命じた。

谷山中尉の偵察班は指定した五ヵ所ほどを偵察して夕方帰来したが、適当な観測所が得られず、そのうえ行く先々敵砲弾のお見舞いをうけ、ほうほうの態《てい》で帰隊した。敵は通信線をのばしながら前進して、必要に応じて砲兵の射撃を要求するらしく、撤退するときは気楽に線はすてていくという。谷山中尉もそのような敵の斥候に発見されていたのではと考えられた。

谷本分隊はぶじに二日後、掩蓋《えんがい》を完成して陣地進入した。弾薬は配備についていない人員を総動員して、一人二発をかつがせてヨコピーから運び、五十人を動員できたので、五日間でとりあえずの集積を終わった。輜重隊《しちょうたい》は砲兵弾薬を毎日十発しか運ぶことができず、自力で運ばなければ戦闘を継続できなかった。

そして数日後、前進陣地の歩哨から二百名ほどの敵が、また侵入したのを確認したと通報された。数日後、第五中隊の陣地と前進陣地の中間より少し北寄りの西斜面に、轟音とともに黒い煙が立ちのぼった。すわと見つめていると、しばらくして中尾第五中隊長から電話で「みごとに地雷に引っ掛かりました、ご安心ください。痛快！　痛快！」という電話。「お目出とう」と祝意を表して電話をはなれたが、他人事ならず楽しかった。

翌日、前進陣地から、侵入した敵は渡河退却したと通報してきた。この後、不抜山方面の敵は活発な活動をしなくなった。

敵の砲兵を何とかしてほしい

九四式山砲。口径75mm、最大射程8300m。防楯がよくわかる
（佐山二郎氏提供）

山砲の最大射程は八三〇〇メートル、我が野砲でも最大射程は一万七〇〇〇メートルで、口径はいずれも七五ミリ。敵の砲兵は現に撃ってくる弾丸が径八一ミリ。当然、弾量も多く射程も長く、真面目にぶつかれば負けるのは理の当然だった。それで我が方の対砲兵戦の考え方としては、

・敵の観測所を見つけて必ず制圧するとともに、我が観測所は絶対に所在を捕捉されぬこと。

・我が陣地を極力秘匿するとともに掩蓋で強化する。敵砲兵陣地の位置をできるだけ解明すること。

・偽陣地により敵の判断を誤らせること。

の三方法しかなかった。

敵の観測所は測量のために覘標《てんぴょう》を立てたり、眼鏡を据えつけたり、餅は餅屋でそれらしい気配で見当がついた。ただ残念なことに十分な効力を発揮できるだけの弾丸がなく、制圧を持続できないことだった。

我が放列陣地については、第一陣地と第二陣地は偵察の時間も少なかったので完全な遮蔽《しゃへい》陣地を

選定することができず、第一陣地は半遮蔽で敵観測所から火光が見られたらしく、そのうえ空中からの偵察にも完全には遮蔽できていなかったため、たちまち発見、制圧された。第二陣地は進入の足跡を敵偵察機に見つけられて集中射をくらう結果となり、つづく失敗にすっかり懲《こ》りて、その後の陣地は完全に遮蔽し全部掩蓋をかぶせたので、充分に機能を発揮して大きな成果を挙げることができた。

偽陣地については、従来あまり関心がなかったというのが正直なところだ。しかし、戦場に臨んで、いかに砲兵が目のカタキとして狙われるものかということを身にしみて体験し、少しでも損害を軽減する手段を考えさせられたことだった。

当初のテリー・ポスト付近の敵を射撃したころは、敵の砲弾も少なく一日一〇〇発前後で、我が方も馬力をかけて対抗し一〇〇発前後を射ち返したが、入江村の攻撃を撃退してからは、敵の地上の攻撃にも若干緩みができたか、西の方へ進路を変えたか、ラム河ぞいに進路を構築している様子も望見された。

トンプの飛行場はみるみるうちに整備され、十五分おきに大型輸送機が離着陸するようになり、一機の貨物は三台の大型貨物自動車で運び去るという効率のよさだった。

歓喜嶺方面の敵砲兵の我が砲兵（実は二門しかないのだが）に対する航空機、その他を利用しての反撃の激しさは驚くばかり。西進する道路構築資材の豊富さとあわせて、容易ならぬ敵を相手にしたものだと思った。学校の戦術で、助攻方面の部隊は一個大隊で一個師団を相手にする覚悟をしておけと言われたが、いまその立場に立たされているのを悟らされた。

現在、対している敵は一個師団と特殊任務の部隊があると思われた。敵砲兵は三個大隊（三方向の山蔭からの発射音により判断）、これらに対して我が二門の所在をいかにくらますかが問題だった。そのため曹長職（中隊の書記で行動記録を担当し中隊長といつも行動を共にしているので陣地偵察の要領もおおむね心得ていた）の溝吉悦軍曹に、ときどき数名の兵を指揮させて私の示す地域にいき、丸太の偽砲を並べたり偽砲煙を揚げたりさせた。

偵察機に見つかって集中射をあびせられ、ほうほうの態《てい》で逃げたこともあった。また集中射をうけたとき、しばらく沈黙して制圧された振りをしては無駄弾丸を再度撃たせたりもした。また敵は我が中隊が砲を撃つと、必ずといってよいほど偵察機を飛ばせて陣地を捜索させたので、偵察機が放列から見て山の蔭になったときに発射して、砲煙が消えるころ放列の上空にくるようにして敵をまごつかせた。

また、第三陣地は歓喜嶺鞍部から入江村に通じる路がジャングルを通過しているところに進入路を選定したので、進入路を突き止めることができず、音源標定で射撃しているように思えた。なぜなら集中射は放列の北三百メートルに、ほぼ固定していたからである。

もちろん観測機の飛ぶうちは砲煙を確認できないように発射時機を調節し、敵から集中射を受ければ効果があったふりをして一時沈黙した。こちらが射撃したときはもちろん撃ち返されたが、ときどき夜中の八時ころから明け方の午前四時ころまで、一時間おきに撃ってくることもあった。私はこれを不寝番射撃と悪口をいって、放列に注意した。

というのは、ときどき調子のくるった弾丸が飛んできて危険を感じたからで、弾丸は観測所の上を飛ぶので「壕を出るな」と指示した。そのようなときに限って、終わったと思って飛び出した兵が二人いて負傷した。軽傷で一名は指に、一名は背中に直径二ミリほどの破片がささり、衛生兵がピンセットでつまみ出して消毒して終わった。

第四陣地以後の陣地は進入路・陣地ともにジャングル内を利用したので、直接被弾することはなかった。ただし敵は決定表尺《けつていひようしやく》を求め得ず散布射《さんぷしや》（各砲の射向を平行にして射距離を百～二百メートル差で数距離発射する。広範囲を覆うので直接目標には命中を期待できないが、万一を期待して撃ってくる射撃）であり、観測所では苦しまぎれの射撃をしている気持ちがわかるので、「ザマア見ろ！」と歓声をあげて、我が陣地の秘匿が充分にできていることを喜んだ。

対砲兵戦で優越感をいだいたのは砲弾だった。弾体は我が軍は鋼をつかっていたが、濠軍は鋼性銑（鋼に銑鉄をまぜたもので戦時、鋼の不足を補うために利用した）をつかっていたし、詰めている火薬は我が軍は茶褐薬《ちやかつやく》（トリニトロトルオール。日露戦役で使用した下瀬火薬［ピクリン酸とも言う］よりはやや弱いが、化学的に安定していて使いやすい）を使用しているが、濠軍は破壊力が弱く破裂すると白い煙の出る火薬（たぶん硝斗薬、化学肥料の類似品）で、集中射撃をうけると煙幕を張られたようになり、砲弾自体も完全に破裂しないでごろごろ転がっている。

また、不良信管が多く、発射音と弾着音とを勘定していると二十パーセントの差があって、不発弾は二十パーセントと考えて差し支えない。これは工業力の差だった。対砲兵戦の総合評価は、わが中隊（中隊長の指揮する二門）対濠軍師団砲兵（連隊長の指揮する三個大隊）で、引き分けと判定。適当な評価とうぬぼれている。

ところで、濠軍戦史「第二十四章・歓喜嶺鞍部占領の足場（切っ掛け）」に、つぎのような記録がある。自画自賛にすぎるとは思うが、敵が認めてくれたのであればと、ここに引用する。

(1)十一月中、砲兵は日本軍の陣地を連続して射撃した。第二旅団第四野戦連隊からの観測者は、軽い二十五ポンド砲二門をふくむ十門の火力を誘導した。前方に出た観測将校の豪胆きわまる行動によっても、険しい地形のために目標に対して十分な正確さをもって火力を誘導することができなかった。もし突端に在ったのであるならば、より正確に砲兵射撃を実行できたであろうに。

(2)オーストラリアの砲兵隊は日本軍の七五ミリ砲（複数）を完全に沈黙させることはできなかったけれども、彼らに長い時間射撃を思い留まらせることで処理した。

十一月十五日に第五十四砲兵中隊は、オーストラリアの砲（複数）によって報復できやすい地点に、罠を仕かけた。すなわち一つの部隊が多分日本軍の本部を射撃している間に、それを狙って射撃をはじめた日本軍の砲にたいして、他の部隊が報復射撃を実施した。

不意に日本軍の陣地を偵察にあらわれたアメリカ戦術空軍の航空機は「日本軍の砲は射撃したあと洞窟にもぐり込み、そしてまた、必要のあるとき、洞窟の外に引き出していたと考えられる」と連絡してきた。

(3)攻撃を開始する午前十一時に屏風山を爆撃してほしいという第二旅団第二十五大隊と第十八臼砲隊《きゅうほうたい》との間の取り決めで、飛行機は河谷のなかを低く飛んだ。オーストラリア軍の臼砲が射撃をしはじめたら、日本軍は彼らの砲をぐるりと回して臼砲にたいして射撃を開始するだろう。飛行機はそのときに精確にその位置を標定して、砲兵射撃を誘導した。低い雲が飛行機の観測を邪魔したが、射撃は計画どおりに進んだ。

同一の計画が航空機の展望を邪魔する雲のなかった十九日の日中にもおこなわれた。日本軍は航空機が飛来する前に彼らが隠れていた河谷から砲を撤退させた。しかし、二十日に飛行機は、峰の突端に二十四時間以内に建設されて、車輪の跡が路にそって見られる新しい陣地を報じた。オーストラリア軍の砲兵は今やこれらの砲台の撲滅に全力をそそいだ。砲弾は目標地帯に落下したが、砲台には命中しなかった。

日本軍の砲兵がとくに攻撃的だった二十六日に、ブーメラン（偵察機）に使命を果たすよう促したけれども、日本軍砲兵の何の足跡も見つけることはできなかった。そうして隠れる、探す、砲兵との抗争で十一月は過ぎ去った。

こういう険しい地形でオーストラリア軍砲兵が日本軍砲兵に打撃をあたえるためには、非常に巧妙な射撃を必要とした。また、日本軍の砲はオーストラリア軍の砲兵を砲撃するのに、充分な射程をもっていなかった。

なお、日本軍の山砲は七五ミリ歩兵砲（射程七八〇〇ヤード）か、七五ミリ山砲（射程八七五〇ヤード）のいずれかであった。歩兵聯隊は六門の七〇ミリ砲と四門の七五ミリ砲を持っており、師団砲兵は三十六門の七五ミリ砲を持っていた。英国の砲は遥かに長い射程をもっており、そして日本軍砲兵の十三ポンドに対して二十五ポンドの砲弾を発射していた。

フィニステル山系・歓喜嶺より屏風山を望む
（防衛研究所図書館蔵）

ともあれ、敵砲兵の目標は我が第一線歩兵中隊と砲兵である。そして前進陣地の下条作業中隊はその名のとおり歩兵聯隊内の工兵で、築城も上手で、入江村の対岸に河を障害として陣地をつくり、うまいことに陣地は敵砲兵の観測所から見えないところで、敵砲兵の目標にはなり得なかった。

不抜山《ふばつやま》の中尾第五中隊は鬱蒼としたジャングルの中で、敵の観測所からは見えず、観測将校を歩兵に随行させれば観測し得る範囲は射撃できる。

屏風山《びょうぶやま》の上村第十一中隊の第一線小隊は、敵方斜面の禿げた稜線に縦に展開していたが、敵方斜面では敵砲兵や迫撃砲の射撃演習場の観があった。陣地の先端には工兵のつくったトーチカがあり、このため敵も簡単には進攻できないでいたが、そこから下は裾がひろがって我が砲兵の死角でもあり、我が歩兵も弾薬を倹約してほとんど撃たないので、のんびり草原に寝そべっている敵兵を見受けることが多かった。

第二線小隊より後方は起伏のある森林におおわれた稜線で、陣地も縦長に第二小隊・機関銃小隊・大隊砲小隊・中隊本部・速射砲小隊・砲兵観測所（中隊長常在）・第三線小隊と、ほぼ二キロに並んでおり、両側は切り立った断崖になって敵砲兵の観測所からは観測しにくかった。

まず悲鳴をあげたのは、第十一中隊の第一線陣地に配置された者たちだった。第一線陣地には第十一中隊の各小隊が交代で配置についていた。砲兵として屏風山は展望点として確保を要するが、頂点にいたる馬の背のような暴露した急坂（第十一中隊の第一線陣地）は、単に敵に目標をあたえるだけと考えられた。

松本歩兵第七十八聯隊長から電話で「敵の砲兵を何とかしてほしい。第一線は連日撃たれて悲鳴をあげている。もっと前に出たら見えるのではないか」と言われた。

聯隊長が前線を見ておられぬのはわかっているので「敵の野砲は射程が長い。山砲では届かぬので破壊できません。観測所の制圧はできますが、つづけて制圧するには弾丸を大量に補充していただかぬと不可能です。ただ、屏風山の歩兵の第一線小隊と第二線小隊の間の突端を、観測所として使わせてほしいがいかがですか」とお伺いをすると「存分に使え」との返事をもらった。

さっそく翌朝、日の昇るころ、砲隊鏡・測遠器・方向盤と電話機をそろえて目的地についた。

ちょうど屏風山の稜線が歓喜嶺鞍部《あんぶ》西側高地（プロセロ山）から東南に流れ、それが真南に方向変換している地点で、そこはおあつらえむきの観測所だった。展望は申し分なく四周を見渡すことができ、砲塔のように五～六十センチ以上の厚みの岩石が四周をめぐって、よほどのことがない限り安全に仕事ができると思われた。

配備について三十分ほどすると、一回目の集中射をあびた。時間にして三分で、弾丸数にして四十～五十発くらいだった。損害はなかった。終わったので砲隊鏡を出して五分ほどすると、また集中射をくらった。数回同じようなことを繰り返し、これは敵が砲兵の観測所と見ているなと判定した。

ここへ来る最後の二十メートルぐらいは岩山で、身を隠す余地もない。持ち物で兵種を判定されたかも知れぬ。こうなると意地でも、敵の観測所を洗い出して敵討《かたきう》ちをと躍起になった。

十時ごろになり、松本聯隊長から電話がかかって「今朝推進した砲兵の観測所を、もとの位置にさげてくれ」と言われた。そこで「砲兵としては一番よく見える地点に観測所を設けたので、特別の理由のない限り、しばらくこのままで捜索を続けたい」と申し上げた。

すると、「考えてみると、射程の短い山砲で射程の長い野砲を叩こうとするのが無理だ。よくわかった。第一線の歩兵には、陣地を敵の砲兵の射撃に耐えられるように強化するよう命じる。じつは推進した砲兵の観測所をねらった敵の逸れ弾丸が、第十一中隊の中隊長位置に落下して、中隊長はおちおち飯も食っておれんと言うのだ。砲兵は臆病で後方にいるから敵の砲兵を制圧できないなどとは言わせぬから、何とかさげてくれぬか」と言われた。私は呆れたが「わかりました、明るいうちは危険なので、日が暮れてから撤退します」と答えた。夕暮れまで砲隊鏡で捜索をつづけてから撤退したが、従来得た以上の情報は得られなかった。敵が我が砲兵にたいして非常に敏感に対応しているのが感じられ、敵対意識をあおられた。それとともに他兵種の能力と戦闘法を理解することが、いかにむずかしいかを思い知らされた。

というのは歩兵の第十一中隊の第一線小隊は、工兵の構築した陣地にそのまま配置されていた。工兵は防禦陣地の骨幹として丈夫なトーチカを築いたが、相互に側防するトーチカがなければ敵にとっては怖い存在でなく、ましてや敵方斜面の構築物などは砲撃で簡単に吹き飛ぶ。脆弱な陣地に頼りすぎている第一線小隊の守備に、私は非常に危惧を感じた。

歩兵を悩ませる迫撃砲との戦闘

敵はカイアピットの戦闘以来、迫撃砲をさかんにつかって友軍歩兵を悩ませていたが、入江村の戦闘では敵は適当な迫撃砲の陣地をえられず、守備隊長・下条中尉の発見するところとなり、我が中隊の射撃で破壊された。

そのため入江村正面の迫撃砲は、しばらく鳴りをひそめたのである。

ついで不抜山の中尾第五中隊陣地に向かった敵は、ジャングルで迫撃砲の使用ができず、的確な砲兵の支援射撃もえられず、まごまごしているうちに、中尾中隊長の仕かけた地雷に引っ掛かり、ほうほうの態《てい》で退却。つぎはもっとも常識的な要点である屏風山陣地に、攻撃を指向するかに見えた。

屏風山の第一線小隊陣地は、敵方斜面に雛壇《ひなだん》のように並んでいる。散発的な砲撃の合間に迫撃砲の射撃がまじっていた。しかし、屏風山陣地の第十一中隊長・上村中尉としては、聯隊長にまで訴えて砲兵観測所を後方にさげさせた手前もあり、制圧要求は出なかった。

ともあれ、入江村陣地への敵の迫撃砲の射撃がはじまったのは、十一月上旬だったと思う。入江村の陣地は観測所から約二千メートル。まるで空中観測しているように山上から見下ろすと、撃たれているのが手にとるように見え、気が気ではなかった。午前午後、数回射たれるので堪らなかったのであろう、下条中尉から電話で「迫撃砲がやかましくてかなわない。何とかなりませんか、損害はありませんが」と言う。

普通の大砲なら、発射音につづいてひゅうひゅるひゅると飛行音が聞こえ、ぐわんぐわんぐわんと破裂音で一段落。きわめて男性的なのだが、迫撃砲はすっぽんすっぽんすっぽんと発射音、しゅるしゅるしゅるしゅるしゅるとゆっくり上がって、どこに落ちるかと冷や冷やしていると、どっかどっかどっかと大きな落角で落ちてきて、水平に四方に破片が散る。

女の子にウインクされてハッとした途端に、落とし穴に落とされたみたいな嫌な感じだ。これを毎日繰り返されるのでは、神経衰弱になる。

さっそく観測手を指名して監視させるとともに、歓喜嶺の中腹に補助観測所を設け、観測掛下士官・中村鉄雄軍曹を長として三名を配置し、監視をつづけた。

じりじりして待っているうち、五日目の午前十時ごろ、中村軍曹から「火光《かこう》らしいのが見えた」との報告。急行して一時間で到達、しばらく監視をつづけると幸運にも、入江村の南のジャングルの中に火光を認めることができた。

位置は入江村と大畠村の中間の谷間と考えられたので、ただちに観測所に引き返して監視をつづけていると、午後三時ごろ、また入江村の我が陣地に射撃をはじめ、壕の付近に菊花に似た弾痕をつくった。そして焦点を合わせていた砲隊鏡は、迫撃砲を発射したときに出るドーナッツ型の煙がポッカリ浮くのを確認した。ついに火光は見つからなかったが、煙の出る口元は推定できた。これで方向交会法による試射が可能になり、ほっとした。

下条中尉からまた電話が入り「敵迫撃砲の位置はまだわかりませんか？　痺《しび》れが切れました！」と言ってきた。

私は「すまん」と謝って、やっと敵の所在を突きとめたので明日は叩き潰すと、いままでの経過を話すと「なかなか苦労がいるものですね」と納得してくれた。

その夜、馬場少尉に「いつも放列で縁の下の力持ちをさせているから、明日は晴れた空の下で敵を叩き潰してもらう、方向交会法をよく勉強しておいてくれ。午前十時に歓喜嶺の補助観測所にいき、敵情について中村軍曹から説明を受けろ。行動はその後、命ずる」と指示した。

翌朝、馬場少尉と射撃の打ち合わせをしているところに、歩兵大隊の本部付将校が十八軍の作戦主任・田中兼五郎参謀を案内して補助観測所にあらわれた。さっそく、馬場少尉から状況を説明し、射撃を見ていただくように命じた。

馬場少尉の号令で試射をはじめ、二発で遠近一〇〇メートルに夾叉《きょうさ》し、四発で決定表尺をもとめた。あまり簡単に射距離がきまったのでまごついている。

「効力射！」と命ずると「何発くらい撃ちましょうか」と聞いてきた。「十発ほど各個射で撃ち込んでみろ。その後、状況で追加を考えろ」というと「わかりました」との返事とともに放列から砲声がとどろいた。

成果如何《いか》にと注目していると、まず白い煙が一条すうっと立ち昇ったかと思うと、その白い煙が陣地一帯にひろがり、があーんという轟音とともに真っ黒い爆煙。轟音は三十秒ないし一分間隔で聞こえ、おさまるのに一時間余を要した。

馬場少尉も戦場にきて初めて観測所に登り、射撃を指揮して成果を上げたのだからよほど嬉しかったのだろう、「中隊長殿、どうも変ですね、命中でしょうか?」と聞いてきた。「弾薬集積所に当たったのだろう、お目出とう」

入江村陣地の下条中尉からさっそく「前の山の蔭から白い煙が上がり盛んに破裂音が聞こえるが、何か起きたのですか」と聞いてきたので、「やっと迫撃砲を撲滅できたよ。安心してくれ」と笑った。

田中参謀から「ご苦労。射弾観測にはだいぶ苦労しているようだな、発煙弾を送ろうか?」と言われたので、「発煙弾があれば有難い。どこにありますか?」と聞くと、「エリマにある。明日、司令部に帰る前に手配しておく」との返事だった。

三日ほどして、また迫撃砲が入江村陣地にたいして射撃してきた。予想はしていたので前の陣地の近くの谷を探すと、発射音にともなってドーナッツ型の煙の上がるのが見える。さっそく試射して効力射に移ったが、二度とそこには現われなかった。

その後一日おいて近くの谷にあらわれたが、すぐ捕捉して射弾をあびせたので、二度と入江村陣地に迫撃砲の砲撃はなかった。

このようにして対迫戦は、屏風山をのぞき終結した。対迫戦については我が砲兵はやや優勢を維持し得たとうぬぼれている。


ともあれ、迫撃砲にたいする射撃に、中隊は全力をあげて対応して目的を達したし、戦況もややおちついてきたので、つぎの日の晩には馬場少尉と久しぶりで、段列長をくわえて三人で会食することにした。

ちょうど陣地について一ヵ月。「中井支隊長から大畠大尉は酒が好きだからと一本送られて来ましたので、暇をみて段列にきてください」と段列長の連絡もあったためでもある。また、馬場少尉から「田中参謀から中隊長へと預かりました」とミルクの缶詰と圧搾口糧二個ずつ差し出された。

そこで当番の箕浦章兵長に三人の会食分の酒を三合ほど残して、下士官たちで飲むよう段列長に届けることと、ミルクの缶詰と圧搾口糧は一組を馬場少尉が陣地の部下へ土産として持ち帰れるように、そして残りの一組を食後のデザートとして調理するよう言いつけた。

ミルクの缶詰は患者用で、砂糖がたっぷり入って蜜のように濃縮され、戦場では得がたい味だったし、圧搾口糧は米と麦の混合したものを一度ふくらませてアラレ状にしたものを圧搾して固めてあり、お世辞にも美味とはいえず、副食の味噌や梅干し、田麩《でんぶ》、小松菜を乾燥し練りかためたものも、これで食欲を満足させることはできなかった。

しかし、米麦をふくらませて圧搾したものは手で揉むと奇麗な粉となり、調理するとちょうどしんこのようで、これにミルク（練乳）を塗ればちょっとバタ臭いが、甘い団子に変わる。甘いもの好きの馬場少尉ならずとも、手に入ったときはよくやったものだ。

第18軍作戦参謀・田中兼五郎少佐

会食は馬場少尉の自慢話に終始したわけだが、彼は田中参謀から、「フィンシュでは敵のお返しの激しさを恐れて積極的な射撃をやらなかったが、ここではジャングル内の観測のむずかしい射撃を少ない弾丸で難なくこなし、敵の反撃を少しも恐れていないのには驚いた。また中隊が広い地域に展開しているにもかかわらず、よく統制されて戦闘していることは感心する」とほめられ、「何か困っていることがあるか」と聞かれたので「時計が壊れて困っています」と答えたら「戦砲隊長が時計がなくてはかわいそうだ」と、自分の時計をはずして下さいました、と大きな懐中時計を嬉しそうに出して見せてくれた。

精工舎の鉄道用の大きな時計で、正確さを誇る得がたいもの。さすが、田中参謀は陸士四十五期砲兵科の俊秀。時間の正確を期するため携行されたものと思うが、それを惜しげもなく与えられたことは、馬場少尉のみごとな射撃効果を目のあたりにし、よほど喜んでくださったのだと感動した。

田中参謀の約束された発煙弾は二日後に、ヨコピーに到着したと連絡があった。到着した発煙弾をさっそく試射に利用し、迅速に効力射に移ることができて、田中参謀の配慮に感謝した。

それからはときどき利用したが、ある日、第五中隊長の中尾中尉と作業中隊長の下条中尉からべつべつに「最近、砲兵はガス弾を使っているのではないのか、敵が防毒面を携行するようになったが」と電話をかけてきたので、試射に発煙弾を利用していることを話し、歩兵大隊本部にも同様の趣旨を通知した。

しばらくして両中隊長から、敵もまた防毒面を持たずに行動するようになったと、笑いながら通報がきた。

うちの隊はついてる！

中尾、下条の両中隊正面の敵は比較的、我軍の行動についての関心があったのか、行動が活発のように感じられた。また屏風山正面は丸見えなので活発な行動が見られず、ラム河右岸にそって西に進出を企図しているのか、兵站路らしき道路を西へ伸ばしている。

歓喜嶺鞍部《あんぶ》西側高地（敵はプロセロ高地と称していた）から陣地右翼の中尾山（バイパ南方）まで約五キロ、その間、我が軍の配兵はないが、中尾山にはサイパの歩兵第七十八聯隊から守備隊が配置されているので、心配はいらぬとの歩兵の意見だった。

砲兵としては、屏風山（シャギー高地）の争奪が歓喜嶺陣地の守備のカギとすれば、現在の陣地に満足できない面が生じた。

十一月になると、トンプ飛行場の整備もだいぶ進んで、敵機の離着陸も盛んになった。それを指をくわえて見ている我々は、地団太ふんで悔しがっていた。以前にくらべて中隊をねらう敵の弾丸数もふえ、さいわい命中しないので落ちついてはいたものの面白くなかった。

そうした折り、歩兵第七十八聯隊本部から「十一月十九日払暁、我が爆撃隊がトンプ飛行場を急襲するので、対空標識を出して誘導せよ」と命令された。経路は企図を秘匿するため海岸線をたどってエリマに到り、ミンジム河にそって南下し、歓喜嶺をこえて一挙にトンプ飛行場へ向かうという。

さっそく測量して歓喜嶺東南部と屏風山東斜面に、トンプ飛行場に向かう標識の焚火《たきび》を準備した。そして当日、やや早く焚火に火をつけて見まもっていると、ミンジム河をおおった雲の中から三機編隊の友軍軽爆撃機が時間どおりに躍り出て、まっしぐらに飛行場に飛び去った。とたんに爆弾の轟音が聞こえ、対空射撃の機関銃の曳光弾《えいこうだん》が花火のように飛びかうのが見えた。

効果はわからなかったが、友軍機のエンジンの音がラム河下流に消えるのを聞いて、ぶじの帰還を祈りつつ寝た。のちに未帰還機があったと聞かされ、悲しい思いをした。なお、戦後、航空部隊の記録に私と同期（航空士官学校五十二期）の平野博篤大尉の戦死が報じられていた。

また敵は、ときどき自分の企図を宣伝して、脅かしてくることがあった。この時も「ヨコピーより歓喜嶺にいたる補給路を破壊して、歓喜嶺守備隊を日干しにする」と豪語して、宣伝ビラをまいた後、連日にわたる爆撃をはじめた。

私たちはどの程度のものかと疑心暗鬼で眺めていたが、どうも本気で実行する様子で、地形を眺めると中隊段列《だんれつ》の位置がその順路にひっかかりそうなので、細流をはさんで反対側に一週間以内に移動を命じた。村瀬准尉から弾薬の輸送もあるのでとても無理だとの返事だったが、「ヨコピーからの弾薬搬送は一時中止しても、一週間以内に移動を完結せよ。これは命令だ」と厳しく申し渡した。

段列は棲息《せいそく》掩蔽部をつくったうえに、幕舎もつくっていたので作業も楽ではなかったが、段列長以下の必死の努力で一週間で移動を完了した。段列長はちょうど一週間目の正午に、電話で観測所にいる私に連絡してきた。私はその労をねぎらった。

それから一時間後だった。また段列長から電話がかかり「ただいま敵の爆撃をうけ、旧段列位置は全部吹き飛ばされました。一時間違いでした」と。

その夕、私は段列にいき、爆撃のあとと新しくつくった宿舎と棲息掩蔽部を見てまわった。段列長から苦心談をきいたが、移転完了してやれやれと昼食をしていたときに爆撃をうけて、いままでの苦労が一遍に吹き飛び、「うちの隊はついてる！」と皆はしゃいだということだった。

摺鉢山方面へ砲兵将校斥候を

フィンシュハーフェン方面の戦況はようやく激しさをくわえ、中隊からは谷山登中尉を欠員補充のため大隊本部に引き揚げられたので、歓喜嶺に配置された中隊の将校は、中隊長と馬場與少尉の二名、砲二門。はなれた陣地にあるので同時に同一の目標を撃つときは中隊長一人で指揮できるが、二目標は不可能だった。そこで馬場少尉を観測所に呼び寄せ、私を補佐して、ときには射撃指揮をとらせようと考えていた。

そのような時に、またも将校斥候《せっこう》の派遣を命じられたので頭が痛かった。それまでは人員の少ないのを理由に、下士官に代理させて誤魔化してきたが、今回は歩兵第七十八聯隊を経由、中井歩兵団長よりの直接の命令として「近く実施予定のケセワ作戦において、砲兵が摺《すり》鉢山《ばちやま》に進出して支隊主力の攻撃を側面より支援することが可能か否かを報告せよ」とのことだった。

砲兵の面目にかけても期待にこたえねばならぬと考え、馬場少尉の派遣を決定した。団長は砲兵将校の地形眼を高く評価されておられたので、何かねらいがあるのではと考えさせられた。

人選は敵中を通過する可能性もあるので、馬場少尉にもっとも信頼する者を選定させた。選ばれたのは清水秀市伍長（通信）と柿野栄次伍長（馭者）。私も同行させたいと考えていた落ちついた下士官で、小銃射撃も上手で身体も強健だった。

屏風山の西約四キロに摺鉢を伏せたかたちの山があって、我々は摺鉢山（新しいニューギニアの地図はCannings Saddle）と呼んでいたが、屏風山からバイパ南の中尾山をへて、サイパ南の双葉山まで一連につながった峰々からは、深い谷をへだてて独立峰のように見えた。中隊としては、主陣地右側面の監視のため補助観測所（観測手一・通信手一・小銃手一）を日中配置して、摺鉢山を見張らせていた。その結果、摺鉢山の頂上の林縁には数ヵ所に敵歩哨が配置され、巡察がその間をめぐって警戒しているのを確認していた。

我々はそこを拠点に、歓喜嶺陣地の側背に通じる路があるのではないかと心配していた。また中尾第五中隊陣地を北からきて東をまわり、南にぬけた敵の斥候は、中尾中隊の射撃で遺棄屍体一と携帯無線機二を残したが、我が歓喜嶺陣地の後方を通過した懸念が残った。

とりあえず、まず馬場少尉を双葉山と青葉山の歩兵部隊に派遣し、いままでに得た情報を聞かせた。偵察した歩兵将校の話によれば「摺鉢山は独立した山塊で東は屏風山、北は青葉山・双葉山連峰、そして西側は青葉山の流れの稜線にかこまれて、摺鉢山との間は深い谷をなしている。谷をわたるには土民道もあるが、蔓を頼りに登り下りする険しい路だ」と、その場所も教えてくれた。なお「摺鉢山には敵兵はいない」とのことだった。

これは、歩兵団長が歩兵の偵察の結果に疑問を持たれての処置と考えられたので、馬場少尉につぎのような注意をあたえて出発させた。

一、摺鉢山は見たところ、火山噴火でできた独立峰ではない。どこかこちらの山とつながる稜線があるはず。多分（補助観測所の）向かいから眺めれば解決できると思うので、おおむねの所要時間・距離を計測すること。

二、観測所では摺鉢山に敵のいることは確認できている。深追いはしないこと。

三、歩兵の偵察した土民道を確認すること。

四、敵との戦闘を避けるため、近接したら尺取虫《しやくとりむし》の要領で二人の援護のもとに一人が前進するよう。

五、行動間、敵の砲兵については従来の予想位置に間違いないかを検討すること。

六、行程は三日を予定するが、携帯口糧は五日分携行すること。

予定どおり、三日後に斥候はぶじ帰還した。経過をきくと、初日は歩兵から教えられた急峻な路をとおり摺鉢山の西側裾野にたどりつき一泊。翌日は敵前横行になるので慎重に行動して敵の巡察と遭遇したが、こちらが先に気づいたので数発の交戦でぶじ離脱し、三日目は示した地点に到達して北をながめると、我が方にのびた稜線を見つけたので、それを伝って二時間たらずで帰着、午前中に補助観測所の下に到達した。

斥候報告はつぎの通り。

第一に、摺鉢山には約二百の敵歩兵が駐留している。

第二に、摺鉢山と歓喜嶺西側高地との間は稜線でつながっており、徒歩で一時間余を要する。砲を分解搬送するのに支障はない。

結論としては、支隊の出撃に砲兵を協力せしめるためには、出撃二日前に歩兵をもって摺鉢山を占領せしめ、砲兵に一日の準備期間をあたえれば、支隊の出撃間の支援は可能なるべし。

敵情判断としては、歓喜嶺陣地に対する攻撃の方向は三方向に絞られつつある。敵の砲兵の配置も三群に分かれ、一群は発射音が十門内外と判定できる。ラム河ぞいに西進する部隊は大隊より大きく、旅団くらいの大部隊とも思われる、したがって対面している部隊は一個師団は下らない。

中隊としては、この敵情判断をも付けくわえて、大隊本部および歩兵第七十八聯隊本部を経由して歩兵団司令部に報告書を提出した。

それから数日すぎて軍の作戦主任の田中兼五郎参謀から電話がかかり、「敵兵力を一個師団と判定した根拠は何か」と質問されたので「敵砲兵を三個大隊と判定しました」とお答えした。

私は、中隊の歩兵団司令部に提出した将校斥候の報告が、軍司令部まで送られたことを知った。そして出撃については、事の次第によっては重大な事態にもなりかねないと、慎重を期しておられる団長の気持ちを感じた。その後、歩兵団司令部から「企図を秘匿して短切に攻撃するので、今回は砲兵の協力を求めない。企図を察知されぬよう注意せよ」と指示された。

後日、昭和十八年十一月八日～十五日の間、ケセワ作戦は短切に実行され、敵の心胆を寒からしめて目的を果たした。歩兵団長が歩兵第七十八聯隊本部はここまでしか出まいと言われたが、事実そうなった。敵の指揮官は総退却をしようとしたが、日本軍には総反撃の企図がないと判断して、思いとどまったと濠軍戦史に記述がある。

歩兵第七十八聯隊がラム河を望む台端まで進出したとすれば、ずいぶん戦況が変わって米軍の進出もだいぶ遅れたのではとも考えられた。

ついでながら、当時、作戦要務令に示された書類はつくっていた。すなわち、日々の中隊の出来事については「陣中日誌」に曹長職の下士官が記録していた。「戦闘要報」はその一日の戦闘の状況と成果と損耗および明日の指揮官の企図で、これは中隊長自身が作成し、そのときの直接の上官が歩兵団であれば歩兵団長、聯隊であれば聯隊長、大隊であれば大隊長に提出した。そして「戦闘詳報」は、ひと戦闘終了後提出となっていた。ここでは連続して戦闘していたので、いちおう十日・二十日・月末に締めて要報に準じたものに、戦訓・情報などを加えて提出した。

なお、直属上司の蔭山大隊長はエリマにおられたので、人事補給など本属部隊でなければ処置できぬこともあり、詳報を作成したときに必要事項をまとめて連絡者を派遣した。この連絡は歓喜嶺〜ヨコピー間は徒歩だが、ヨコピー〜エリマ間は毎日、輜重兵第二十聯隊の自動車中隊が輸送を担任していたので便乗できたし、またそのおかげで必要な資材などを運ぶこともできた。

本属大隊長との連絡は十日ごとになったが、中隊の毎日の戦闘の様子は理解していただけたし、敵の戦法や戦訓はたいへん訓練の助けになったと礼を言われた。そして弾薬の補充について中隊が不自由しなかったのは、連絡を充分見ていただいたためと考えている。

戦闘間、どのように生活したか

戦闘配置についた当座は、指揮小隊は観測所の設置・測量・敵の監視、それから通信網の構成などをした。戦砲隊《せんぽうたい》は陣地とくに掩蓋の構築・幕舎の構築など。段列《だんれつ》は弾薬の運搬および各隊の休養所としての幕舎および棲息掩蔽部の構築など。緊急を要する仕事はそれなりに片づけたが、そうは緊張しつづけることは出来ないので、長期間を持ちこたえられる勤務態勢をととのえた。

観測所には中隊長と指揮小隊長とその伝令、曹長・観測掛下士官・通信掛下士官・観測手

三、通信手二を配置し、放列《ほうれつ》には小隊長および伝令・通信手二・分隊長・砲手一～六番（小隊長一名は谷本曹長を命じた）の二組を配置し、その他は段列に配置して段列長の管理下におき、勤務は小隊長の命令で動かした。

それゆえ観測所は四六時中の勤務だが、放列は射撃時は勤務だが他は待機で余裕があり、段列は弾薬輸送の仕事がほとんどだった。指揮小隊の者は、補助観測所の勤務・通信線の補修などでけっこう忙しかった。しかし、段列長の調整は充分効果をあげて、過労になったり患者が発生したりしたことはほとんどなかった。

衛生兵は中隊の定員二名のところを三名充足。独立奥原小隊に安心院満兵長を配属。診断は歩兵大隊の軍医に依頼した。

ニューギニア上陸以来、中隊の海岸の行動は約二週間にとどまり、その後は標高七〇〇メートル以上の山地に行動したため、アメーバ赤痢の発生もなく、マラリアにかかって熱を出す者も毎月中隊に交付される衛生袋（容積十八リットルのゴム袋に一ヵ月間に中隊が消費する各種の薬を入れてあった）で間に合っていたから、軍が計画した衛生状態の維持はできた。

しかし、歩兵は守備する陣地の地形に左右された。たとえば中尾第五中隊は塹壕も交通壕も棲息掩蔽部もほぼ完備して、戦力をいかにして維持発揮するかと、中隊長の工夫のあとを感じさせられた。

しかし屏風山の上村第十一中隊は、両側面は高さ十数メートルの険しい崖になっており、ところどころに下の草原に降りることができるくらいの崩れができていた。下の草原も急傾斜で、転がり落ちたら下のジャングルまで止まらないくらいだった。

第一線小隊の陣地は、屏風山の稜線が二股に分かれて、一つは入江村の作業隊の陣地の右翼をかこうように、もう一つは真南に流れて敵の屏風山攻撃正面となっていた。その分岐点から五十メートルほど南に流れる稜線上に、小隊の後尾として約百メートルの間に蛸壺を掘って展開し、その先端に工兵の構築したトーチカがあり、機関銃を据えていた。屈曲部の前後は百メートルほど岩が露出していて、ちょうど六十センチ幅のコンクリート塀の上を歩いているような感じだった。屈曲部は前に述べたように、観測には適しているが目標になりやすい。

その北の疎林におおわれた稜線上に第二線小隊・重機関銃・大隊砲・第十一中隊本部・速射砲小隊・第三線小隊と配置されていた。

砲兵の観測所（中隊指揮所）は速射砲陣地のなかに置かせてもらった。速射砲の任務は入江村作業隊の戦闘を支援することだったので、目標の分担などそのつど調整に便利だと考えたからだ。稜線上の土質はツルハシで掘ると短冊型の土片にわれる。ツルハシ二・円匙《えんぴ》一でわって掬《すく》いだす方法でなければ掘れなかった。歩兵はそれでも苦労して立射壕をつくっていたが、排水に苦労していた。

観測所は階段状につくり、作業は簡単にして万一敵弾をうけたときは移動を考えていた。幕舎も斜面を十メートルほど下ってつくり、床を張って居住できるようにした。速射砲小隊長の浦山武郎少尉は陣地構築の要領を教わりにきて、おなじような陣地と居住設備を構築していた。

歩兵中隊は第一線から第三線まで、逐次、交代して休養をとらせる工夫をしていたが、第一線やトーチカ配備部隊は敵の砲撃で粉砕される運命をさとっていないのではと疑問を感じた。

中隊の勤務は、指揮小隊は半数が観測所に常時張り付けだったが、戦砲小隊は約半数が待機で、陣地にはいたが射撃時以外は物資収集とかドラム缶で風呂をわかすくらいの余裕はあった。段列には張り付け人員以外の者が段列長の指揮で起居し、張り付け人員の交代・休憩、弾薬の補充（集積を含む）、警戒などを担任した。別に独立小隊として奥原小隊、エリマ及びヨコピーに隊貨監視として各二名を、それぞれその地区の指揮官にあずけてあった。そしてまた、いろいろの違った物語があった。

あとさき構わずに書くが、まず指揮下をはなれた奥原小隊の任務は警備で、本隊ほどの過酷なことはあるまいと、健康上心配のある者三名をくわえていた。奥原小隊には、歩兵一個小隊と速射砲小隊が配属されて、ボガジン東方約十六キロのボング地区の警備の任務をあたえられた。ボガジンから舟艇で移動して配備につき、その後は数日おきに舟艇が往復して連絡をとってくれる。

土民は純朴で生活は原始的ではあったが、自然のめぐみで食料はありあまり、当時もっとも欠乏して困っていた生の野菜や果物の徴発にはもってこいだった。軍票はあったが、原始社会に生きる土民にとっては物々交換がすべてで、軍の準備した布や塩、その他日用品が利用された。米三合に缶詰と乾燥野菜の乏しい献立にくわえて、現地のバナナ・パパイヤ・椰子の実・パンの実……加給品の羊羹やキャラメルや飴玉には手を出す者がおらず、溜まってしまう始末だった。

山で戦闘中の主力との環境の差は月とスッポン。山で戦闘中の者が甘味品に飢えているときいて、大隊長の許可をえて、支給された甘味品を二人でかつげるだけかついで、山の主力の位置に運んできてくれた。もちろん山の者は大喜び。その後、甘味品のたまるたびに使いを寄越し、みなを喜ばしてくれた。

順序が逆になったが、山中の給養も海岸と同じで米三合を基準に、携帯口糧を支給されることも多く、これには全くまいった。乾パンは日露戦争当時からの米の粉をねった固いパンはなくなって、支那事変当時からのビスケットは柔らかくて食べやすかったが、米三合と同様の半定糧では量が不足だった。

また圧搾口糧は米と麦をふくらませ、それを圧搾して厚さ五ミリくらいの煎餅《せんべい》にしたもので、副食として味噌・小松菜と田麩《でんぶ》・砂糖を乾燥圧搾したものをつけて一食分というのだが、胸焼けして苦しんだ。固形牛乳は牛乳・田麩・小松菜・砂糖などをまぜ脱水して固形にしたもので、それを十個で一食分、かじると薄あまくてうまいと調子にのると、これも胸が焼けた。湯にとかすと栄養価は充分なのだろうが、水腹ではなんとも頼りなかった。

それでも圧搾口糧や固形牛乳の交付は、元来、特殊任務用が本来の目的なので、中隊としては斥候や連絡者などに定量で交付した。しかし、それでも食料の不足は目に見えているので、放列・段列などは荒れ農園や近くの山野に野菜と山菜の収集に出かけて不足をおぎなっていた。

一番苦労したのは観測所勤務の者で、飲料水にも事欠き、薬や米の補給につかわれたゴム袋に一人二十リットルの水を、二時間がかりで山の中腹の湧水まで汲みにいっていた。のちに夜霧がかかるときは天幕二十四枚張りで、一夜に石油缶二つ分の雑用水を集められるので、飲み水のみを汲みにいくことにした。

また、勤務交代のときに観測所にのぼってくる者が若干の山野菜を持参したが、たまの彩りをそえた副食になった。米は暗くなってから炊くので食べるのは午後九時過ぎ、この間の空腹のつらさ。暗くなって敵情監視も無事おわりホッとしたときだけに、炊事の匂いをかぎながらの我慢は、ひとしお身にしみた。

飯盒《はんごう》は四合炊くことができたが、食べ過ぎぬために夕食用に一合と朝昼用に二合を炊いた。飯盒は二重になっていたので一合入りと二合入りの飯盒を、副食の汁（充分食えるように食料輸送用の缶でつくった鍋に沸かしていた）と一緒に炊いて、一合の飯と汁で夕食をすませた。

朝食は二合入りの飯盒から食べるのでどうしても食べすぎて、一合はなかなか残せず、若干の湯をくわえて残り火の脇に置いておくと米がふくらんで、昼食のときには二合炊いた量と同じくらいに膨張していた。

そんな状況だから視界がきく朝五時半までには配置についていて、十時ごろになると我慢しきれずに「飯にしましょう」と誰かいうと食事になった。そのため、また夕方まで空腹の苦しみを繰り返すのだった。熱帯のニューギニアも標高一〇〇〇メートル付近になると、日中、日向は焼けつくように暑いが木陰はそれほどにならず、飯盒の飯も朝、箸をつけてそのままにしていても臭くはならなかった。

山野菜には地域ごとに特徴があった。観測所の下の草原には野生の生姜《しょうが》がはえていた。ススキの原のなかに強い生姜の匂いを探すのはそう難しいことではなかったので、食事の添え物としては故郷をしのぶ最高のものだった。歓喜嶺で終始観測所にいた者としては思い出の一つである。

指揮小隊の馭者《ぎょしゃ》である芝野保男一等兵は、満州事変当時に現役兵として参加し、支那事変にも二回も召集され、今回また召集されて実役十年をこえるのだが、能力としては失敬だが馬鹿というほかなく、健康で力があり人懐っこい性質なので、みなに嫌われず過ごしてきた。芝野自身、個人としては申し訳なく思っているのか、積極的に食物収集に出かけるのだった。土民の農園がいちおう目標になるが、現在使用中の農園を荒らせば新たに敵をつくることになるので注意していて、悶着が起きたという話を聞いたことはなかった。

土地は集落の共有物だがタネは個人がまく。すなわち収穫物は個人のもの、畑の開拓は共同作業だった。焼き畑農業だから焼いた木灰が肥料。畑は一回しかつかわず、つぎの年はまた新たに畑を開くのだった。そこで使用済みの畑には採り入れ後の放置されたものが自生して、パパイヤ・バナナ・タロ芋などをわずかだが採ることができた。しかし部隊も千人もいれば、山の中の廃農園などたちまち食い尽くす。

とろい芝野一等兵では旨いものは見つからず、チャイナ・タロー（タロ芋の一種）を採ってきた。これはえぐいのでとても食べられたものではなく、誰もすてて顧みなかったものだが、彼はこれをすって水に晒《さら》し塩味をつけて鉄板で焼き、その日、段列《だんれつ》の電話当番についていた大石猛上等兵（昭和十六年現役兵）のところに来て、「俺はとろくて皆の力になれないで相済まん、こんなことしか手伝えんが、腹が減ったろう、食ってくれ」と言う。

そう言われ、大石上等兵は一口がぶっとやったがえぐいので、ためらったところ「どうかしたか」と自分で口に入れ「大丈夫だよ」とむしゃむしゃと食べてしまった。そして「旨い、さあ、どんどん食ってくれ」という。人のよい大石上等兵は我慢して一つは食べたが、二つ目は「後で食うから」と難を逃れた。

大石上等兵が夜、暇になったとき、その話をしたので皆で大笑い。芝野一等兵は気立てはやさしいがとろいのは皆が知っているし、大石上等兵はいちばん若い現役兵でおとなしく、人にポンポンものを言える性格ではないので、その当惑ぶりがおかしかったのである。

糧秣不足は悲しい犠牲者も出した。

段列の炊事班（当時、段列に居住するものは段列長の指揮下で合同炊事をしていた）から出された物資収集班（服部貞一伍長以下三名）は、近くの廃農園で物資を収集中、敵の哨戒機二機が飛来した。服部伍長はただちに警報を発した。この場合の対処法は、その場に低い姿勢をとり動かないことだ。

航空機は動くものはすぐ感づく。私の同期の森貞英之大尉から教えられた話だが、彼は部下の歩兵一個中隊を指揮して海岸の波打際を行進中、哨戒機の飛来を見つけたので直ちに警報を発して、その場に伏せさせたところ、敵哨戒機二機は気づかず、何度も中隊の上を低空で飛んだ。のちに航空隊の将校に聞いたところ、動くものはすぐ目に入るが静止物体の確認は非常に難しいという。

ともあれ、歴戦者の服部伍長はとっさに「動くな！」と命じたのだが、低空でせまる轟音に片山子之吉上等兵は恐怖のあまり、森に向かって走り、見つかって銃撃され戦死した。動かなかった二人は無事で、服部伍長からは謝られたが何とも言いようがない悲しい戦死だった。

戦闘配置について当初は四六時中緊張していたが、敵の動きを見ていると、赤道に近いところなので日出・日没は午前六時と午後六時で、薄暮はその前後三十分きっかり。敵の斥候の行動開始が午前六時、終了が午後六時である。部隊の行動開始は午前八時。終了は午後五時。これが観測所から監視をつづけた結論である。

そこで敵の行動に対応して、日課を決めた。これが長期間の勤務に耐えぬいたゆえんである。

対砲兵戦を記述したところで「不寝番射撃」と悪口をいったが、敵砲兵の射撃そのものは非常に精確で統制がとれていた。ただ我が中隊の陣地の秘匿が上手で、敵が我々を確実にとらえ得なかったまでである。

ある夜、不寝番射撃がトントントンと調子よくやってこず不規則な射撃だったので、危険を感じて「射撃の終了まで壕を出るな」と指示したが、早とちりして壕を飛び出して負傷してしまった。いずれもヨードチンキを塗って終わった軽傷だったが。一人は指に擦過傷を、一人は背中に三ミリほどの破片創を負った。

観測所では常時、気象状況を測定していた。すなわち射撃に影響する諸元はすべて修正して精確な射撃をしようと心がけ、精密時計・温度計・気圧計・風向風速計などをフルにつかった。記録が残っておれば、結構おもしろい資料になったと思う。

記憶に残っているのはつぎの通りだ。

一日の温度差は、日中の日向では摂氏三十三度になるが、夜になると摂氏十六度にさがる。日中は裸でも汗をかくのに、夜は雨着をきて寒さをしのぎ、火を焚いて枯れ草にもぐって寝た。敵濠軍はさすがに自分の庭で、毛糸のセーターを着ていた。昼夜の温度差は大きかったが、ジャングル内の木陰はそれほどでもなく、掩蓋の中は比較的に安定している。

観測所や指揮所などに急襲射をする場合、書かせておいた射撃諸元そのままで効力射を実施する。書かせるとは、「一号観測所諸元書け」と号令されたら、分隊長は射撃していた計器の目盛り、すなわち射撃諸元を書きとめておく。その後「諸元取れ」と号令されたら、分隊長は先ほど書きとめた射撃諸元を号令して火砲に諸元を「付与」し、小隊長を通じて中隊長に報告する。中隊長は一言で射撃の体勢をとらせることができるわけだ。

トンプ飛行場爆撃のため方向指示をするように要求されたとき、飛行場周辺の空中写真をもらった。しかし空中写真の地域をもう少し広く撮影してくれていたら、砲兵としても目標捜索や射撃に利用できたであろうにと残念に思った。

ニューギニアには、我々の知らなかった生物が沢山いた。その一つが赤虫である。大きさは〇・二ミリくらい。湿気の多いジャングルの下草のあるところを歩くと、服についてくる。小さいので目のあらい風通しのよい防暑服の目を通して肌につき、痒くてたまらない。一匹なら探し出して針の先で掘り出せば、苦痛から逃れられる。しかし、たいてい一匹というわけには行かないからご想像の通り。そしてこれが皮膚の柔らかいところを好んで潜りこむからたまらない。たくさん背負い込んだときは身体がカッカとほてって、いらいらする。その時には入浴させることにした。

ヨコピーの基地にすててあったドラム缶をもらってきて、フロを立てた。観測所は山の上で水にも不自由していたので無理だったが、段列はもちろん、放列もジャングルの中で水も充分、薪も豊富だったたし、ちょうど雨季に入るころで夕方四時ごろになると霧がかかることが多く、炊事とあわせて焚きはじめる。山上の観測所から谷間を見渡すと、真っ白な雲にまじって青い煙が上がっており、あわてて注意をあたえることもあった。

ニューギニアは鳥の天国といわれるほど鳥は多い。さいわい猛獣はいないが、毒蛇はけっこう沢山いる。土民は夜歩くときは必ず松明《たいまつ》で足もとを照らしながら行くが、よほどのことがない限り我々は夜歩きはしないですませた。

便所に夜いくと、蛆《うじ》のわくほどいるのは仕方がないとしても、これを餌にする小鳥が集まるのには驚いた。蛆虫がサナギになろうと穴から這い出すと、樹上に待ちかまえていた小鳥があらそって急降下し、その蛆虫をついばむのだった。のんびり小鳥のさえずりを聴きながら用をたすのも、また風流。おかげで食事時に蝿がうるさくて困った覚えはなかった。

第五章　馬場小隊全滅

第五陣地に古賀分隊を配置

弾丸を撃たない砲兵では人形と同じ。すでに記したとおり、中井増太郎支隊長には弾薬の使用計画を報告し、了解はしていただけたが、具体的な処置は当初三日ほど、日に一〇〇発を輸送していただいただけ。その後は毎日の常続補給十発では、とても戦闘を継続できなかった。

本格的な射撃として実行した第一日と第二日目の射撃は、比較的集結した兵力であったので各一〇〇発。その後発見した観測所、指揮所らしいものの制圧に試射をふくむ各約二十発、五目標で計約一〇〇発。第一回目の敵の総攻撃にたいして射耗した弾薬約一〇〇発。計四〇〇発で、残弾は常続補給の四十発のみ。とても安心してはおれない。

我が陣地に撃ち込まれる敵砲弾は当初、毎日一〇〇発。敵の補給能力も我に匹敵するものと考えたが、第一回の敵の総攻撃は一点に集中し、支援の戦闘爆撃機は十六機、砲兵は退却時に煙幕を張って退却を掩蔽《えんぺい》しただけ。攻撃してきた歩兵も約二百名余で、歓喜嶺《かんきれい》の前面に進出した敵全兵力に比して少なく感じられたので、油断はできなかった。

敵の兵力は、ほぼ歩兵旅団一（英軍の編制表によれば歩兵大隊三個をもって旅団を構成する）、砲兵大隊一を基幹とするものと考えられていた。中井支隊長も我が歩兵一大隊でこれを支えうるものと、緒戦の体験をふまえ支隊の戦闘司令部をヨコピーに移された。

私としてはヨコピーの弾薬を歓喜嶺に集積しなければ、敵の本格的な攻撃に対抗できない。段列《だんれつ》長の村瀬堯之准尉にヨコピーの弾薬を、できるだけの人員を動員して、まず歓喜嶺の糧秣交付所（弾薬集積所を兼ねていた）に集積するように命じた。

この作業は陣地の崩壊直前までつづけられたが、輜重兵聯隊の駄馬全滅のため、十二月になると砲兵中隊段列の四十五名を、ヨコピー〜歓喜嶺の糧秣・歩兵弾薬の輸送のため差し出しを命じられた。中隊としては、あと一息で一五〇〇発になる、最後の戦闘は思いきり撃ちまくって敵に一泡吹かせられると張りきっていたのに、夢破られた思い。

最後の戦闘開始のときまでに集積した弾薬は八〇〇発。砲側につんだ三五〇発とあわせて辛うじて任務を果たしえたが、段列長以下の寸暇をおしんだ努力のおかげだった。

弾薬と糧食は部隊にとって欠かすことのできないものではあるが、食料は主食米を考えても一人一日六合を食うとして百人分で六斗、一石四十貫＝一五〇キロとして六斗＝九〇キロとなる。中隊の人員を大雑把に一五〇名としても、一日一三五キロあれば凌《しの》げるので、概算すれば歓喜嶺の糧秣交付所からの労力は四人で二時間もあればすむ作業だ。当時支給されていた主食の日量は三合だったから、実際の作業量は半分ですんだ。

しかし弾薬は一発約八キログラム（弾丸重量六・三五キロ、弾薬筒および火薬は別）、ヨコピーまで片道約二十四キロ。山道は二日で一往復が継続輸送できる限界と考えた。実際には、駄馬以上の活躍をして集積できたが、段列を歩兵に派遣した後は、常続補給の十発すら満足には集積できなくなった。

駄馬輜重兵《しちょうへい》聯隊二個中隊（駄馬二百頭）がヨコピー〜歓喜嶺間の輸送のために配置されたのだが、二ヵ月で駄馬を全部倒してしまったのである。だからといって、砲兵中隊の段列の要員を全部引き上げて、歩兵大隊の大行李《だいこうり》・小行李《しょうこうり》（兵站部隊）並みに使われたのでは、砲兵は弾薬がなくてもよいというにひとしく、歩兵聯隊長は何を考えているのか、疑わざるを得なかった。

中井歩兵団長は歓喜嶺をはなれるさい、私の弾薬の使用計画を是認されて、中隊の自由な行動を許されたから、思いきって処置ができたのだが、これからは砲兵隊長のできる範囲がせまくなることを覚悟した。

その後、敵の迂回行動にたいして歩兵の対応が間に合わず、陣地の崩壊を早めてしまったが、砲兵弾薬の不足で陣地防禦にスキができたと思い当たるフシはなく、存分に暴れることができた。残弾は両分隊あわせて一四五発、もって瞑すべし。

砲兵の弾薬使用状況は直上指揮官には「要報」と「詳報」で報告するので、歩兵の大隊長や聯隊長は射耗弾の状況は承知されておられたが、歩兵聯隊長は功績に気をつかわれ「砲兵は毎日のように敵と撃ち合いをしているが、聯隊砲や大隊砲は一発も撃っていない。砲兵の指揮下に入れてもよいから、何とか手柄を立てさせてくれぬか」と相談された。

　砲兵と歩兵砲は任務が異なる。目標の選定も異なる。第一線支援ならば目標を分担すればよいが、その指令をささえる指揮組織がない。第一回の敵の攻撃のとき（入江村の戦闘）は、速射砲小隊がたまたま観測所のそばにいて、速射砲中隊長が同期生で先日の雨の日に私の中隊の宿舎に泊まらせたものだから、互いに兄弟分のような気持ちで、顔見知りの小隊長が

「私は何をしましょう」と聞く。

「君のもらった任務は何だ」と聞くと「入江村の側防です」と答える。「それならあの敵の機関銃を撲滅したらどうだ、砲兵は他の目標を叩くから」というと「わかりました」と砲側に走り、号令していた。

　このように、初陣の小隊長が戦機をのがさず有効な射撃ができたことは幸いであったが、失敗の例もあった。

　その後、私は左翼の中尾中隊（第五中隊）の正面が気になって直接現地を見にいって帰る途中、歓喜嶺とその東方不抜山《ふばつやま》の中間付近で陣地偵察中の聯隊砲の小隊長にあった。きけば聯隊長から「もっと前に出たら」といわれて偵察にきて、やっとここを見つけたのだがどうだろうか、と意見を聞かれた。

　私は「ここからは入江村陣地と屏風山の第二線陣地以降の戦闘には協力できるが、第一線の状況を把握する手段がない。その点を処置して行動すればよいだろう。ただし、ここは砲

兵陣地と見られやすい。遮蔽と掩蓋の構築が必要だ」と助言して別れた。

結局、松本歩兵第七十八聯隊長には「砲兵と歩兵砲とは宿命的に編成と組織が異なるので、砲兵中隊長がいっしょに指揮するのは無理。かえって欠点が出る恐れがある。指揮下には入れないでください」とお願いした。

なお、戦後、濠軍の戦史の対砲兵戦の項に「日本軍の砲兵は撃ったらすぐ後退して隠れる。航空偵察で車輪のあとを見つけたが砲は発見できなかった」という記述があった。

中隊では形跡を残さぬよう砲は分解して持ち込んでおり、かならず掩蓋をつくった。野戦掩体でごまかしたのは最初の第一陣地と第二陣地のみだった。

ともあれ、私には、敵がもっとも火力を発揮しやすい屏風山の片山第六中隊が狙われると感じられた。ラム河谷にそってケセワにおける反撃作戦には成功したものの、天候による補給路の切断は軍の生存を危うくする。思いきって撤退したありさまは観測所からも望見できた。私としては頼るべき地図なし。ジャングルをさまよってみて、正確な射線を探しあてる自信がわかなかった。

ヒントは対砲兵戦で敵が我が砲兵陣地と疑って撃った地点である。敵の砲兵将校が観測機に乗って捜索したのだから、陣地としての適地があるだろうと考えて、折りを見ては偵察に出かけた。当時、指揮小隊長はエリマの大隊本部に人員不足とかで取り上げられ、中隊にただ一人の将校が馬場與少尉だった。戦況の合間を見てのあわただしい偵察で、充分な時間はとりえなかった。

それでも何とか一ヵ所、適地を見つけることができ、第五陣地としてさっそく古賀分隊を配置した。歓喜嶺から不抜山につらなる変換点で、標高は高いが屏風山《びょうぶやま》の東斜面と入江村にたいする射界は十分、深いジャングルで第三陣地とおなじく稜線の頂上をえぐって掩蓋をつくることができた。さいわいにも湧水もあったので、生活には支障がなかった。

また観測所は当初、歓喜嶺全陣地を展望できる屏風山に位置したが、戦闘が長びくと状況も変化し、観測上必要な地点も変わってきた。屏風山の歩兵の第一線小隊と第二線小隊の間、突端になっている地点は、全周を眺めうる最高の地点だが、敵味方ともに火力を集中しそうな地点でもあった。中隊も観測所に適当と考えて進出してみたが、間断ない敵の砲火をあび、歩兵第七十八聯隊長からの要請で撤退したことはすでに述べた。

敵の迫撃砲の捜索には、火光発見と交会法観測のため歓喜嶺に補助観測所を必要として、中村鉄雄軍曹を配置した。また馬場将校斥候の偵察の結果、歓喜嶺西側高地（プロセロI）にも観測所をもうけて、摺鉢山《すりばちやま》およびその両側の谷地の監視をつづける必要を感じたので、とりあえず日中のみの監視所をもうけた。編成は観測手二、通信手一。有線を引き、歩兵の援護がないので敵進出の場合はただちに待避する。双眼鏡一、騎銃一、電話機一である。

クリスマスの総攻撃を撃退せよ

そうこうしているうちに、十二月二十四日になった。ケセワ作戦後、つづく雨で、我が軍の行動もやや消極的となった。軍主力はフィンシュハーフェンにおける反撃作戦に見切りをつけて後退、中井支隊は主力をあげてその収容作戦中。歓喜嶺には気配りはしても、兵力応援の余裕はなかった。

当面の敵もまた活発な活動はひかえているようだった。しかし観測所からトンプ飛行場を観察するかぎりでは、十五分間隔で離着陸する大型輸送機は大型トラック三台分の貨物を運び込んでおり、前面の敵、一個師団強の兵力にたいする常続補給にしては多過ぎるし、なにか画策していると感じられた。

時は、クリスマスイブだった。私はクリスマスをすませてから敵は攻撃を開始するのではないかと予想して、砲側の弾薬を三〇〇発に増加させておいた。ところが、夕方から電話がやかましく鳴り出した。聞いていると、

「こちらは歩兵第七十八聯隊の第五中隊のA上等兵、そちらは誰ですか？」

「こちらは作業中隊のB一等兵、熊本出身です」

「おーそうか、それは、それはご苦労様だのう。俺は長崎の島原出身じゃけん、近くで懐かしいのう、熊本の唄を一つ聞かせてもらえんかのう」

などと、のんびりやり合っていた。とにかく部隊は異なっても、出身地が限られているので親戚だ、同じ村の出身だ、同じ学校だ、同級生だなど結構つながりがあって、電話演芸会もにぎやかだった。

五中隊長の中尾中尉や作業中隊長の下条中尉から、どうしようかと電話で相談してきた。私は「戦闘に支障ない範囲でたまの欝憤ばらし、黙認しようじゃないか」というと、みな賛成。中尾中尉が午後十一時にはやめるように指導して、時間にはぴたりと中止。兵の気持ちも一応おさまったようだった。

電話線は支隊の戦闘指揮所があった関係で軍通信の端末があり、そこに歩兵聯隊の通信隊が交換器を入れて大隊指揮下の部隊に配線し、そして中隊の本部位置に簡単な交換器をおいて小隊まで電話は通じていた。

砲兵は独自の通信網をもっているので歩兵聯隊の通信隊の交換器と自らの交換器とをつなぎ、そこから観測所・各補助観測所・各放列《ほうれつ》（射撃陣地）・段列《だんれつ》（輸送補給隊）に配線していた。だから相当の広範囲で騒いだことになるわけだ。しかし陣地の範囲があまりにも広いので、敵はもちろん、味方でも電話機のそばにいた者以外はまったく知らないことだった。

明くる十二月二十五日、静かに夜が明けて「今日も無事に」との祈りがとどいたか、朝食を終わって配置についた。敵の動くのは午前八時ごろと戦場を監視していると、いつもとちがって砲兵陣地があると思われた三方向から、一斉に砲声がとどろきだした。第三回目の敵の総攻撃と思われる。

とにかく今までに経験したことのない激しさで、敵も本腰で攻撃してきたと感じたが、弾着点が見つからなかったのが不安をかきたてた。

第五中隊長は、不抜山の頂上に陣取っているが、深いジャングルで視界はきかぬし、配置した歩哨からの報告もなし。何事が起こっているのかわからず、困っているとの電話だった。

作業中隊長は、入江村前進陣地で歓喜嶺の守備の先陣を自負しているが、敵に後方から攻撃されるのを恐れており、状況を知りたくて電話をかけてきた。ところが山の天辺《てっぺん》でながめている私にも見えないのだから、状況のしようがない。第十一中隊に電話すると、第一線小隊との連絡は断線して状況は不明だった。

情報を判断すると、敵の砲撃は屏風山第十一中隊の第一線小隊に集中していると感じた。そして「敵は今回は腹をきめて歓喜嶺陣地の中核をなす、もっとも峻険な屏風山の奪取を企図している」と判断されたので、中隊の全火力を集中できるように手配しなければ全陣地の崩壊につながると、緊急の陣地変換を命じた。

馬場少尉の偵察により、屏風山の攻防が歓喜嶺陣地の天目山であることと、そのためには屏風山に砲兵火力を集中しうる配置が必要と思われたので、陣地変換はすばやかった。

段列に待機した人員を応援に出して、三時間後にはとりあえず第六陣地の射撃準備をととのえ、砲側には一〇〇発の弾丸を集積できた。

私はその間、観測掛下士官である中村軍曹以下の観測班を呼び、射撃諸元の算定と敵情の捜索をさせ、歓喜嶺の観測所には曹長職の溝軍曹（以前、観測掛下士官をしていた）以下をして屏風山観測所を撤収、中隊の観測所としての準備をさせるとともに敵情の捜索を命じ、しばらくはこちらの補助観測所で指揮をとることにした。

この位置からは第十一中隊の第一線小隊の陣地そのものは見えなかったが、敵の攻撃準備

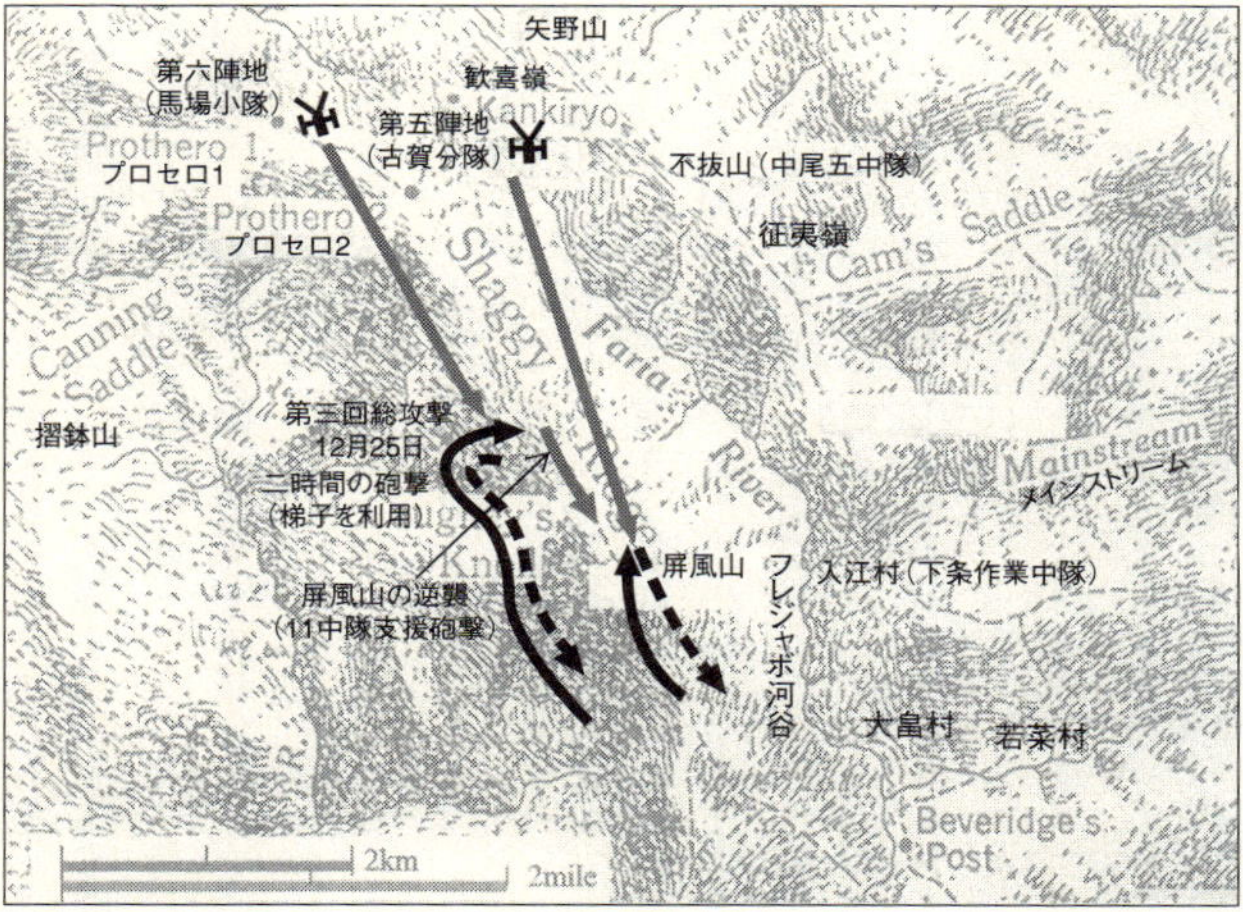

射撃の激しい砲煙は稜線越しに見ることができた。午前八時から十時ごろまでに敵の撃った弾数は、勘定《かんじょう》していると約六千発。いままでにない激しさで本格的攻撃と感じられた。予想は的中した。

見ていると、昼前（十一時半前後か）中村軍曹が「屏風山先端（先に我が中隊が前進観測所を出していた位置）の手前、屏風山の稜線から西に流れる高地に、敵が梯子を組んで頂上に登ろうとしている」と報告してきた。見ると、ちょうど秋田の竿燈《かんとう》を山に立てかけたように群がって這い上がっている。ただちにこの敵を射撃して二十発。敵は深い西の谷の方に退散した。

馬場少尉が射撃の一部始終を見ていたので、「おなじ場所に敵があらわれたり、またその向こうの稜線（上村第十一中隊の第一線小隊の陣地）に敵が見えたら、射撃をして撃退せよ」と命じて、私は歓喜嶺の観測所に移動した。

歓喜嶺観測所について、大隊本部に中隊の陣地変換の状況を報告したが、新しい情報は得られなかった。中尾第五中隊・下条作業中隊に電話をかけても状況変化なしだったが、砲声の激しさにいよいよ敵の攻撃が本格化して、我が陣地も早晩、戦場となると覚悟した様子で、いずれも、

「昨夜さわぎすぎた天罰ですかね。しかし、よい思い出ができて思い残すことがなくなりました」

と笑っていた。

屏風山の問題の第十一中隊に電話したが、依然として状況不明。いささかあきれたが、歩兵のことにとやかく言えず静観した。しばらくして第十一中隊の小隊長から電話で「中隊正面は第一線小隊全滅、第二線小隊は敵に圧迫されて中隊長位置の南のコブをかろうじて確保している。逆襲したいので支援をたのむ」と言ってきた。

そこで私は「支援は承知した。しかし観測所からは現在の友軍位置と敵の位置が確認できない。いまから第二線陣地の前端から五十メートルずつ稜線上を射距離をちぢめるから、弾着点が近づいて危険になったら知らせよ」と言うと「承知」と返事がきた。

さっそく射撃を開始し、六百メートルほど引いてくると「危ない」との声がかかった。そこで「弾着点と君の位置との間に敵はいるか」と聞くと「わからない」との返事なので「いまから十二メートル五十ずつ射程をちぢめるから、本当に危険になるか、あるいは君と弾着

点の間に敵がいるかいないか、見きわめをつけてくれ」というと大分落ちついたようで、弾着点が自分より百メートル前後のところだったのだろうと思われるが、「射撃中止」を要求してきた。

そこで「弾着点と君との間に敵がいるのか、いないのか?」と問うと「わからないが、たとえいたとしても、わずかだろうから叩き潰して進む」との返事。「それならば今から射撃を開始する。今後、君の『射程延伸』の要求で十二メートル五十ずつ射距離をのばして射撃を継続するので、その弾丸に追随して逆襲してほしい。電話機は携行して、つねに連絡がとれるように」というと「了解」との返事がかえってきた。

そこでさっそく射撃を再開した。屛風山の稜線上は、若干の起伏はあるが両側は高さ数十メートルの切りたった断崖で逃げることはできず、稜線上の幅も五〜二十メートルで一発の弾丸で閉塞できる。逆襲部隊からは順調に「射程延伸」の要求がきて、一時間たらずで逆襲は成功し、第二線小隊はぶじ一兵も損せず陣地を回復した。

私は以前の我が中隊の前進観測所の位置まで奪回するのかと思ったので問いただすと、小隊長からは「突端部はつねに敵の砲撃をうけるので保持には損害を覚悟しなければならず、旧陣地を奪回したところで我慢します。有難うございました」と感謝された。「いつでも電話をくれれば協力するから、遠慮なく」「わかりました。すぐ連絡しますからお願いします」で電話は切れた。騒動の一応おさまったのは午後二時ごろだったと記憶する。

午後三時半ごろ、屛風山の第十一中隊本部の南の高地付近に砲弾の破裂音がした。さてはまた敵襲かと屛風山の第十一中隊に電話で問い合わせると「砲兵はなんで友軍を撃つのか」と怒り心頭に発したとばかりで、こちらがびっくりした。さっそく「こちらは弾丸をぬいて手入れ中。よく調査してほしい」と返答した。

しばらくすると大隊本部から「大隊砲の誤射で砲兵に疑いをかけてまことに申し訳なくお詫びします。大隊砲はさっそく本部位置に引き取りました」との連絡があった。疑いが晴れてほっとしたが、猫の手も借りたいこの戦場で、大隊砲一門をあそばせるとは勿体《もったい》ない話だった。

矢野少佐、歓喜嶺守備隊長となる

この日の敵の第三回目の総攻撃は今までにない鋭く激しい攻撃で、二時間の砲撃で屛風山の第一線陣地をふきとばし第二線陣地に侵入したが、我々砲兵の射撃で撃退されたのである。

砲兵の射耗弾は馬場小隊が四十発たらず、古賀分隊が四〇〇発たらず、合計五〇〇発たらずのものだった。以前、我々が前進観測所をおいた稜線には敵の重機関銃が据えつけられ、目ざわりだったので砲撃して破壊した。後に敵はまた据えたが、邪魔になったときには数発で破壊できるので気にしなかった。

しかし、こうした本格的な敵の攻撃は初めてであり、入江村の作業中隊の戦闘とあわせて貴重な体験だった。そして両歩兵中隊の人たちには砲兵の協力は戦闘に欠かせないものだと会得していただけたことは、砲兵として嬉しいことだった。しかし砲兵中隊長としては、本日の敵の総攻撃と考えられる行動に対処して、すべて独断で陣地変換し、また射撃をしたが、果たしてこれでよかったかと不安を感じた。

もちろん逆襲支援は歩兵の要求であったが、要求してきたのは敵の攻撃に直面した小隊長からであり、陣地守備の責任者である中隊長からではなかった。また陣地変換した馬場小隊の第六陣地は、遠く歩兵の援護外にあった。砲兵隊長としての責任の限界をどこにおくか悩んでいるうちに、昭和十九年の正月を迎えた。

第六陣地への陣地変換はあらかじめ必要を感じて偵察はすませていたが、急に必要が生じて新陣地に進入させたので、陣地の設備、とくに掩蓋《えんがい》と通信、それから自衛の装備を考慮していなかったので、至急に完備させねばならなかった。

というのは歓喜嶺陣地から遥かにはなれて、歩兵の配備がなかったからだ。中尾第五中隊の不抜山陣地の東北の谷間にあらわれた敵の斥候が、この付近を通過した懸念があった。それでこの方面に敵が進出するためにはさらに偵察を行なうだろうと考えて、それに対して自衛手段をとることとし、翌日、段列長以下を応援に出した。

砲の掩蓋は戦砲隊（射撃部隊）主力の努力で夕方にはほぼ完成し、三日目には鉄条網も完成した。通信線は複線として別の通路を通り、陣地付近百メートルは通信線を埋設した。埋設したのはここだけで、他は補修の便を考えて全部架設だった。

自衛兵器としては中隊には十六梃の騎銃しかなく、それも現在エリマの隊貨監視に一梃、ボングの奥原小隊に三梃、ヨコピーの段列に四梃、そして中隊主力に八梃という状況で、歩兵の援護も期待できぬ現在、糧秣交付所に負傷して後退する者たちが返納していく歩兵銃を交付してもらうほかに手段はなかった。

そこで村瀬准尉に補助観測所と砲側の要員十九名に手榴弾各人三発、小銃と弾薬一二〇発、それから別に入手できた小銃にも、一梃につき一二〇発の小銃弾をそなえ、必要な部署に使用できるようにした。これは二十梃ほどだったが、のちに大いに役に立った。

第五中隊長の中尾中尉が電話をかけてきて「砲兵は歩兵に改編ですか。歩兵でも弾薬一〇〇発、手榴弾一発しかないのです」と言うので、「歩兵がまもってくれれば問題ないのだが」と笑うと「痛いところを突かれましたね」と応じ、電話が切れた。

歓喜嶺守備隊長である第二大隊長(歩兵七十八聯隊)の香川昭二少佐は、当時マラリアで寝たきりで、守備隊の指揮はおぼつかない状況だった。そこへ敵の本格的の攻撃をうけたとの報告をうけた中井歩兵団長は、信頼できる副官・矢野格治少佐を香川少佐の後任として派遣された。

矢野少佐が歓喜嶺の大隊本部に到着したのは、一月二日だったと思う。たしか元日の餅を食べた後である。任務の引き継ぎは担架のうえで行なわれたという。

クリスマスの苦い思い出が残っているので、中尾中尉と下条中尉が話し合い、正月二日間は慎重に敵の出方を見まもり、何事もなかったのでほっとしたところに、新大隊長着任につき各中隊長は大隊本部に集合と命じられた。私としては作業隊長の下条喜代巳中尉、第六中隊長の片山真一中尉（陸士五十五期）との初顔合わせとなった。

作業隊長は電話ではたびたび話し合っており、落ちついたしっかり者の印象のとおりだった。第六中隊長はなかなか勝ち気で、鋭い気性のように感じられた。各中隊長はそれぞれの中隊の現況を報告して矢野大隊長の質問に答え、大隊長の陣地の視察日程もきまって解散した。

新大隊長の視察は、一日目は交代したばかりの第六中隊の屏風山泊まり。二日目は第五中隊の不抜山泊まりで、わが中隊は三日目。朝、第五中隊の陣地に迎えにいった。中尾中尉が「砲兵の陣地もこのさい見学したいし、歓喜嶺陣地の右翼の地形も見ておきたい」と希望したので、「私としては大賛成」と意思表示をしたら、大隊長も「部隊の先任者だから、いっしょに見て意見を述べてほしい」と同意された。

まず第五陣地（古賀分隊）に案内した。中尾中尉が「工兵の支援をうけてつくった我が陣地が最高と思っていたが、砲兵は自力でこんながっちりした掩蓋をつくるのですね。しかも宿舎を別につくって、ドラム缶風呂まで準備している。戦場といえども健康管理は大事ですからね」と感心してくれた。

それから歓喜嶺の中腹を横ぎって鞍部に出て、その西側高地に登り稜線づたいに第六陣地（馬場小隊）に案内した。ここはトーチカ式で、後ろに火砲をまわして敵に迂回された場合でも抵抗できるようにし、一線ではあるが有刺鉄線をもうけてあった。そして五十メートルほど南の稜線のはずれに補助観測所をもうけ、ここは遮蔽《しゃへい》だけを考慮していた。

そしてその西側を南にまっすぐに下りる細い道が、南の摺鉢山《すりばちやま》の中央のジャングルに通じているのが眺められた。その道の両側は摺鉢山を大きく包みこむように深い谷。その谷間だけがジャングルになっており、こちらから摺鉢山に通じる小路の両側は、一兵たりとも隠れることはできない美しいススキの草原だった。

西を眺めると向こうに中尾山、はるかに青葉山をのぞむことができた。初めてきて眺めた地形に矢野大隊長も、中尾中隊長も唸ってしまった。中尾中尉は「こんなに隙間だらけの陣地だから敵の斥候が大手をふって偵察して歩くわけですね、また砲兵がなんで厳重に自衛をするか気持ちがわかりました」と言った。

矢野少佐も「中井閣下に注意されてはきたが、これほどとは思わなかった。さっそく偵察して対策をたてよう。とりあえず山下正一少尉の指揮する一個小隊をもって、砲兵陣地を援護させる」と言われた。歩兵の立場としても、隣接部隊との間隙をうめるとともに、歓喜嶺陣地の右側面を警戒する必要を認識しての処置だった。

明くる日の午後、大隊長の命をうけた歩兵の将校斥候は、第六陣地の西側の谷を五百メートルほど前進してメネ河谷に入ったところで、敵の将校斥候十八名が幕舎を構築中のところに出会った。

先にこちらが発見したので態勢をととのえてこれを急襲して全滅させ、敵の使用していた地図を入手した。

ふたたび中隊長集合の連絡で矢野大隊本部にあつまると、見せられたのは三色刷りの二万五千分の一の地図で、我々が見た地形と相違なく、摺鉢山からこちらに通ずる路～屛風山～プロセロの稜線づたいに中尾山をへてサイパへ、また中尾山から青葉山をへてサイパに抜ける土民路も記入されていた。これで敵が屛風山に固執する理由、またメネ河谷ぞいに迂回する可能性の多分にあることが考えられた。

歓喜嶺守備隊とすれば右側面は無防備であり、配置された馬場小隊は歩兵の援護はえられないことになる。それでは私も責任をもって馬場小隊を配置しておけず、矢野大隊長も心配されて、とりあえず山下少尉の指揮する歩兵一個小隊を配置されたわけである。

実際は他の陣地と同様、少なくとも一個中隊の拠点とすべきであったが、大隊長の手持ちはもうなかった。

砲声一〇〇発で遂に途絶えた

歓喜嶺の陣地の一角がクリスマスの攻撃で奪取されたことは、入江村の戦闘で作業隊にたたかれ、不抜山では中尾中隊の地雷にひっかかり、ラム河谷を西に向かえば補給路を分断され、そのうえ昨年秋には川東第一大隊（歩兵七十八聯隊）の出撃で、さんざん苦労させられた敵が、ようやく正攻法により歓喜嶺の奪取を企図するかのように感じられた。

敵の企図が明らかになって昭和十九年の新年を迎えたので、せっかく用意した即席餅をゆっくり味わういとまもなく、新たに着任された守備隊長と防備の穴埋めに追われる毎日となった。

一月十六日の朝九時を過ぎるころから、双発の軽爆撃機七十数機が歓喜嶺上空を円陣をつくってまわりはじめた。何をするかと見ていると、真ん中の一機が屏風山から歓喜嶺鞍部《あんぶ》西側高地（プロセロ高地）の稜線にそって銃撃しつつ二発の爆弾を落として急上昇し、また歓喜嶺の上空高くまわりだした。

つづいて次の一機が飛び出して、最初の教官機が実施した要領で爆撃をくわえ、円形の編隊のなかに入っていった。つぎに編隊中の他の一機が飛び出して、おなじく銃爆撃して隊列にくわわる。順次、おなじ行動をして終了したところで円陣をといて、トンプの飛行場へ帰っていった。

この一連の敵の行動は、銃爆撃訓練に実敵の我々を利用しているのである。その傍若無人の振舞いに悔し涙を流した。

守備隊には報告したが、谷間にある本部には爆撃機の爆音はもちろん、銃爆撃の音も聞こえなかったらしい。屏風山を見下ろす歓喜嶺の観測所で、ひしひしと敵の攻撃がせまるのを感じているわれわれとは、大いに違和感を感じさせられた。

爆撃機の山すれすれに飛びながら発射する曳光弾は、時ならぬ花吹雪のようだ。そして、稜線はくねくね曲がっているので、まともに稜線上で爆発した爆弾は一発もなかった。

四日間の被害は予備隊・片山歩兵第六中隊の兵が一名、運悪く蛸壺《たこつぼ》に直撃弾をうけたのと、中隊の通信線を補修の通信手が爆弾に通信線がつぶされているのを見つけ、別のルートに線をひいたのとの二件だけだった。

四日間にわたる八十機ちかい爆撃機の午前と午後の活動の成果はたったこれだけ。我が軍の士気は大いに昂揚した。しかし、敵機の傍若無人のふるまいを黙認せざるを得ないのは、寂しい限りであった。

一月二十日の午前八時ごろから、敵の砲撃がはじまった。（二一七頁地図参照）

弾着点は屏風山の第一線小隊付近。当初の上村第十一中隊の第二線小隊の位置で、いちど敵に奪取されたが逆襲して奪回したところだ。敵の火薬は茶褐薬でないので、弾着点付近は白い煙幕を張ったようになるのですぐわかった。

もう一ヵ所は馬場小隊の前面と判定できた。馬場小隊の観測所に電話すると、馬場少尉が出て「観測所の崖の下に敵の砲弾が集中しているが、何の意味かわかりません」との返事。「中村軍曹に監視をつづけさせよ」と命じて電話をきった。

しばらくして十時ごろ、馬場少尉から「友軍の歩兵が一名、歓喜嶺の方へ駆けて行きました。中村軍曹を見にやります。私は放列にいき射撃準備をします」と電話があった。

私はただちに大隊本部に電話して守備隊長に「敵は屏風山正面と馬場小隊前面に砲兵火力を集中、馬場小隊の前面を歩兵一名が逃げていったので、馬場少尉隊が調査中。敵は攻撃を開始したと思われる」と報告した。

十分もたったかと思うころ馬場少尉から電話で「敵が十八名ほど前面にあらわれて交戦中。

中村軍曹、脇吉公兵長ら三名が敵に追われてきて、敵との距離五十メートルになったのでやむを得ず砲撃したが、破片の跳ね返りで三名とも殺してしまいました」と泣きながらの報告だった。

中村鉄雄軍曹は観測専門の下士官で、人柄もよいので馬場少尉の希望もあって補佐役として付けただけに、馬場少尉としては中村軍曹の戦死はショックだったと思う。

「いくら敵に追われたからといって、正面から駆け込まれては援護のしようがない。戦場の常で止むを得ない。敵は十八名というが、そんな小人数で砲兵に攻めかかるとはおかしい。斥候《せっこう》にいった時のことを考えてみろ。斥候の任務は見て還ることだ。砲撃ののち出撃して来るのは真面目《しんめんぼく》の攻撃と判断して対処すべきではないか？　よく観察して報告せよ」

こう命じてから私は、ただちに段列長に電話して「馬場小隊が敵襲をうけた。西村軍曹以下十六名の自衛分隊を出し、すみやかに、馬場少尉の指揮を受けさせよ」と命じた。

それから守備隊本部に電話して矢野大隊長に「敵は八時ごろより屏風山と馬場小隊前面を砲撃中で、すでに馬場小隊前面のわが歩兵は退却した模様。馬場小隊は自衛戦闘を準備中。中隊からは準備できしだい自衛分隊を派遣します。敵は攻撃準備射撃を二ヵ所にしぼっている。馬場小隊前面に出撃してきた兵力も相当有力なものとも考えられる。砲兵としては歩兵の援護が得られなければ、戦闘の継続は困難なので撤収しようと考えていますが、よろしいですか」と申し上げた。

大隊長からは「あそこが敵の手にわたっては歓喜嶺の西の拠点を失うことになり、守備が成立しなくなる。中尾第五中隊長に中隊予備隊をもって逆襲させるので、しばらく我慢してほしい」との返事をうけたので、しばし状況の推移を見ることにした。

敵襲の報告があったのち、馬場小隊の近接戦闘は開始されたらしいが、砲側弾薬一五〇発・手榴弾は各人三発・小銃弾は各銃一二〇発、しばらくは戦闘を継続できるとしても長時間ともなれば不足するし、負傷者などの心配もある。案じていたところ、馬場與少尉から中隊長電話口へとの要求で、電話に出た。馬場少尉の低い落ちついた声。すっかり覚悟をきめた様子で、すでに負傷の痛みを堪えているようだった。

「敵は後方の高地を占領して我を攻撃、こちらも砲を後ろに向けて交戦中、上田上等兵（照準手）以下二名戦死、負傷者多数、平素の教えどおり火砲と運命をともにします。全員よく奮闘してくれています。ただ大原上等兵については面倒みきれませんので、後日、生存しておれば敵前逃亡として処理してください。中隊長以下、皆さんの武運長久をお祈りします。今後、私からは電話しません」と電話を切った。

私は「馬場少尉、はやまるな。西村軍曹以下十六名が着くころだ。中尾第五中隊長の指揮する逆襲部隊も続行している。最後まで諦めるな」と言うと「わかりました」との返事だった。

その後は野田定市、村田正三の両上等兵（いずれも一番若い通信手で、銃は二人に一梃を持たせていた）が交代で状況を報告してきた。

野田上等兵の「中隊長殿、いま敵を一発で一人、仕留めました。また新しく現われたので電話機をはなれます」とか、村田上等兵の「中隊長殿、言われたとおり手榴弾を一発投げたら、三人の敵を吹き飛ばすことができました。あっ！　また新しい敵が現われましたのではなれます」とか、忠実に報告してきて、私の「よくやった。頑張ってくれよ！」の言葉に安心したかのように飛び出していく。その報告の声は、六十年後のいまでも耳に残っている。

　しかし、状況は切迫してきた。守備隊本部に電話して、逆襲部隊いかにと質問したが、時間的には現地に到着、戦闘を開始したはずとの返答で、隔靴掻痒《かっかそうよう》の感がつよい。間もなく放列との電話連絡はとぎれた。複線にして埋設した部分は二百メートルばかりで、早晩、敵に切断されるのは時間の問題。あとは砲声がいつまでつづくかが生存の証しだが、一〇〇発で遂に途絶えた。

　敵襲の報告をうけてから一時間たらず。守備隊長には「馬場小隊との電話連絡がとれなくなった。砲声も途絶えたので陣地は敵手に落ちたと判断する。派遣した自衛分隊からの連絡も得られないが、プロセロⅡ高地と馬場陣地の中間に敵の砲弾が集中しているので、逆襲部隊はその付近で敵と交戦中と判断」と報告した。

射程延伸！　逆襲は成功した

　一方、屏風山は当初の集中射の賑やかさにくらべてひっそりし、これまた全く状況不明で心配していると、十二時半ころになって守備隊長から「屏風山の陣地に敵が進入し、逆襲を命じたので支援せよ」と。

その電話が切れると入れ代わりに、屏風山の速射砲の小隊長浦山武郎少尉から「ただいま大隊長から陣地の奪回を命じられました。協力お願いします」という電話。浦山少尉は私にたいし、彼の本属の中隊長に連絡するように言ってきた。速射砲中隊長は私と同期の円城寺大尉なので、その気安さがあったのだろう。

浦山少尉の話によると、状況がわからないので中隊本部に行ったところ、片山中尉も「全然第一線の様子がわからない。ちょっと見て来よう」と壕を出て南側の高地を登りかけたところを、狙い撃ちされて中隊長は真っ逆さまに急斜面を滑り落ちて見えなくなった。あわてて付近の者を集めてとりあえずの防禦線をつくり、大隊長に報告したところ「砲兵の支援をうけて旧陣地を奪回せよ」と命じられたという。

「まず中隊長を救出して逆襲態勢をつくりたい」というので、「いまは陣地を奪回すべき時でないか。中隊長の屍体収容に何名の犠牲者が出るか、よく考えろ」と答えると、「わかりました。ただちに逆襲準備にかかります。援護射撃をお願いします」とのこと。準備には一時間みてくれというので承知し、阻止射撃を第六中隊本部の南側高地以南に開始した。

とにかく一時間、敵を阻止しなければならぬので、時間間隔と弾着地点を不規則にして一時間ほど射撃をつづけた。砲兵操典には連続射撃の場合、一時間一〇〇発が限度としめされていたが、一門しかない砲での限度内の射撃ではとても間がもたず、結局、三〇〇発をこえる結果となった。

村瀬准尉が心配して段列に残っていた三十名をひきい、糧秣交付所に集積した弾薬を放列に運んできたが「予想以上の射耗弾で、弾薬筒の返納を同時にすると、射撃の実行に間に合わぬので別途に実行したい」と意見具申してきたので許可した。

第五陣地は交付所からやや遠いので砲側集積弾薬を三〇〇発としたが、第一線の支援は待ったなしだから、余裕を十分とっておく必要を感じた。

約一時間たって浦山少尉から「逆襲準備完了、いまから攻撃を開始します」と電話連絡。私が「電話機を携行しろ。そして君が『射程延伸!』と要求したら十二メートル五十ずつ射距離をのばすから」というと、「了解。では前進します」

まもなく攻撃を開始した様子だった。つづいて「射程延伸!」と要求された。約束どおり射程を延伸する。若干時間をおいてまた「射程延伸!」の要求。射程をのばす。

この繰り返しで二百メートルほど前進したときに放列から「故障」という報告がきて、とたんに射撃がとまった。「どうしたか?」と問うと「復座不能」との返事だ。さては操典の制約を無視した罰で中隊全滅か。状況を聞くと、「砲身がやけて先刻から水をかけて射撃をつづけたが、ここにきて突然復座しなくなった。いま皆で押したり叩いたりしている」との報告である。

せっかく歩兵が調子よく逆襲を開始したのに、砲兵の失敗で攻撃を不成功にさせたのでは面目まる潰れ。腹を切ってお詫びしても追いつかぬとじりじりして数分。そしていたたまれず自滅覚悟で、「復座しないまま発射」と射撃を命じた。すると「復座しました。発射しま

屏風山をフレジャボ河谷側より俯瞰。いちばん右の陣地の左端に第３中隊の観測所があった（Quoted from The Australian Official War History）

す」と返事がきて発射音が聞こえた。

また浦山少尉の「射程延伸！」の要求がとどいた。ホッとして射程をのばして発射する。

この繰り返しをつづけて一時間、逆襲は成功した。

浦山少尉から「予定した陣地は全部確保しました。我が損害は皆無でした。有難うございました」と礼をいわれた。砲兵としてこんな嬉しいことはない。さっそく、中隊全部署に知らせた。射耗弾は約六〇〇発で、砲側に約一〇〇発が残った。村瀬准尉が機を失せず三十名で四〇〇発を補充して、射撃に支障をきたさなかったことは賞賛に値いする。

間もなく矢野守備隊長から電話がかかり、「浦山少尉から、逆襲成功、砲兵の支援で一兵も損せず旧陣地を回復したとの報告をうけた」と、ねぎらわれた。そして、「本部にいるといっこうに砲声や銃声が聞こえぬ。ときどき結果だけが電話で報告されてくるが、その時では対策は手遅れになる。屏風山の状況も浦山少尉から陣地を回復したとの報告をうけたが、その後の状況は断線でわからない。君のところからは見えるのか」と聞かれた。

そこで「観測所からは全陣地の外貌は見えますが、樹木が邪魔して個々の施設は見えません。ただし弾着は見えますし、銃砲声は聞こえますので戦況の判断は可能です。いま敵が馬場小隊を攻撃している地域はジャングルなので、銃砲声で判断せざるを得ない状況です」と返答した。

すると、「本部にいては前線の状況を判断しかねている。観測所にいって状況を見たいが、邪魔になってもまずいし、指揮連絡に必要な電話線もないし、困った」と言われた。

そこで私は「大隊長がおいでになるのでしたら大歓迎です。有線は本部の交換機に入っていますから、ここから各隊に直接命令ができます。大隊長は大隊本部で指揮するのと変わらぬ要領で、守備隊を指揮が可能と思います」と返事すると、「それはいい。観測所の一部と通信線はぜひとも使わせてくれ。今からそちらに行く」ということで、二十分ほどで守備隊長は副官と伝令一名をつれて来られた。

馬場小隊方面はすでに敵が東に向かって前進している模様で、銃砲声は歓喜嶺鞍部《あんぶ》西側高地（プロセロⅡ高地）の西に、屏風山は銃声がプロセロⅡ高地の南の岩肌との連結部付近に聞こえた。観測所からながめた彼我の状況を説明したのち、守備隊長を観測所のかたわらの幕舎に案内した。

幕舎といっても屋根はニッパ椰子の掘っ立て小屋だが、頂上に近いのでジャングルも浅く、木漏れ日で明るく、敵眼からは遮蔽しているので人の出入りもらくだった。守備隊長はすっかり気に入られて、「ここならば全般の状況も観察できるし、砲兵もすぐ使えるし、連絡者も来やすい。戦闘指揮はここでとろう」と、指揮下の各隊長にそのむね電話で伝えさせた。

馬場小隊の救援ならず

そうこうして一月二十日も午後四時ごろになると、自衛分隊を指揮させた西村治軍曹が部下二名とともに疲れきって帰ってきた。出発したのが午前十時すぎで、押っ取り刀で飛び出したのだから小銃と水筒しか携行していない。へとへとに疲れていた。とりあえず湯ざましを飲ませ、観測所の伝令に食事をつくらせながら報告をきいた。

——ちょうど通信機の整備をしているとき、段列長から非常呼集をかけられて、その場で十六名の自衛分隊を編成。歓喜嶺鞍部からプロセロⅡ高地にのぼると、歩兵の中尾第五中隊長に出会った。歩兵は稜線上の中央を進むというので、自衛分隊は馬場小隊の観測所に向かい南側の崖のきわを進むと協定した。

観測所の少し手前で、観測所から撤退してきた砲隊鏡を背負った川地孝典上等兵と、電話機を背負った津上恵上等兵に会った。砲隊鏡は大きすぎて行動に邪魔になるから捨てよ、と西村軍曹が命じたが、砲隊鏡は観測手の魂だとはなさず、ついに敵に狙撃されて津上上等兵ともども南の崖を落ちていった。

早く馬場小隊に合流しようと左にまわることを考えたが、敵の軽機関銃や自動小銃の射撃が激しくて回り込めず、そのうちに歩兵はずるずる後退、それにつられて後退せざるを得なくなり、その間、部下を見失い結局三名になってしまいましたという。

結果として自衛分隊はバラバラになって、翌日の昼までには収容された。最後に段列に収容された舎川時男上等兵の報告によれば、「なんとか馬場小隊に連絡をとろうと、敵弾を避けつつ稜線の北側に出て機をうかがっていたが、仲間ともはぐれて丸一日、飲まず食わず、夜露にぬれ餓えと寒さに我慢がならず、ついに断念して帰隊しました」という。

結局、自衛分隊の戦死者は岩切善袈裟軍曹と椿行雄兵長の二名だった。

また西村軍曹の帰隊と前後して、逆襲部隊の指揮官である中尾中尉が帰ってきて、守備隊長に状況を報告した。

「逆襲部隊を指揮して馬場小隊の陣地近くまで進出すると、敵の砲兵の阻止射撃をうけ、その後、移動弾幕射撃に追いたてられ、じりじりと後退する結果となり、現在、歓喜嶺鞍部《あんぶ》西側高地（プロセロⅡ）の東側斜面の中腹を維持しているにすぎず、敵の出方いかんではいつまで保持できるか予想がつかず、また集中射をうければ全滅をもまぬがれえない状況にある」とのこと。

中尾中尉は第二大隊の先任（第五）中隊長で、若いが落ちついた度胸のすわった人だったが、敵の集中射には大分てこずったようだった。

彼の言うところによると「敵の三分間の射撃をあびると、その恐怖心をいちおう落ちつけるまでに一分はかかった。その後、異常の有無を確認するのに三十秒から一分を要し、さらにみなの気分を中隊長に引きつけて前進を命令し走り出すと、とたんにつぎの集中射がはじまるので、出鼻をくじかれる。手も足も出ません」と。そして私に「大畠さんに敵の弾幕射撃は簡単には通過できないぞと言われたのを、身にしみて感じました」と集中射の恐ろしさを語った。

なお、中尾中尉から「砲兵の行動は非常に勇敢で、馬場小隊の陣地ちかくまで先頭にたって誘導してくれたが、敵の集中射で混乱し、その行方を見失ってしまった。申し訳ない」ということだった。

馬場小隊の救援は当初、中隊の自衛分隊西村軍曹以下十六名と歩兵七十八聯隊第五中隊長の指揮する中隊予備隊（二十数名?）で、のちに追加されたのは大隊本部の西村中尉の指揮する機関銃半中隊（機関銃二梃、約二十数名?）と予備隊だった第十一中隊（長以下三十余名?）が中尾中尉の指揮下に入るよう命令されたと記憶している。

当時としては、歓喜嶺守備隊長として抽出しうる最大限の兵力だった。そして砲兵としては、もう一門、火砲があったならば逆襲を支援して成功させられたものをという悔しさが残った。

また、歩兵の現兵力では敵の迂回にはとても対応できなかった。歩兵の援護のない砲兵はしょせん、敵歩兵の好餌になるほかなく、馬場小隊を配置するときにもっと真剣に検討すべきであったと、いまも馬場與少尉に申し訳なく思っている。

第六章　最後の死闘

歓喜嶺から矢野山へ

このたび一月二十日の敵の攻撃は、いままでにない激しさと緻密《ちみつ》さで、四方からじわりと攻め寄せてきた。不抜山《ふばつやま》の第五中隊陣前の歩哨はすでに引き揚げ、敵は鉄条網の直前まで押し寄せており、中尾中尉は準備した迫撃砲の一撃をいつ喰らわしてやろうかと思案中だった。

入江村《いりえむら》の作業中隊正面も敵は攻撃を準備している気配だったが、長く保持できる陣地ではないとみてか、積極的な攻撃はなく、他正面の戦闘進展に従うつもりのようだ。

屏風山《びょうぶやま》は今回、敵がもっとも力を入れた攻撃で、逆襲して陣地を回復してから一時間もたたぬのに、通信線の断線で連絡もとだえた。逆襲を指揮した速射砲小隊長の浦山少尉も戦死。全滅したか、一部が残ってどこかに潜《ひそ》んでいるか。拠点はすでに失われたものと考えられた。そして西の拠点となるべき馬場小隊陣地も失われ、プロセロⅡ高地の東斜面中腹陣地がかろうじて敵を阻止しているが、いつ突破されるかもわからない。

矢野格治守備隊長は歩兵団長に信頼されて臨時隊長として派遣されただけに、着任わずか一ヵ月たらずで陣地を失い、責任を感じられたとしても無理はないが、意見を求められても私も中尾皓一中尉や西村繁中尉、副官も名案なく、沈黙したままだ。お互い苦しい心中は察していた。守備隊長が決心し、部署の命令を出されたのは早かった。

大隊命令

一、大隊は、ただ今より歓喜嶺鞍部《あんぶ》西側高地（プロセロⅡ）を夜襲により占領確保し、歓喜嶺守備の万全を期す。

二、逆襲部隊（指揮官は守備隊長、中尾隊〈第五中隊長の指揮する中隊予備隊二十名〉上村隊〈第十一中隊長の指揮する二十名〉西村隊〈大隊本部付・西村中尉の指揮する半中隊・機関銃二〉）は二時間後、現位置を出発できるよう準備せよ。

三、逆襲失敗して予が戦死した場合は、大畠大尉代わって守備隊を指揮し歓喜嶺を確保せよ。

この命令を聞いて一瞬、みな顔を見合わせた。そこで先任という立場もあり、私から口火をきった。

「守備隊長は着任されてまだ一ヵ月たらず、陣地が破られたとお考えかも知れませんが、私どもは昨年十月から四ヵ月、この陣地を守ってきました。敵もやっと我が弱点を探してここまで到達したわけで、けっして隊長殿の怠慢のために陣地が破れたのではありません。

馬場小隊の配置は屏風山の防備を完璧にするためにほかならず、その援護の兵力はすでになく、そのために屏風山は落ちました。いま残りの兵力をそそぎ込み、たとえ得意の夜襲で陣地を回復しても、歩兵の工具では穴を掘るのが精一杯、しかもその土工具すら失っている者が多いのが現状で、明朝からの敵の砲撃にはとても耐えられないと考えます。

しかも、隊長殿が戦死されたら守備隊をまとめろとは。団結の中心の大隊長を失った大隊をいかにしたらまとめることが出来るか、神業《かみわざ》でもなければできません。逆襲部隊の指揮なら私が代行してご覧に入れます。砲兵の中隊としての運用は終わりました。自衛戦闘ならば段列長で十分指揮できますから、その心配はありません。再考をお願いします」

すると中尾中尉が「中隊の兵からは中隊長の顔を見ながら死ねるようにしてくださいと言われています。いまがその時期でないでしょうか」。また西村中尉は、「一緒に死にたいから中隊をまとまった陣地に着けてください、と兵からせがまれています。これ以上バラバラの戦闘をつづけると、集結する機会を逃すのではと心配しております」と言った。

守備隊長はしばらく沈黙して考え込まれた。少し間をおいて私は、守備隊長に申し上げた。「歓喜嶺陣地と単純にいいますが、じつは歓喜嶺を中心拠点とした不抜山・屏風山・歓喜嶺鞍部《あんぶ》西側高地（プロセロ高地）の三拠点を出城として、堅固にかまえた広正面防禦と考えるのが至当と思われます。

ところが現在、堅固に保持できる拠点は不抜山陣地のみで、歓喜嶺・歓喜嶺鞍部《あんぶ》西側高地には全然陣地が構成されていない。そして屏風山は敵手に完全に落ちた。使用しうる兵力は入江村の前進陣地を引き揚げると約七十名ばかり、歓喜嶺鞍部《あんぶ》西側にへばりついている不抜山の予備隊二十名・守備隊の予備二十名（第十一中隊）・機関銃中隊の半部では、敵にたいして確固とした拠点をとることが難しく、無駄な血を流す結果になるのではないかと思われます。

このさい我々の任務は敵を海岸まで進出させなければよいので、少し後退して兵力に合った陣地をとって抵抗する。敵が素通りしようとすれば出撃し、軍の側背を援護し軍主力をぶじに撤退させてくれたと感謝される死に方をさせていただきたい。陣地をすてた責任を問われれば、守備隊長とご一緒に私も腹を切らせていただきます」

すると守備隊長は「一緒に腹を切ってくれるのか。そこまで考えての意見ならば同意しよう」と言われて「歓喜嶺陣地を放棄して、新たに歓喜嶺北方高地に陣地を占領し、最後の邀撃戦を実施する」と決心された。

守備隊長が決心をされたので、その意向にもとづき敵に企図を察知されぬうちに離脱をはからねばならず、その処置から開始された。

一、屏風山の第六中隊と速射砲小隊は連絡はとぎれているが、指揮官を失った下士官兵は稜線から追い落とされて隠れている者がいるのではないかという疑問が残った。

屏風山は稜線上をとおる土民道のほかに、フレジャボ河にそそぐ水源地が三ヵ所ほどあり、山に生活した者は飲料水を汲みにそこに通じる獣道を利用していた。

大隊本部の書記・頼経喬曹長は第一線各中隊への連絡の場合、屏風山と入江村の間はちょくちょく利用していたので見当がついた。そこで彼が「私が探して来ます」と志願。予想どおり屛風山陣地の生き残り二十名が泉の付近で途方にくれていたのを、夜中の二時ごろ連れもどった。守備隊長も、うっかりすれば見殺しにするところであった、戦力がふえたと喜ばれた。

二、入江村の作業中隊陣地では下条中尉が「攻撃もうけぬのに撤退するとは面白くない。一撃あたえてから撤退したい」ともっともな言い分だったが、守備隊長が「歓喜嶺鞍部の確保が明朝以後、保証できない。退路をふさがれる前に鞍部を通過したい」と納得させ、払暁までに鞍部を通過して現守備隊指揮所にくるよう命じられた。

フレジャボ河谷から鞍部に登るのは一キロほどの急坂で、敵の観測所からは丸見え。暗いうちに通過する必要があったのである。

三、野砲中隊は明朝までに陣地変換の準備を完了し待機。段列は観測所に集結。

四、中尾第五中隊は逆襲の任務を解除し、不抜山陣地を確保する。撤退の時期はおおむね二十一日午後四時と予定するが別命する。

五、二十一日早朝、守備隊長は新陣地の偵察に向かう。野砲中隊・作業中隊・機関銃隊・第六および第十一中隊の指揮官は随行。

守備隊長の決心は実行にうつされ、その処置はただちに歩兵第七十八聯隊本部に報告された。我が中隊の自衛分隊の者の大半は、前夜半に観測所または段列《だんれつ》に帰還した。昼飯も夕飯も持たず、水筒一本で行動したのでへとへとになっており、また初めての小銃戦闘で面くらった様子だった。

舎川上等兵は陣地北側にまわって馬場小隊に近づこうと二人で行動したが、はぐれて二十一日朝、段列に帰還した。帰りが夜になった者は、霧が山にかかったためずぶ濡れになっていたが、さいわい全員無傷であった。

一月二十日夜の敵の砲撃は朝までつづいた。弾着地点は馬場小隊陣地と歓喜嶺鞍部《あんぶ》西側高地（プロセロ）の中間付近。中尾逆襲部隊が苦戦したところらしかった。

二十一日の空が白みはじめたころ、作業中隊がぶじ到着した。守備隊長はただちに出発され、我々もしたがった。歓喜嶺鞍部から観測所の下方をとおり不抜山と新しい陣地にいたる三叉路で、第十一中隊の曹長以下十六名を「三叉路付近を占領して、不抜山陣地およびその後方に陣地占領中の砲兵小隊の撤退を援護し、その後、守備隊主力の陣地占領を援護して、別命により守備隊予備とする」として配置された。

それからほぼ北へ一・五キロほど進んだところに、大隊本部を中心に各中隊が円陣を組めるような地形（矢野山《やのやま》）を発見したので、守備隊長はただちに区割りをして配備につくよう命令された。

区割りは大きく大隊本部地域（大隊本部・機関銃中隊・第六中隊・第十一中隊）、その東に第五中隊地域、本部地域の西に野砲中隊地域、その西北に作業中隊地域である。

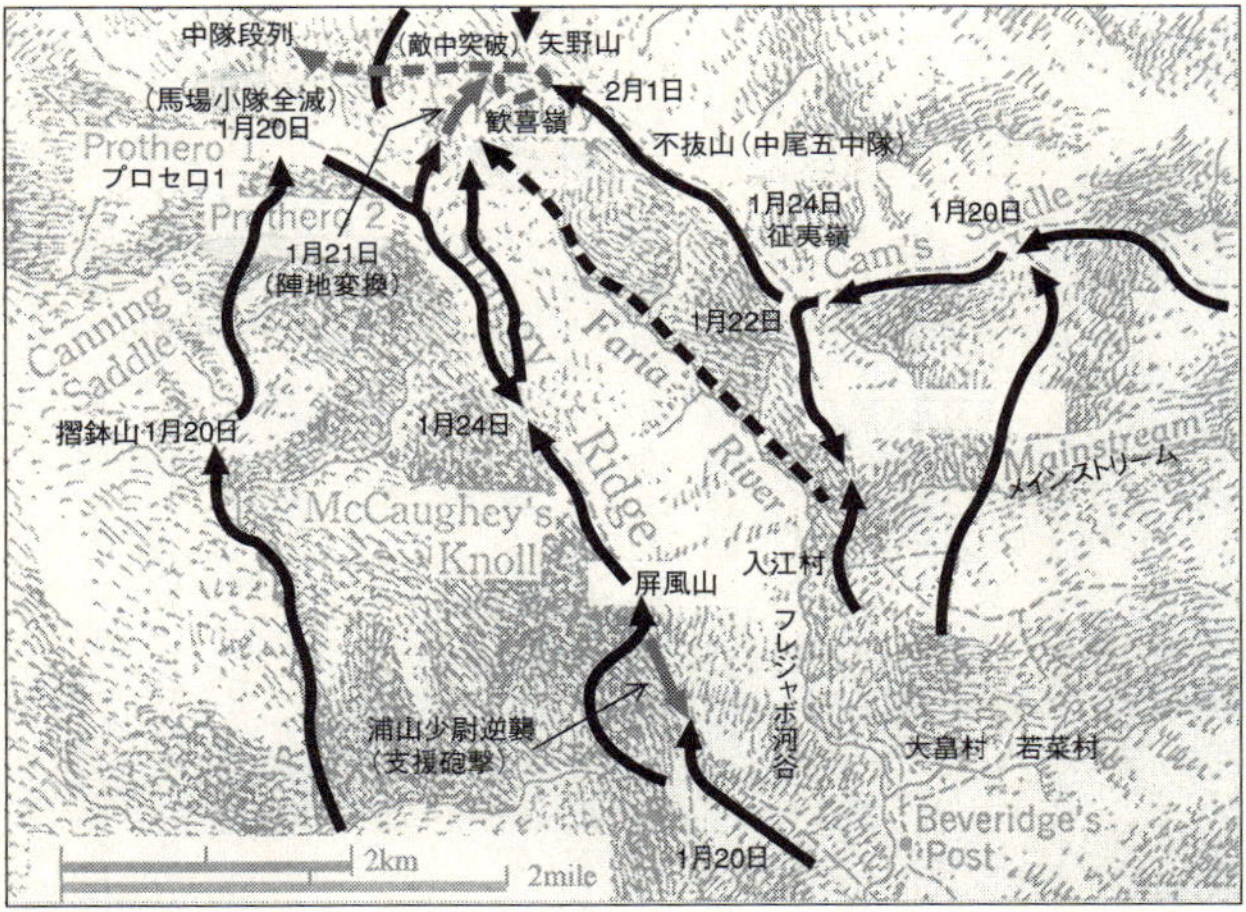

本部・野砲中隊・作業中隊の北側に入り込んだ谷に湧水があって、水の補給は充分。各陣地から百メートル以内なので各隊ごとに重複して警戒をすることにし、さっそく陣地の構築にかかった。

守備隊長の壕はとみると、当番一人が小円匙一つで掘っている。聞けばノコギリもないというので大円匙と薪切りノコギリの各一を提供した。大切な装備であるが見兼ねてのことだった。人はとかく重いものはすてたがり、いざ必要な時にはないということが往々にしてある。結果責任は、自分で負わねばならない。

作業中隊はさすがに歩兵といえども工事の訓練ができていて、夕方までに棲息《せいそく》掩蔽部（生存するための壕）と蛸壷《たこつぼ》とを完成させていた。野砲中隊としては、観測所は方向盤と測遠機と電話機と交換機だけなので、段列に帰って必要な荷物をとってくるという状況だったが、戦砲隊は段列にひかえていた砲手たちが応援し、弾薬一〇〇発を受け取り（砲側弾薬は二〇〇発）新陣地に進入した。

段列は先任の竹内千代一軍曹の指揮で二個分隊四十五名をヨコピーに派遣し、輜重隊長の指揮をうけさせていたので、中隊が全滅した場合、当然のこととして原隊復帰を命じられるであろうから、その場合ボング地区の警備にあたっている奥原小隊長の指揮をうけるように命令を伝えさせ、予備品班のみが残っていたので人事書類と負傷者に必要な薬品と繃帯《ほうたい》および食料品の携行にとどめた。

覚悟をきめての陣地変換なので余分なものは携行せず、順調に移動を終了し、夕刻までに必要な蛸壷と四ヵ所の棲息掩蔽部と火砲掩体と弾薬集積所を構築した。

なお、とりあえず守備隊の陣内配線をして、大隊本部と野砲中隊・作業中隊・第五中隊間の有線および中隊内掩蔽部《えんぺいぶ》間の有線網を構成した。

棲息掩蔽部は二十名くらい収容できるもので、敵の砲弾には十分に耐える。蛸壷は立射用で監視用とあわせて二十五ほどつくったが、交通壕は若干。火砲掩体は四周を撃てるよう平坦にして、弾薬集積所は使用に便にするため三ヵ所とした。円匙《えんぴ》は交代で使用し、作業は順調に進行した。

順調に後退した部隊は新配置について工事中だったが、もっとも敵の圧力が強いと予想される正面・不抜山陣地の第五中隊が予定した時間に到着しない。守備隊長が心配して私のところまでこられたので、今後の処理を早めるためにも様子を見にさそった。

私が出かけるというと、曹長職の溝吉悦軍曹が指示して伝令と通信手と三名が随行した。矢野守備隊長が笑って、「砲兵は躾《しつけ》がよく出来ているね、歩兵は大隊長が陣地を見てくるといっても伝令もつけぬ。言わなければ知らぬ顔だよ」と寂しくいわれた。事実、陣内といっても一望できるわけではなく、伝令もつけず隊長一人を出せるものかと驚いた。応急に臨時隊長を命じられたものの悲哀と簡単に片づけてよいものか、考えさせられた。

第五中隊の予定陣地についたが、まだ誰も到着していなかった。通信手に大隊本部を呼び出させて状況をたずねると「敵の攻撃をうけたので若干出発が遅れた」とのこと。守備隊長は「通信手をつれてくると陣地内どこにいても、指揮連絡ができるわけだな」と感心された。

十五分もたったと思う午後五時ころ、先任准尉を先頭に第五中隊が到着した。中隊長は後方を警戒しつつ最後尾をきて、大隊長の顔を見て安堵の笑みをうかべ「異常なく陣地を撤収した」むねを報告し、小声で、

「敵に追尾されています。まもなく収容陣地と戦闘がはじまると思います。本朝来、敵は陣前に出てきて撤退の時期をつかむのに苦労しました。陣前の鉄条網の前の凹地にあつまったのを見定めて迫撃砲の全弾を打ちこみ、あわてて騒ぐところに機関銃を撃ちこみ、その機会をつかんで退却してきました」

道理でみなの顔色が青いのかと納得できた。そこで私は「大隊長殿、第一段階の作戦は成功しました。お目出とうございます。これからの第二段階の作戦で、何日この陣地を維持できるか勝負です」というと、中尾中尉が急に明るい顔になって「みなが一緒の場所で死にた

いといったのが、ほんとうに一緒になれたのですね。陣地を築いて頑張りましょう」といい、中隊に必要な命令を下達した。

守備隊長は「作戦第一段階成功、祝杯をあげよう。作戦第二段階に前進だ」といわれて、最後に呑もうと準備された酒二本のうちの一本を伝令に持って来させて、守備隊長と私と中尾中尉の三人で祝杯をあげ、その場に腰をおろして雑談をはじめた。

酒は杯がわりの飯盒で、小隊長から兵まで回し飲みされた。第五中隊の一同の顔の色はとたんに明るくなり、活気づいて防禦陣地の構築にかかり、三十分もすると五十メートルの射界の清掃ができ、日が暮れるころには膝射ちの壕も完成した。中隊長が健在だと土工具も紛失せず、統制がとれて機敏な行動がとれるものだと感心した。

守備隊長は最後の陣地編成の見通しをつけることができたので、中尾中尉と別れ自分の陣地に帰られた。剛胆で思慮ぶかい矢野格治少佐でも退却は恐怖にみちた、しかもそれがちょっとしたキッカケで、大胆不敵な本来の性格をとりもどす不思議さと、部下が隊長の顔色をみて心理的に同調していくありさまを見せられて、つくづく戦場心理の実相をあじわった。貴重な体験であった。

帰途、守備隊長のさそいで、部下を返して本部に立ち寄った。

隊長の壕は伝令と二人用の立射壕だった。伝令を他の壕にいかせて二人になってから、いままでの労をねぎらわれ、現在の大隊本部は本来の機能を発揮できない状況にあるが、ここでまとまれば、少し大きな中隊と思えば統制もとれるのではないか。各隊長のあつまる場所がないので困っているのだが、砲兵中隊長の壕を会議場として使わせてもらえぬか、との話だった。

もっとも困難な場所で隊長代理をつとめる歩兵団副官の苦衷に同情し、快く承諾した。

泣くに泣けぬ残念な事故

中隊の陣地変換は、村瀬准尉が段列を要領よくまとめたので迅速に完結することができた。火事にあって着のみ着のまま逃げだしたと考えていただければよい。将校行李《こうり》も段列にはこばれていた。陸軍を知らない人のために一言すると、将校の軍装品は私物で軍服・下着類はもちろん軍刀や双眼鏡、拳銃と弾薬、そして典範令など、勤務に必要なものを行李に入れて携行していたのである。

ともあれ、死を覚悟していたので、ふたたび砲兵としての射撃をすることもあるまいと火砲の射表（射撃のためのデータを記したハンドブック）、陣中日誌・戦闘要報・戦闘詳報などもすべて焼却した。書類は兵籍、戦時名簿二冊のみ携行。小銃および弾薬は現有のまま、糧食はあるだけ運んだが、米は計算してみると各人あたり一升で、籠城十日と考えると一日一合しか食えぬ。頭の痛いことだった。

中隊の衛生兵は三名、三ヵ所に分かれるとなると、中隊長としても分置する隊には衛生兵をつけて早めの治療ができるようにしてやりたい。しかし、一名で携行できる薬に限界があり、従来使用したことのない衛生材料は除外させた。

ところが運の悪いときは仕方のないもので、二十日夜、私のかたわらで待機していた衛生兵の力石香上等兵は、最後の決戦にのぞむについて負傷者が多数出ることを考慮して、繃帯を多量に携行したい。破傷風の注射薬(一ccのアンプルになっていた)も最大限携行するが、ガス壊疽《えそ》の注射薬は重量もありカサも大きいので除きたい、と意見具申してきたので許可した。

彼は夜中まで段列にいって、荷物を整理して観測所に帰ってきた。ところが、自衛分隊の永野上等兵が両足貫通銃創で段列に収容され、力石衛生兵の手当をうけたが、薬品を処理し終わったあとで、注射は痛み止めと化膿止めと破傷風予防しかできなかった。

永野上等兵に負傷のときの状況をきくと、跳弾《ちょうだん》らしい。ガス壊疽の注射薬は廃棄したあとで、歩兵大隊の軍医に相談したが持ち合わせなし。やむなく、ヨコピーの貨物廠まで力石衛生兵を受領に派遣した。三日以内に注射すれば治癒するとのこと。帰ってきたのはちょうど三日過ぎで「滑り込みセーフ」とはならなかった。

ガス壊疽は患部が腐ってきて悪臭がする。本人は痛みに堪えかねて唸ってしまう。狭い掩蔽部の生活で、中隊長と付属機関。曹長・給養掛下士官・瓦斯掛《ガスがかり》下士官・伝令・喇叭手《ラッパしゅ》。そのほか電話機・交換機に必要な人員、隊長会議と、人の出入りが多かった。邪魔にならぬように奥にねかせられているのは辛いことだったと思う。注射液がやっと到着したが手遅れ。泣くに泣けぬ残念な事故だった。

ともあれ、二十一日の夕方には、矢野山の陣地に中隊生き残りの約六十名が配備についた。昨夜は守備隊長とともに歓喜嶺陣地の帰趨について悩み、部下の馬場小隊の消息を調査する手段を講じることができなかったが、状況も落ちついたのでせめてその最期の様子なりとも確認したい思い、村瀬尭之准尉に言った。

「馬場少尉の最期をこの目で確かめてきたいから、伝令を二名選んでくれんか」

「とんでもない、いま隊長に万一のことがあったら中隊はバラバラになります。確認の斥候《せっこう》は別に選抜します。隊長がいかれるのは止めて下さい」

いつにない剣幕でいわれ、その激しさに私も准尉の言に従うこととし、准尉の選抜した宮崎満男・宮崎薫両上等兵を派遣することとした。二人ともいちばん若い十六年徴集の現役兵で、満男上等兵は細身だが強健で頭もきれて剛胆な観測手、測遠機を使わせたら神技にちかかった。薫上等兵は御所人形のような色白でぷっくり膨れた好男児だが思慮ぶかい馭者、中隊長付属で伝令として勤務していたので、二人とも観測所・放列の位置は熟知していた。

二人は一晩かかって偵察し、翌朝、帰隊した。「砲の掩体《えんたい》のかたわらには敵の幕舎がたてられて、ペラペラ喋っていたのは日本語ではなかった。しばらく聞いていたが理解できず。馬場少尉以下、全員戦死と思う」との報告。「全員戦死」として処理することにした。

ともあれ、敵はすぐ追尾してくるものと覚悟していたにかかわらず、敵との間隔を開くことができたのは天佑だった。敵の砲兵はもっぱら馬場小隊陣地と歓喜嶺鞍部《あんぶ》西側高地（プロセロII高地）の中間地域、屏風山方面にさかんに弾幕を構成していた。

また不抜山第五中隊正面の敵が追及してきたのは二十二日遅く、矢野山に砲弾が落ち出したのは二十二日夕刻からだった。守備隊長は全滅を覚悟されていたので、聯隊砲・大隊砲・機関銃・通信などの小銃をもたぬ戦闘能力のないものはすべて、歩兵第七十八聯隊本部に送り帰された。

中尾第五中隊が陣地に到着したとき、ほとんど弾薬を打ちつくしていた。守備隊長が糧秣交付所にまだ弾薬が残っているのではといわれたが、交付所の位置を知る者がいないので、砲兵から船戸森男伍長の指揮する十名を応援に出し、小銃弾と手榴弾とを補充した。

矢野山において玉砕する決意をしました

新陣地にうつって二日目の一月二十二日、村瀬准尉から「小川清夫軍曹が補充員をつれて連絡に来ました」と報告され、びっくりした。さいわい掩蓋ができていたので、その中に招き入れて申告をうけ、状況を説明。先輩勇士にまじって元気に戦ってくれと訓示して、准尉に配属分隊に誘導させ、今日一日はお客扱いをするよう注意した。

そのあと、小川軍曹から第一大隊長蔭山《かげやま》常雄中佐からの言伝てを聞いた。歴戦の大隊長は歓喜嶺の本格的な戦闘が開始されたと聞かれて、激戦のときは戦死者や負傷者の発生で手不足となり、苦労する。補充員をつれて行けと言いつかったよしで、砲撃・爆撃の音は山にこだましてよく聞こえ、心配しておられたとのこと。

屏風山（シャギーリッジ）からマダン方面を望む
(Quoted from The Australian Official War History)

屏風山からは遠くマダンを望むことができる。ミンジム河谷その他の北に流れる河谷はラッパの吹きこみ口と吹き出し口の関係で、エリマにはよく砲声が聞こえ、そのつど蔭山大隊長は「大畠がまた撃たれている」と呟《つぶや》いておられたという。有難さをしみじみ感じさせられた。

その夜、最後の報告を書き上げて、小川軍曹に持たせ、夜明けとともに出発させた。内容は月並みだが、つぎの通り。

報告事項

一、前回以後の「戦闘要報」

二、最後の「戦闘詳報」

三、賞罰

イ、馬場小隊（観測所要員を含む）は、歓喜嶺陣地の右拠点を逆襲部隊の到着まで確保するよう守備隊長から命じられ、敵の包囲するところとなり全滅。逆襲部隊は弾幕射撃に阻止され、馬場小隊との連絡をとれず諦めて撤退した。歩兵は見殺しにした責任を充分感じている。行賞については特にご配慮いただきたい。

ロ、村瀬准尉以下の中隊員＝中隊長の命にしたがって忠実に任務を完遂した。

ハ、大原上等兵＝馬場少尉からの最後の電話報告で、私の睨《にら》みがきかなくなれば逃亡の恐れなしとせず。もし生きておれば戦場離脱で処分してくださいと遺言がありましたが、私も確認できませんでした。最後の報告になると思いますので宜しくお取り計らい下さい。

四、最後の報告について＝本日以降の連絡についてはすでに敵が近接しているので、損害を考慮して省略し、最後のときに古賀軍曹を伝令として派遣しますのでご了承下さい。

五、最後に、大隊長はじめ大隊の皆様の武運長久をお祈りします。

奥原光治少尉には、中隊主力の現況を述べ、全滅したときはヨコピーにある段列をも指揮して、健闘してくれるよう命令書を小川軍曹に持たせた。

村瀬准尉は補充員を戦砲隊と段列の各分隊（当時、戦砲隊・段列ともに一個分隊しかいなかった）に三名ずつ配分してきて、「支那事変の経験から申しますと、戦場で受領した補充員は数日間に半分以下に減ってしまうというジンクスがありましたが、そうでないとよいのですが」と心配そうに言った。私は全滅を覚悟しており、なるべく犠牲者を少なくしたいと考えていたから、大隊長の私にたいする思いやりがかえって仇になったと複雑な思いだった。

そして不抜山および入江村の陣地の撤退を察知した敵は、砲火を矢野山陣地一帯とプロセロⅡ一帯に集中しはじめたので、初めて戦線に参加した補充員は恐怖を感じたようだった。その夜八時ごろ私が交通壕づたいに陣地内を見まわっていると、敵の擾乱《じょうらん》射撃がはじまった。陣地をおおっている大木の頂上で一発破裂したので、思わず姿勢を低くした。突然、頭上から覆いかぶさるように落ちてきたものが壕の底にうずくまっている。

とっさに獣が飛び出してきたのかと勘違いしたが、熱い飯盒が手にふれたので、補充されたばかりの新兵が炊事場から出来あがった飯盒をはこぶ途中と気づき、壕底にしがみついている彼をやっとの思いで引き起こし、樹上で破裂する弾丸は上から破片が落ちるので、当たる面積を小さくするには壕壁にへばりつくように教えて落ちつかせ、砲撃の終わるのを待って分隊に帰した。

戦場到着から数時間で経験した真面目《しんめんぼく》の砲撃に、まごつくのは当然。当たらなかった幸運を祝うべきだったろう。しかし、残念なことに三日のあいだに四名戦死し、村瀬准尉の心配が的中して悲しかった。

二日目の午後、守備隊長が来られて「大畠君、軍から歓喜嶺守備隊長の処置適切なりと褒《ほ》められたよ。腹を切らんですんだ。よかったなあ」と嬉しそうに言われた。私も「お目出とうございます」と涙が出た。

隊長としても最もつらい決心をしたのだし、私としても最も嫌なことを進言したのだから、褒められるとは望外だった。たぶん軍司令官は責任をとらせぬよう配慮されたのだと有難く感じた。

おなじく二十二日の午後四時ごろ、前にもふれた芝野一等兵は、観測手の前田上等兵と陣前の歩哨勤務についていた。二人の壕は腰かけて監視できるようにつくられ、掩蓋《えんがい》も架け偽装も十分で、射撃もできるようになっていた。二人のあいだは浅い交通壕でつながっていた。敵は午後五時になると勤務終わりで攻撃なかばでも中止するので、そのつもりで対応すれば問題がなかったと思うが、そうはいかなかった。ダッ、ダッ、ダッ、ダッと軽機関銃の音がしたので、この時間に衝突とは？　と疑問がわいたのだ。

とりあえず防禦配置につかせて待機していると、芝野一等兵がころがるように走ってきてぺたりと坐って両手をつき、「前田歩哨報告、十名前後とおぼしき敵が歩哨前にあらわれ我々に射撃をあびせて引き揚げました。前田上等兵は戦死しました」という。

そこで前田上等兵の戦死の状況を聞くと、「清掃した射界のはずれに敵があらわれたので、前田上等兵に動かぬように注意したが怖くなって、私の方に向かって動いた途端にやられました」と、いつもの芝野一等兵らしからぬ理路整然とした語り口だった。そして当人は「中隊長殿、私は何だか頭が急にすっきりして、生まれ変わったような気がします。これからは一人前に働きますから宜しくお願いします」と言うので、私ばかりでなく居合わせた村瀬准尉もびっくりしてしまった。

私は芝野一等兵が歩哨として沈着に行動したことをほめた。敵はその後、撤退して何事もなく日が暮れたので、指揮小隊の者で前田上等兵を埋葬させた。

私は今日の芝野一等兵の行動の奇跡に、村瀬准尉を呼んで「十年も兵役をつとめて戦死しか考えられぬいま、彼のように実直につとめた兵が死んで上等兵では、あまりにも可哀想だ。今日の働きで立派に人を指揮できることがわかった。彼を上等兵として死なせてやりたい。何とか手が打てぬか」と相談すると、村瀬准尉も「今日の芝野の働き、またものの言い方、人間があのように変わるものとは考えも及びませんでした。兵の進級の権限は聯隊長ですから、電話ですぐ交渉します」と。

ちょうど時間的に都合がよかったらしく、寝る前には返事をもらうことができた。聯隊副官から「明日発令する」とのことで「大隊長からは、士気に影響するからぜひ頼むと助言があった」という。

本人も喜んだが、若い年次の者もいままで古兵殿《こへいどの》と呼んでいたのを、上等兵殿と呼べる喜びのほうが大きかったと思う。なお、古兵殿とは「万年一等兵」にたいする、若い年次の兵の苦しまぎれの敬称だった。


矢野山陣地に移動して三日目になると、敵も我々が離脱したのではとの疑問を持ちはじめたと感じられる行動が見られた。プロセロⅡ高地付近にたいする激しい砲撃は、二十一日、二十二日とつづいたが、二十三日には矢野山にたいしても激しさをました。

中隊の陣地も二日間でほぼ完成した。歩兵と異なって個人の工具はないものの、パラオで調達した木工具を活用し、人手は交代で休み効率よく完成した。しかし砲弾で木が倒れると、交通壕を完成する前の個人壕は生き埋め同然で、出入り口をすぐ開けてやらねばならぬなど色々な苦労があった。

いちばん頭の痛かったのは、歩兵第七十八聯隊本部との電話連絡だった。二十二日になると断線が多くなり、陣外は敵の進出のため、中隊の兵力では補修する力はなかった。四日目の夕方、やや戦況が落ちついて電話線の補修もできたところで、守備隊長に松本聯隊長へのお別れをお願いした。

聯隊本部では聯隊付将校が出て「聯隊長にもお伝えしておきます」といって、なかなか聯隊長に取り次いでくれない。守備隊長は腹をたてて「聯隊長に直接部下の隊長が最期のご挨拶をしたいというのに、部下が代わりに受けるなんて失礼な話があるか」といわれると、さすがに一大事と考えたらしく「しばらくお待ちを」と電話がとぎれた。

若干時間をおいて聯隊長が電話に出られて「だいぶ切羽つまった気持ちのようだが、落ちついてまず後方との連絡路をつくり……」などと話し出されたので、私が横から電話に割って入り、

「聯隊長殿、失礼して横からお願い申し上げます。電話線はいつ切られるかわかりません。砲兵はこれ以上材料がありませんので、補修不可能です。電話が通じている間にお聞き下さい」

と申し上げた。そこで守備隊長はいわれた。

「聯隊長殿、砲兵中隊長のいうとおりで、最期のご挨拶だけさせてください。まず歓喜嶺の陣地を敵に奪取されたのは私のいたらぬせいと深くお詫びします。私の指揮下で働いた部下たちは、必死で戦闘してくれました。現在、大隊の占領している山を矢野山《やのやま》と命名します。矢野少佐以下二百五十名はこの矢野山において玉砕する決意をしました。電話線が切れた後は、毎日、伝令で状況を報告申しあげます」

聯隊長があわてて、「君、君、そりゃあまだ早すぎるよー」と言われているうちに断線した。その日から敵の毎日の攻撃も激しくなった。

敵歩兵の活動はおおむね午前八時から午後五時の間で、夕方五時になると虫の音の小笛を合図に後退した。虫はその時間には鳴かぬ虫の音だったので察知できた。朝は起床と同時に歩哨を配置すれば間に合ったので、寝不足になることだけはまぬがれた。しかし、敵の砲兵はけっこう夜間射撃を実施したので、夜、壕外に出るのは注意が必要だった。

敵砲弾の雨の下で

敵の最初の砲弾をくらったのは、二日目の昼過ぎころだった。敵も我が陣地を確認したのではなく、付近一帯にうすく擾乱射撃をしたらしい。

ちょうど火砲陣地近くの高い木の頂上あたりに破裂して、破片がつんである砲弾の弾薬筒に当たり、三発の弾薬筒から白い煙が噴出しだした。村瀬准尉が「谷に放りすてろ！」と怒鳴りながら、積んである火の吹いている弾薬筒を弾丸がついたまま、もろとも谷に放り投げた。つづいて分隊長の古賀正十士軍曹と上田兵長が駆けつけて、准尉の行動にならった。

騒ぎは白い煙が消えると何事もなかったように静まり、みなほっと胸をなでおろした。私は敵の迫撃砲陣地を撲滅《ぼくめつ》したときのように、誘爆したら大変だと冷や汗をかいた。発射薬は簡単に燃える。

砲弾で大木が倒れ、下敷きになればもちろん命の保証がないのは当然だが、さいわい壕が出来あがるころから敵の砲弾をうけるようになったので、大木に押し潰された者はいなかった。

しかし、立哨中の蛸壷に倒れかかった木は直径一メートル近く、手持ちの木工具では切断できず、横から掘り進んで、助け出すのに二時間あまりを要した。交通壕を完成してからは、このような危険はなくなった。

樹上で破裂する砲弾はいろいろの被害をもたらした。西村治軍曹の頭上に落ちてきたのは、樹上に棲むカンガルーだった。一キロにもみたぬ可愛い動物だが、頭に落ちてきた枝と思って払おうとしたら、しがみついてきたので喫驚したということだった。

一日一合の食事で数日間すごさなければならぬ身であれば、天与の恵みを見逃すはずはなく、夕食の飯盒に小指の先ほどの肉が入っていて、肉の香りと薄い塩味は無上の味わいだった。つかまえた西村軍曹には片手が入っていて、他の者より気配りされていたが、「戦場でこんな旨いものが食えるなんて満足だ、思い残すことはない」と翌日の分まで食べてしまった。

翌朝九時半ころ、その日の第一回の集中射をうけた。ちょうど陣地の点検をしていたので各人適当に掩護物にかくれて、終わったところで西村軍曹の姿が見えない。呼んだが返事がない。捜すと交通壕のなかで死んでいた。みなで壕外に出してみたが、傷がどこにも見当たらない。

じっと見ていた村瀬准尉が、鉄帽の頂きに一ミリほどの穴を見つけた。鉄帽を脱がせてみると、頭のてっぺんから六センチほど糸を引いたように血が流れていた。樹上で破裂した砲弾の破片に当たったもので、なんとはかない命かと嘆くとともに、昨日の「もう思い残すことはない」といった彼の言葉が、妙に頭にこびりついてはなれなかった。

陣地がととのってくるころには敵の偵察もおわり、真面目《しんめんもく》の攻撃がはじまった。敵の攻撃は隙があれば入ってくるが、守兵がいれば狙撃とか手榴弾攻撃を仕かけてくる。それでやはり心配で見にいくと、ちょうど小丸建造上等兵がいて、敵を見つけて私に教えてくれるのだが、「いまからあの敵を狙撃するから見ていてください」と言う。

見ていると、彼は鉄帽を棒につけて静かに横から出し、いかにもそこにいるように見せかけて、自分の位置から狙撃したが、さすが敵は歩兵の小銃手。ほとんど同時に発射したと思ったが、やられたのは小丸上等兵だった。なんとも遣りきれない出来事であったが、砲兵の小火器訓練の程度ではやむをえぬ結果とさとらされ、その後こんな冒険はしないよう厳命した。

敵襲があると私もやはり心配で、すぐ壕から飛び出していったが、鉄帽をかぶってからだと状況に遅れるので持たずに出ると、伝令の箕浦章兵長が追いかけてきて、そっと後ろからかぶせてくれるのだった。正直いって鉄帽をかぶるのはうっとうしかったが、心配してくれる好意はありがたいので我慢してかぶるが、面倒くさくなり取って脇において人員の異常の有無を調べ、陣地の破損箇所を見て帰る。

また敵襲となって、見ると因果なことに私の鉄帽には穴があいている。箕浦兵長はあわてて穴の開いていない鉄帽を持ってくる。こんなことを繰り返すと私も気の毒になり、「鉄帽が私の身代わりになってくれた。もういいだろう」と断わった。結局三個つぶした。その後、帰還するまで私は鉄帽をかぶらずに通した。

守備隊長と電話で話し中、第五中隊長が負傷したと聞いたので、さっそく見舞いの電話を入れた。電話に出た中尾中尉は笑いながら、砲弾による打撲傷ですからご心配なくとの口上。事情を聞くと、壕内であぐらをかいて壁に寄りかかっていたら、敵の砲弾が地中をもぐってきて中尾中尉の寄りかかっていた壕壁から弾頭を出し、それが腰に当たって止まったという。押された程度で湿布もしないですむ、との話だった。

砲弾のもぐってくることを考慮して、十センチくらいの細丸太をならべて防護壁をつくるのが常識だが、ノコギリを装備されていなかった歩兵としては処置できなかったのと、敵の砲弾がたまたま不良信管で爆発しなかったので、運よく命拾いをしたのだった。戦場で運をひろったためでたい話である。

守備隊長の聯隊長への最期の挨拶が深刻にうけとられたのか、さっそく森貞隊（歩兵第八十聯隊第八中隊）が救援に到着した。森貞隊はカイアピット以来の戦闘で二百余名の中隊が、中隊長負傷、小隊長三名戦死で、准尉が指揮する六十名になった。

その中隊が我々を助けにきてくれたのだった。守備隊長も私も涙なしには迎えられなかった。私どもは陣地の持久の限界を考えていたので、弾薬と糧食の補給だけは考えてもらえるのではと淡い期待をいだいていたので、聯隊長の意図が奈辺にあるのか理解に苦しんだが、死地に応援にきてくれた森貞隊は覚悟をきめてきてくれたのだ。守備隊長はわが中隊に配属を命じられた。

中隊としては火砲で広い正面を担当していたが、近距離で周囲から射撃された場合、機敏な射向変換はできず頭をいためていたところで、この援軍で中隊の守備は万全と感じた。さっそく他中隊と同様に正面の戦線を二線に配置し、本属中隊の小銃手は北側を担当させたところ、すぐに敵襲を受けたので見にいった。

敵はジャングル内で視野が狭いため、自動小銃を撃ちながら接近してくるので、落ちついて観察すればある程度の位置が推定できた。

木の葉や木の幹に当たって砕けとぶ鉛粉、静かに現われるのを待つことができたので、森貞隊も待っているものと思ったら、なんと軽機関銃の分解をはじめたのだ。

びっくりして「おいおい、敵が近づいて来ているぞ」というと、「森貞隊のやり方を御覧《ごろう》じろ」と銃を手入れし、塗油して組み立てを終わり、弾丸を込め槓杆《こうかん》をひいて「射撃準備終わり」と銃床を肩にあてた。

その時、木の間に敵の姿を見た。銃はたちまち火をふいた。さすがに精鋭をほこる森貞隊と感心した。かたわらにいた准尉に「これは任《まか》せておいた方が無難だな」と笑って言うと「どうぞお任せを」とにっこり微笑んだ。本当に心強い応援だった。

森貞英之大尉は私にとっては同期生（陸士五十二期）である。親しみを持って配属になってくれたようで、私としても嬉しかった。

食糧弾薬の補給絶ゆ

森貞隊の増援は守備隊の士気を鼓舞したが、弾薬と糧秣の補給は絶えている。これは気力を衰えさせる。小銃戦闘に不馴れな砲兵としては、小銃一梃に一二〇発のみ。手榴弾はなかった。一発必中を要求したが、小丸上等兵のように自信のある者は射撃するが、大半は自信がないので敵が突撃してこなければ、ほとんど射撃しなかった。

しかし歩兵は小銃で戦闘するのが本分。自信もあるので、どうしても撃ってしまう。また臆病な者は恐怖心から撃つ。三十分で一〇〇発は使ってしまうとのことだった。機関銃は重軽ともに選抜された銃手でそんなへまはやらぬが、発射速度が速いのでやはり頭が痛い。

敵の包囲は五日目ころから完成したようで、出撃を午前・午後一～二回ぐらいは受けるようになった。弾薬が不足してこちらから撃つ弾丸数も少なくなり、やはり湿っぽくなるのも自然だった。しかし、いちばん応えたのは空腹だった。弾丸は出撃がなければ撃たないですむし、あっても倹約できるが、食糧はたちまち底をつく。中隊は毎日一合ずつ、各人の飯盒に入れて配るからまだ細々つづいているが、歩兵部隊はそこまで管理できていなかった。「敵がくれば空腹は忘れるが、命が危ない。静かになれば空腹で死にそうだ」と笑い話になる。

兵の顔色は日一日と変わっていく。指揮官としては見ておれないほど辛い。自分の身はどうなってもかまわないという気持ちになってくるのは自然だ。

毎晩、私のいる壕で守備隊長と中尾・下条・西村各中尉と私、大隊副官の六人があつまって会議をしていた。一月二十八日だったと思うが、聯隊本部に連絡に出した下士官伝令（一組二名）が一組も帰ってこないので、報告した事項がとどいたかどうかわからない。敵中を突破する覚悟でなければ帰ってこられない。いちど安全地帯に入った者がふたたび危険地帯にもどるには、よほどの覚悟がいる。帰ってこられぬのも無理からぬとは思う。

しかし、それでは問題が解決しない。弾薬と糧食が欠乏している現在、守備隊として餓死するまで陣地を固守するか、陣地を撤退し補給可能な地点で抵抗をつづけるか、敵に突入して果てるか、の三つの方法しか考えられなかったが、支隊の大きな任務（第十八軍主力の転進援護）を考えれば、突入は許されぬし、撤退して抵抗は承認される必要があり、陣地固守は餓死を強制することとなる。発狂して突入した方がよほど楽だと思ったのは私一人だけではなかった。

守備隊長は歩兵団司令部から派遣されてきただけに、団長の心も察しておられ、無駄に兵を殺すわけにはいかぬと「支隊長の意図を確認し、その腹を確かめたい」と将校伝令の派遣を考えられた。支隊長の意図を確認することは中隊長全員の願望でもあり、作業中隊長の推薦する三浦少尉が適任と各隊長も同意したので、守備隊長も派遣を決定された。

守備隊長としても聯隊長に訣別の電話をした後、毎日、下士官伝令を聯隊本部に派遣しているが復命した伝令は一組もなく、森貞隊を増援されただけで、聯隊長の意図はなにひとつ示されていなかった。三浦少尉は陣地から呼び出されて会議場に到着した。三浦少尉には私は初めての対面で、紅顔可憐な美青年だった。

「入江村の戦闘では怖い思いをさせてすまなかったな」と挨拶すると「あの時は本当にびっくりしました。しかし、よくあの屏風山の上から見てわかるものと感心しました」との返事だった。

守備隊長からあらためて状況を説明され、報告すべき事項と、それに対する聯隊長の意図をうけたまわって来ることと区分し命令された。出発は明朝、作業隊が出撃し敵を擾乱する、その混乱に乗じて陣地を脱出する、などと打ち合わせもすんだ。

帰途につく三浦少尉に「無事に帰ってくれることを祈っている」というと「必ず」と壕を出ていった。翌朝早く作業中隊正面で少しにぎやかに銃声がして、三浦少尉はぶじ敵の警戒線を突破したと通報された。

なお、この伝令は三浦少尉と記憶しているが、戦後、名簿を見てもその名がなく、私の記憶ちがいかと思われる。けっして架空の人でなく、入江村の戦闘で左翼陣地の小隊長をしており、下条作業中隊長の誘導で支援射撃をし、ほぼ敵を撲滅したのち三浦小隊の陣地前にへばりついている敵を射撃した一件は前述のとおりだ。そんな経緯があるので、ぜひ一度会いたいと思っている人だ。

のちにアイタペ作戦では彼がアイタペに偵察のため潜入するとき、偶然、私の観測所を通りかかり、あまりの奇遇にサゴ椰子の澱粉でつくった餅を馳走して別れた思い出がある。戦後いろいろ調べたが、三浦の名が見当たらぬ。それはだれだれの誤りと教えていただけたらと祈っている。

ともあれ一月二十九日には、敵の攻撃も本格化したとの印象をうけた。というのも敵の攻撃が中尾中隊・砲兵中隊・作業中隊の三方面にしぼられてきたからだった。それまでは片っ端から当たるを幸いという感じだったのが、陣地をよく眺めて、攻めるのはここと重点を見定めた感じだった。

そうなると、ここ数日が勝負で、頭の痛い第一は弾薬、ついで食糧。もっとも必要なのは弾薬だ。夕刻（午後の敵の攻撃が終わった後）守備隊長以下、例によりあつまって協議した。議題になったのはやはり弾薬と糧食。弾薬は今日のように連続攻撃されると、明日、明後日まで持つかどうか、瀬戸際だった。糧食は水をのんで我慢しているありさまだった。

砲兵はその夜、最後の一合を炊いた。にっちもさっちも行かぬという心境だった。まとめた結論はつぎの通りだった。

一、将校伝令をもう一組派遣して、弾薬と糧食の補給を至急実施するよう頼む。

二、三十一日夜までに補給が不可能な場合、守兵は陣地北側の河川を通り撤退して本隊に合流する。

三、責任者として、守備隊長の矢野少佐と砲兵中隊長の大畠大尉は陣地に残る。

そこで将校伝令の人選になったが、適任者の人選ができない。万一の場合、部隊をまとめて本隊に合流してくれる人としては中尾皓一中尉（第五中隊長）と下条喜代巳中尉（作業中隊長）、西村繁中尉（大隊本部付）しかおらず、伝令として確実に任務を遂行できる将校の人選は難航した。生きてかならず帰らねばならぬ難しい任務をたのめる若い将校が見当たらない。

結局、西村中尉が命じられてただちに出発した。そのさい西村中尉は軍刀と拳銃とその弾丸、伝令の小銃とその弾丸と手榴弾を置き、丸腰で出発した。さすがに老練な中隊長の大胆な行動よと感心したが、陣内ではひとふりの軍刀・一丁の拳銃・一梃の小銃が貴重であり、弾薬が欠乏していたのだった。西村中尉の出発を機に、その日の会議は解散した。

一月三十日の午前は敵もいよいよ腰をすえたという感じで、激しい砲撃と小火器の射撃をうけたが辛抱したので、敵は後退した。やれやれと空腹をかこっていたところに、大隊本部から「糧秣輸送隊がきたので至急受領を手伝ってくれ」と連絡があったので、十名ほどを応援に走らせ、私も状況を見に走った。ちょうど中隊の陣地（森貞隊が守備していた）の東側の谷間からのぼってきて、背負ってきた荷をおろしているところだった。

指揮官はわが砲兵の第二中隊の川内一男中尉、敵中突破の苦労を謝しお互いに武運を祈って別れた。あわただしい出会いではあったが懐かしかった。運んできてくれた兵は砲兵大隊の者十五名。誘導したのは歩兵の第二大隊本部の頼経曹長と記憶している。下士官伝令で復命できたのは彼一人だけだった。歩兵第七十八聯隊ではすでに数回、決死隊をつのって糧食の運搬をはかったが、成功したのは今回が初めてと川内中尉から聞かされた。受ける守備隊もいままで荷が一回も到着せず、いらいらしてはいたが聯隊も努力してくれていたことを知った。

この糧秣補給で、守備隊全員に乾パン二袋を交付することができた。定量でいえば二食分である。その日の午後も敵の攻撃は激しかったが、これに応答する射撃はまばらで寂しさもひとしおだった。

明くる三十一日も、朝から激しい攻撃をうけた。敵の攻撃が終わった直後、三浦少尉が作業隊の左翼から帰還し、作業隊長にともなわれて私の壕にきた。守備隊長に報告したら「いつもの会議場に各隊長を集めるからそこで待て」と言われたということだった。

私の顔を見た三浦少尉はハラハラ涙を流して「大畠大尉殿、約束のとおり帰ってきました。出発の時『頼む』といわれた顔が忘れられませんでした」という。私も「有難う」と彼の手を握りしめた。出発のときの一言を記憶に残して頑張ってくれたのである。これには人の世の出会いの不思議さをしみじみ感じさせられた。

守備隊長らが到着して会議がはじまった。三浦少尉の携行した訓令はつぎの通りだった。

一、中井歩兵団長（当時歩兵第七十八聯隊の第一・第二大隊および輜重兵四十一聯隊からの配属部隊を指揮して中野第五十一師団の収容作戦を実施中）より。

「目下収容作戦中で救援に向かえないが、終わったら必ず仇をとってやる。一人でも守兵がおれば突入してこない敵の特性にかんがみ、軽率に打って出ずに頑張ってほしい」と。

二、歩兵第七十八聯隊長（当時歩兵第七十八聯隊〈第一・第三大隊欠〉および輜重兵第四十一聯隊よりの配属部隊を指揮して、歓喜嶺〜サイパ〜ヨコピー〜南山嶺の防禦を担当中）より。

「持久に徹底し軽率な出撃をいましめ善戦せよ」と。

これを読んで一同は「見捨てられてはいない」と痛感した。矢野守備隊長が「これで満足だ、最期まで頑張ろう、死ぬときは一緒だ」と解散を命じられた。一同、いちおう納得して腹を決めた。

第七章　転進命令

ジャングルのなかを敵中突破

覚悟を決めた一同がおのおの掌握している部下たちに状況を話すと、一応落ち着いたかに見えた。もちろん覚悟を決めたのだから、陣地内は幾分シーンとした感じだった。またその時にかぎって、敵も午後は無気味に静かだった。そうなると恥ずかしながら私も空腹が気になり、二袋のカンパンでいつまで辛抱させられるのかと、先ほどの決心にかかわらず暗澹とした気持ちになった。

そこへ西村繁中尉をともなって守備隊長が私の壕にこられて「いま各隊長に集合を命じた」といわれた。私が西村中尉に「よく無事に帰って来られたなあ」と声をかけると「いや、陣地を出て川伝いに街道に出ようとして、小川の分岐点までくると、敵の斥候《せっこう》と出くわしました。とっさに石をひろって手榴弾の安全ピンを口でぬく真似をしたら、相手は土手に隠れる。それを繰り返して逃げおおせました。もう駄目かと観念したのですが」という武勇伝だった。

各隊長のそろったところで、西村中尉がもたらした転進命令が下達され、いままで沈痛な面持ちの一同が途端に活気づいた。転進に関する大隊命令の要旨はつぎの通りだった。

一、大隊は支隊命令により本夕現陣地を撤し、サイパに集結する。

二、行進順序＝前衛・第五中隊、先頭を西村中尉誘導。本隊・大隊本部（第六・第十一中隊を含む）砲兵中隊（森貞隊を含む）。後衛・作業中隊

三、統制点＝大隊本部陣地南側中央を午後六時、前衛の先頭通過。各隊は、逐次その後尾を続行。

四、残置物件の処理＝時間が少ないが規定にしたがい処理すること。

「死を覚悟して守備をするのだ」と悲壮な気持ちにつつまれていたところに、反対の命令が下されたのだから面くらうのは当然だが、「生きろ」という命令だから気持ちの転換は早かった。ただ中隊単位でも突破は至難。夜となっても大隊が抜け出せるとは考えられなかった。しかし、敵中を突破してきた西村中尉の意見では、「敵の配備はうすく横の連絡はあまり緊密とはいえない。また第一線と後方との距離はひらいていて、夜間の突破はさほど困難ではない」という。

西村中尉の意見以外に信じうる資料がないので、大隊長はその誘導にしたがう決心をされたので、みなも納得し集中射に注意しつつ準備にかかった。

砲兵としては火砲と弾薬の始末が問題であったが、短時間では処理できないので、火砲は使用できぬように眼鏡・表尺《ひょうしゃく》・閉鎖機・撃茎《げっけい》・撃茎発条・塞栓《そくせん》を砲からはずし、陣地のあちこちに捜しあてられぬように埋めた。観測班の砲隊鏡・方向盤・測板と通信班の電話機・交換機は携行することとした。小銃や騎銃は自衛上、必要であることを深刻に体験させられたので、二十梃ほどだったが、みな喜んで携行を申し出た。

約一時間で整理を終わり、私を先頭に指揮小隊・戦砲隊・森貞隊・段列《だんれつ》の順序で村瀬堯之准尉を最後尾として統制点に向かった。

一月三十一日午後六時、予定どおり統制点に到着した第五中隊の先頭を誘導して西村中尉が出発。そのあとを守備隊長と大隊本部の一団、つづいて砲兵中隊、後尾を作業中隊が整斉と一列縦隊になってつづいた。

統制点を過ぎたころ、歩兵で足を負傷していた者が「一緒につれていってください」という。彼の右腕をつかんで右肩にかついで歩き出した。明るいうちはよかったが、暗くなって山の急斜面を横に歩くようになると、滑って斜面を落ちまた登ってと時間をとり、縦隊の行進に遅れるようになった。いちおう敵の包囲の外に出たと思われたので、ここからは自力で行くようにいい、別れた。

ところがつぎの瞬間、縦隊は止まってしまった。前にいって調べると本部の縦隊の後ろ十名ほどが残っていた。そして後方を調べると森貞隊はついて来ていたが、段列以後は掌握できなかった。私は歩兵の先任者を呼び状況を説明して、今後、私が指揮することを申し渡し、今夜はここに露営して明夜明けとともに出発すること、警戒の分担などを指示して仮眠した。位置はちょうど矢野山陣地の下で、敵の攻撃拠点が近くにあるように観察され、その警戒歩哨か、終夜、手榴弾を投げつづけて弾着点は我々の位置から四〜五百メートルにあるように思えた。敵の巡察のくる気配も感じられず、心配しつつ不安な一夜をすごした。先頭に近い私の位置は前にいた歩兵が軽機関銃を持っており、軽機関銃を中心とした防禦線をつくってくれていた。

ジャングルの夜は静かだが、敵の手榴弾の破裂音がその静寂を破ってボーンと響く。私はいままで濠軍の手榴弾の音をしみじみ聞いたことがなかったが、なぜ人口も少ない工業力も劣った国との戦いで負け戦さをしなければならないのか、なんとも情けない気持ちで一杯だった。

そのとき遙か下の川筋と思える方向から、「わっしょわっしょ」とかけ声が起こって、下流にむけて浅瀬の水を蹴って進んでいる様子が聞きとれた。音頭をとっているのはまぎれもない船戸森男伍長である。

中隊の後尾がどうなったか心配していたところで所在が分かって安心したが、あの調子で夜中に行動したのでは、チンドン屋とおなじで敵に爆撃してくれと言わんばかり。船戸伍長は漁師で現役兵として入隊し、下士官を志願した者で、海の男らしくやることは荒々しく怖いもの知らず。性質は人懐っこく誰からも好かれていたが、若干、思慮に欠けるところがあった。

以前にも蔭山大隊長から「第三中隊の船戸伍長は、日中、輜重車を指揮して草原を横切るとき、戦闘帽の上からねじり鉢巻きで軍歌を歌わせながらゆうゆうと通過した。指揮官がねじり鉢巻では品位がない。そして無警戒では対地・対空の処置がとれまい。注意はしておいたが、見かけによらず素直なのには驚いた」と注意されたことがあった。また、同じようなことをしでかして、間違いがなければよいがと祈るばかりだった。

夜が白むとみなを起こし、出発準備をととのえさせた。敵の勢力下をすみやかに脱出しなければとただちに前進を開始。三十分ほど歩くと敵の通信線にぶつかった。両側に監視兵を置いて通過、ぶじ抜け出たときは、「これで敵地を脱した」と、ほっと解放感にひたることができた。

これで敵砲兵の観測の目を逃れればなんとか友軍の陣地に辿りつけると、気持ちの余裕もできて空腹を感じ、いままで大切に残してきた乾パンを小川のあたりで久しぶりに落ちついて食べた。

朝日ものぼって下の谷間が見えるようになると、敵の砲弾が落ちだした。よく見ると友軍が谷間を走って逃げていくのが見える。敵の擾乱射撃で、被害はほとんどないように見受けた。折角ここまで離脱できたのだ、さらなる損害を出さぬようにと山腹を歩き、敵の目を避けえたと思うところで川沿いの路に出た。さらに五百メートルくらい歩いてサイパ守備隊に収容された。

到着部隊としては最後とのことだったが、人員は百余名で一番多かったという。前衛、大隊本部の半部、本部の残部と砲兵の主力、砲兵の残部、後衛と五つの塊になって到着したのである。

私も宮崎上等兵をのぞいて、中隊と森貞隊との人員を異常なく掌握した。そして心配をして待っておられた守備隊長に報告にいった。そこで守備隊長から配属をとき原所属に復帰を命じられ、森貞隊についても同様、原所属に復帰させるよう命じられた。

守備隊長としては分裂したいちばん大きな集団（百余名）が遅れたので心配しておられ、さっそく松本聯隊本部に撤退完了を報告された。

砲兵の初年兵には凄い奴がいる

歓喜嶺の引き揚げが完了したといっても、出発時の全員が無事ついたのではなく、残念ながら中隊でも一名、行方不明者が出た。もちろん段列など、目的地につくまで別行動で掌握できなかったくらいだから、やむを得ぬこととは言いながら、その人が観測手の宮崎上等兵で、ぼんやりとした者とは違うだけに心配だった。

もう諦めるほかないと考えた十日目に、その宮崎上等兵がひょっこり帰隊した。事情を聞くと矢野山陣地を脱出するとき、歩兵大隊本部の末尾を行軍中の機関銃分隊に中隊の先頭として続行。暗さにまぎれて、機関銃分隊とともに山中をさまよい、七日目にふらふらになってヨコピーに到着、同地を守備する部隊に収容され、一休みして原隊に帰ってきたとのこと。

まずはめでたしめでたしで、中隊としては貴重な一名を失わずにすんだ。

後になって歩兵第七十八聯隊では、その機関銃分隊は飲まず食わずでよくも機関銃をかついて帰ったと、聯隊長から賞詞をうけたとの話だった。

そのもとになったのが野砲隊の初年兵（当時我が師団は昭和十六年徴集の兵までしか補充されず、十六年兵はいつまでも初年兵と言われていた）で、歩兵の分隊長が「機関銃は重すぎるから捨てよう」というのを、「こんな軽い銃をすてるなんて男じゃない」と分解した部品のなかでいちばん重い銃身をかついだので、分隊長も前言を取り消し、苦心惨憺して機関銃を持ち帰ったという。

歩兵第七十八聯隊では「砲兵の初年兵には、分隊長をどやしあげる凄い奴がいる」と評判になったという。宮崎上等兵としては山砲の砲身一つでも重機関銃の約二倍の重さだから、ずいぶん軽いと感じて言ったのだろうが、結果がよくてめでたしめでたしだった。

守備隊長だった矢野格治少佐はここで任務を解除され、歩兵団司令部の本職に復帰するのだが、歓喜嶺陣地の本格的な防禦戦闘の締めくくりをやったわけで、ひとしお感慨深かったのだろう。

私が「只今より指揮下をはなれて原隊に復帰します」と申告すると、ポロポロ涙を流されて「中井閣下からご苦労だったとウイスキーが届けられたんだ。これだけは君と一緒に飲もうと待っていたのだ」と、当時めずらしかったサントリーの角瓶の栓を開け、グラスに注いで出された。

私は有難く頂戴して、今度は私が矢野少佐に注いであげた。戦場にきて初めて飲むウイスキー、しかも万死に一生をえて危地を脱して飲むそのうまさ。この味は一生忘れられない。その後、戦場をはなれてウイスキーを飲む機会は多々あったが、二度とあのときの味を味わうことはできないでいる。

長居してサイパ守備隊の任務妨害にならぬよう早々に退去し、夕刻ヨコピーの輜重隊の輸送援助のため派遣していた段列の小西軍曹以下に迎えられ、準備された宿舎に入った。宿舎は中隊が以前つくった小屋を補修してあった。今日ばかりは段列の者が接待役で、炊事や風呂、寝所の準備をしてくれていた。

主食のかわりにオハギを出された。軍は脚気《かっけ》予防のため小豆は相当補給してくれたが、大豆はほとんど補給されなかった。兵は大豆があれば豆腐をつくるのにと残念がっていたことを覚えている。オハギは小豆《あずき》餡《あん》と黄粉《きなこ》の両方をそろえて出された。甘い餡と甘い黄粉のオハギをたらふく食べて安眠した。黄粉に疑問をいだき、その正体を聞くと何と薬の「わかもと」をつぶして砂糖をまぜたものだった。これなら食いすぎても大丈夫だった。

私はオハギだけを食べて寝たが、十日もひもじい思いをしたからと飯盒一杯の飯をくった豪傑もいたのには、いささか心配させられた。寝たいだけ寝かせてやれと「起床」の号令をかけさせなかったところ、二日二晩、眠りつづけて「あー、よく眠った、腹が減った、飯がくいたい」といったのには、世話をしてくれた小西軍曹も唖然としていた。

私は眠ってから二十四時間目の夕方、ボングに派遣中の奥原小隊が原隊復帰を命じられたと、小西軍曹に起こされ申告をうけた。起こされたとき太陽が見えなかったので、日の出前と錯覚して「夜行軍できたので奥原小隊は疲れているだろう。寝るところを心配してやらねばならならんな」というと、「中隊長殿、いま、夕方です」。私は二十四時間も眠っていたのだった。（九五頁地図参照）

奥原光治少尉は中隊が南山嶺《なんざんれい》守備の第三十八野戦道路隊に配属との支隊命令を承知して、小隊には南山嶺に露営を命じ、伝令をつれて連絡にきたのだった。

野戦道路隊に配属を命ず

原隊復帰の命令はうけたものの、全般の状況もわからないので、私は奥原少尉から説明をうけた。

師団主力はハンサ～ボギア地区にむけて転進中で、大隊も転進中のわが聯隊主力（師団の第三梯団）とともに、エリマを出立準備中だった。中井支隊も中野集団（第五十一師団）の収容作戦を終了し次第、師団主力に追及する予定で、逐次、戦面を収縮中だった。だから、歓喜嶺の陣地も損害が過大になる前に撤退の処置をとられたのが実情のようだ。

「中井支隊がひきつづき収容作戦を担当する場合、従来の経験にかんがみ砲兵の協力があると、非常に有利な戦闘が展開できて、損害も軽減できるので、ぜひ砲兵を加えてほしい」と中井歩兵団長から蔭山大隊長に相談があったとのことだ。大隊長はそのさい「馬場小隊のように砲兵を見すてる歩兵には、部下を安心してあずけることはできない。閣下は大畠も殺すおつもりですか」とお断わりになったそうだ。

するとと中井増太郎歩兵団長は「一生懸命に歩兵を支援している砲兵を援護できなかったことは、歩兵指揮官としてお詫びの言葉もない。二度とこのような不始末は起こさないよう私が責任を持つ。第一線歩兵から『砲兵がなければ戦闘できない。大畠隊の砲ならば一門につき歩兵一個中隊を減らしても結構だから、ぜひ協力させてほしい』といわれれば、俺としても知らぬ顔もできぬ。なんとか承知してくれ」と頭をさげられたので反論できず「では大畠は生きてお返しいただけるお約束のうえで、お預け致します」と返事をされたという。

そして大隊長は「俺は大畠を決して見捨てたのではない。中井閣下から懇望されて残したのだから、閣下の期待にこたえて任務をはたし、無事に帰隊するのを待っている」と伝えよと。

私は蔭山大隊長のきめこまやかな配慮に涙の出る思いだった。奥原少尉は戦闘の様相を想像できないのだろう、私を怪訝《けげん》そうに見ていた。というのは退却のさい、歩兵が砲兵の撤退を確認したあと陣地を撤収してくれないと、馬場小隊の二の舞を演じる結果となる。それを恐れての大隊長や私の懸念を感じとることができなかったためと思われる。

大隊命令であらためて中井支隊に配属を命じられ、中井支隊から第三十八野戦道路隊に配属を命じられた。

翌日は奥原小隊は一日休養し、歓喜嶺から撤退した部隊も休養。小西軍曹の指揮する輸送隊にはヨコピーの弾薬交付所から榴弾一五〇発の受領を命じ、私は奥原少尉をつれて南山嶺の第三十八野戦道路隊に出かけた。

南山嶺の道路は山の中腹を東西に鉢巻きを巻くように走っていて、ヨコピーから谷を渡って坂を上りつめ、これから水平になるというところから南に少し行った右の山中に道路隊本部があった。

隊長の彦坂幸七少佐がちょうどおられたので「配属を命じられて中隊はヨコピーに待機中、とりあえず命令受領に参りました」と申告し、隊長から第一線の戦闘を支援すべき任務をあたえられ、その配置の概要を説明された。私は「現地をよく見てどのような支援が可能か検討し、意見申し上げたい」と、時間をいただくことにしてその日は辞去した。

第三十八野戦道路隊は本部と三個中隊からなっており、歩兵中隊に準じた編成だが自動火器がなかった。二個中隊を第一線に、一個中隊を第二線に配置し、ヨコピー方向より接近する敵に対して準備していた。正面はおおむね一千メートル、縦深は約五百メートル、展開している斜面は相当の傾斜で樹木が繁茂しており、小銃射界は五十メートルがせいぜい。第一線の支援には側方よりする射撃が準備しやすく確実と考えて、右第一線の後方に陣地を選定し、道路隊長の承認をえた。

ダマイネ付近に陣地を偵察したらよかったのではと思われるが、これは後知恵で、当時一〜二日くらいの偵察では判定がつきかねた。弾薬も一五〇発では戦闘に限界があり、長期の戦闘は考えられなかった。

観測所・放列《ほうれつ》・段列《だんれつ》・道路隊本部間の通信は必要で、砥板重好軍曹以下四名をエリマの大隊本部に派遣し、通信線を受領させた。あいにく雨のためエリマに入る手前の川が増水、最初に砥板軍曹が渡り、ついで柴戸兵長、平山栄一等兵も遅れまいと渡りだしたが怖くなって引き返す途中、かえって流されて行方不明となったので、残りの者は渡河を中止した。

四日後、任務を果たして帰隊した砥板軍曹から報告をうけた。残念な事故であったが、これを戒《いまし》めとしてふたたび水難事故を起こさなかったのが、せめてもの慰めだった。

南山嶺陣地では、中隊の編成をととのえる必要があった。歓喜嶺では指揮小隊長が欠員で、中隊長の代理をしてくれる者がおらず苦しんだし、また、馬場小隊のような悲劇をくりかえさぬよう偵察を慎重にする時間の余裕もほしかった。

・中隊長付属機関および指揮小隊＝付属の下士官は瓦斯《ガス》掛《がかり》に大谷軍曹。指揮小隊長を奥原少尉として射撃指揮と中隊長代理、観測掛に古賀軍曹、通信掛に砥板軍曹。

・戦砲隊は小隊長を小川清夫軍曹（分隊長）が兼務。

・段列は段列長はそのまま、補佐下士官として高橋軍曹、段列預け谷本曹長（病気のため）、臨時増設弾薬分隊は旧第二・第三分隊の砲手で編成を完結し、ただちに配置につかせた。

陣地進入には時間に余裕があった。ボングの警備についていた者は、面倒な掩蓋下の砲の操作を知らないので、第三分隊長だった古賀正十士軍曹を教官として実習させた。これで中隊のだれもが戦闘の必要に応じられるようになった。

さて、南山嶺を守備する第三十八野戦道路隊は隊長の彦坂幸七少佐が一人現役（陸士四十七期）で、その他は全員召集者で構成されていた。平均年齢三十三歳とか三十五歳とかで「隊長が一番若いのだ」と笑っておられたが、部隊からうける雰囲気は落ちついて明るく、隊長の持ち味がそのまま伝わってくるような感じだった。

兵科は工兵なので土方らしく荒っぽいかと思ったが、予想外だった。わが中隊の兵の方がよほど荒っぽく、心配したが配属期間中はぶじに過ぎたのは何よりだった。

平穏だったので、夕食は毎日、中隊長会同をかねて部隊本部に招集された。あつまった中隊長はみな隊長より年上で温厚な人ばかりに見えたが、副官の言うには「隊長は若いけれども、穏やかな人柄で筋の通ったことしか言われないので、みなに尊敬されています」とのこと。

隊が若い隊長を中心に、よくまとまっていると感じた。隊長はガダルカナル戦では、敵情も地形もわからぬまま上陸して苦労したと話された。ガダルカナル戦は現在の我々の立場とは大分相違してはいるが、陣地変換のつど「砲兵のために機動力を配当する」ほど緻密に計画できる参謀もいなかっただろうし、「イザリの砲兵」に真面目《しんめんぼく》の働きを望むのはゆきすぎではなかったのではないか？

陣地占領を終わるまでは夢中で忘れていたが、我々が歓喜嶺を撤退した後も、敵の砲撃は矢野山《やのやま》に集中されていた。その渦中にいたときは気が張っていたためか怖さを感じなかったが、いまとなって不思議と恐怖をおぼえた。また遠く眺めるサイパから西につらなる山々には、友軍が点々と拠点を設けているはずだが、敵の斥候が潜入しているのか、ところどころに銃声が響くと心配になった。

そこで村瀬准尉はヨコピーの弾薬集積所に返納されている銃をもらい受け、全員に装備できるようにつとめた。砲兵がほしがっていることを知った歩兵中隊から、ぶんどったチェコ軽機に二〇〇発の弾丸をつけて贈られた。歩兵は固有の軽機だけで十分で、取り扱いのよくわからぬものは不要ということで引き受けた。

分解結合して実弾射撃も必要というので十発ほど試射したところ、特徴のあるチェコ軽機関銃の甲高い発射音は、南山嶺をかこむ峰々に反響して、配置された第一線部隊には敵が侵入したのではと、思わぬ心配をかけた。問い合わせの電話が一時輻輳《ふくそう》して、歩兵第七十八聯隊本部も何事かと心配されたとのこと。第三十八野戦道路隊本部には、あらかじめ報告してあったのだが、神経のいらだっている現況では、その後、これに類することは慎んだ。

中隊としては、新しい編成で戦闘行動がとれるよう検討をかさねた。さいわいに前進してきたときに使用した輜重車があるので、ボガジン〜ハンサの間の、道路を利用しうる地域における後衛戦闘には何とか協力できる見通しがついた。

すなわち砲兵としては最低、砲と弾薬と通信器材がそろわねば道具がそろったとはいえず、また射撃指揮のできる人と正確な操作のできる砲手と、連絡を確保する通信手と運搬する兵がそろわねば人がそろったとはいえず、どれ一つ欠けても歩兵の要求はみたされない。

いちおう目途がついたのではほっとしたが、射撃指揮する私の代理者がいないのが一番の心配で、南山嶺滞在間、毎日、奥原少尉に「射撃予習」(砂盤上にミニチュアの地形や目標などをつくり、試射や効力射の要領を指導する教育法)を実施した。

ある夜、伝令が「幕舎の入り口で中の灯をのぞいている動物をつかまえました」と丸々と太った猿のような動物をかかえてきた。縫いぐるみの熊のような、目は丸くきょとんとして愛嬌があり、手足には鉤《かぎ》状の爪がある。行動はきわめて鈍くナマケモノの一種ではないか。一週間ほど飼ってみたが、水を少し飲むが与えた飯もほとんど食わない。外に出しておいたら、どこかに消えた。

自動車化砲兵とはいっても

三月四日ころだったと思う。第三十八野戦道路隊長から「本日をもって配属をとく。エリマに到り第二十歩兵団長の指揮をうけよ」と命令された。

「夕方には心ばかりだが送別会をしたい」と連絡があり、短い期間ではあったが戦場での付き合いは名残り惜しく、飯盒の蓋にわずかにつがれた酒をちびちびなめて、別れを惜しんだ。

明くる三月五日の午後四時ころ、野戦道路隊長に挨拶して出発した。月夜の南山嶺中腹の道を、はるかにエリマ～マダンを遠望しつつ、岩盤を発破でくだいて通した頑丈な道路を撤退しなければならぬ無念さ。ヤウラの旧宿営地付近は荒れていなかったので一泊。翌日は昨年七月、パラオから聯隊に追及した当初の任務として作業した道路を通過したが、壊れやすい屈曲点も舗装道路のようにかたまり、退却時に楽をするとは思いもしなかった。

クワトウには水もあり、ジャングルもあったので一泊し、七日夕、ボガジンに出ると道路脇にトラックが三台放置されていた。のぞくと運転台に新しい服をきた兵が一人ずつ、生きているかのように座席に腰掛けていたが、それは屍体だった。認識票をつけておれば所属部隊や官姓氏名がわかるものを、放置するのも心残りだが、捜しにくる戦友を期待して屍体をそのままにし、歩兵団司令部に到着した後、副官に処置を依頼した。

日もとっぷり暮れたころエリマに到着し、先発者の誘導により宿営にうつった。私は歩兵団司令部に出頭、派遣参謀の高田佐寿郎少佐に到着の報告をしたところ、「閣下が待っておられるから」と団長幕舎に案内された。

中井少将は、歓喜嶺の戦闘をねぎらわれ、とくに馬場小隊の全滅については歩兵指揮官として、まことに申し訳ないことをしたと謝られた。そして、

「俺はお前を生きて蔭山に返すと約束したからな、こんどは約束を果たす。今回は師団に残った大切な火砲と車両を師団長にとどける任務をあたえる。他の師団では、お前の期はみな大隊長をやっている。臨時自動車化砲兵隊をつくり、途中で敵の上陸があれば戦闘し、とにかくハンサに転進、師団長の指揮下に復帰するのだ。自動車中隊の中隊長は渡辺中尉だから、自動車の指揮は彼にまかせておけばよい」と指示された。

翌日（八日？）、自動車化砲兵隊の編組が発令され、中井支隊が四梯団になって行進するうちの第二梯団として、十一日夕、エリマを出発することになった。自動車化砲兵隊の編成

は次の通りだった。

一、長　野砲兵第二十六聯隊第一大隊第三中隊長・大畠大尉

二、歩兵第七十八聯隊聯隊砲中隊（四一式山砲二門）

三、同速射砲中隊（三十七ミリ対戦車砲五門）

四、同第一大隊大隊砲小隊（大隊砲二門）

五、同第二大隊大隊砲小隊（同一門）

六、同第三大隊大隊砲小隊（同二門）

七、野砲兵二十六聯隊第一大隊第三中隊（九四式山砲一門）

八、輜重兵第二十聯隊渡辺隊（渡辺次雄中尉の指揮する集成自動車中隊。十六両だったと記憶する）

九、師団無線一個分隊

自動車化砲兵隊といっても砲は大小合わせて十四門、車両も種々で十六両、人員は歩・砲兵で約四百名、弾薬は砲兵の一五〇発と聯隊砲の三十発がカサが張るし重い。

将校は砲兵が私と奥原少尉の二名、輜重が渡辺中尉ほか三名で計四名、歩兵将校は各中隊・小隊に一名ずつ。自分の隊を掌握するのが精一杯と観察した。合計将校十一名。

しかし渡辺中尉の将校の使い方をみると、一名は進路の偵察と表示に専念し、他の二名は難所の誘導を隊長の指示にしたがいまとめているので、私の用を命じるには躊躇せざるを得

なかった。

行軍の基準は自動車にある。

まず指揮官車として、従来は渡辺中尉が使用していたシンガポールの分取り品のフォードの小型トラックが提供された。渡辺中尉の隊長車としては工作車（車両修理用の工具等を積載した）を使用する。師団無線班は躍進しつつ定時の通信をするため一両を使用、縫工車？（電気ミシンを備え付けて被服の修理をする。前後のバランスが悪くハンドルをとられやすいので運転手には嫌われていた）は物がつめず、残りの十二両に砲と弾薬を積載した。

人は歩くことを原則として、その指揮官は奥原少尉、補佐に溝・吉住の両軍曹をつけた。砲兵中隊の指揮は村瀬准尉とし、歩兵砲各中隊および各小隊の指揮はその隊長として、奥原少尉の指揮下に入れた。各隊の患者と装具は砲をつんだ余積を利用した。

エリマからボギアへ悪路との戦い

目的地のボギアまでの行程は、おおむね十一日であったと思う。これは徒歩部隊を基準としたもので、第二梯団は自動車化と称しても、火砲を自動車にのせただけで、人間さまは徒歩だから行進速度は徒歩部隊と同じ。またムギル付近に敵が上陸することを予想して一戦まじえる覚悟だったので、同地に諸兵が同時に到着しないかぎり戦力が発揮できないとの配慮があり、行動は迅速で、また慎重を要した。

敵機の攻撃を避け三月十一日夕、エリマを出発した。

実際に道路に踏み込んでみると、泥濘《でいねい》膝を没する箇所が連続した。徒歩の者は歩きやすいところを通ればよい。が、車はそうは行かなかった。泥濘の通過は、少しの凹凸があっても、ひっかかって動けなくなる。車をワイヤーで引っ張るのだが、池のような水溜りに二人の小隊長が飛びこんで通過可能な地点を標柱をたてて表示し、みずから自動車の前を歩いて誘導する。

四名の輜重隊将校だけでは無理だ。奥原少尉と連絡して応援の人員を派遣した。こうなってみると、火砲を運ぶために自動車を配属されたのではなく、自動車を後送するために我々が利用されたようなものだ。さすがに固定観念にとらわれぬ中井閣下の、うまい部隊運用だと感心させられた次第である。

行軍第一日は、ゴゴール河の渡河に工兵の門橋を利用した。ジャングルも浅く、道路の選定もしやすく順調だったが、第二日はそう簡単にはすまなかった。

ジャングルも深く迂回路を探すのも難しくなった。車両による道路の荒らされ方はひどくなり、陽も当たらないので粗壁《あらかべ》のような土は、靴に吸いついて足だけがスッポリ抜ける始末。徒歩者はジャングルの中を迂回したが、自動車は強引に道を通さねばならない。曳索でひいたり、車輪を通す路をつくったりで、自動車化部隊の徒歩者はくたくたになった。

その時マダンの近くで、通称「ボーイング」と仇名した三軸十輪の全輪駆動車が捨ててあるのを見つけた。エンジンは動くので前についているウインチを動かしてみると、五十メートル伸びて巻き取る力は十分。近くの木にワイヤーを巻きつけてウインチを動かすと、車軸まで埋まった自動車がグングン立ち木に近づいた。我々は歓声を上げた。

ボーイングというのは、敵の重爆撃機ボーイングのように傍若無人に道路を荒らすのでつけた仇名。シンガポールから転進した兵站《へいたん》自動車隊が持ちこんだが、撤退のとき捨てていったのだろう。

車両部隊としては我々が最後の撤退部隊なので、いかに道路を荒らしても後続の部隊に迷惑はかからない。渡辺隊長から、縫工自動車は重心が高くて操縦しにくく、将来の役に立つかどうかもわからない。ミシン車をすて、役に立つボーイングを携行したいとの意見具申があり、ただちに許可した。その後はボーイングがウインチをひき、大概の仕事は片づくようになり、徒歩部隊の作業は軽減された。

第三夜の行軍途中で、アレキシスの飛行場であまったガソリンのドラム缶を二百本ほど燃やすという話が耳に入った。隊長が燃料がぎりぎりで欲しいというので、飛行場に寄り道をした。飛行場大隊の残留部隊から各車ガソリン二百リットル入りドラム缶を一本ずつ積み込んだ。もちろんエリマ出発時、ハンサまでの燃料は受領済みだが、初日二日のような行軍渋滞では、万一の場合、不足をきたすのではと心配したからだ。

空になりかけた自動車のガソリンタンクに貰《もら》ったばかりのガソリンを入れて、いざ出発とエンジンを掛けると、ぶすっといったままエンジンが駆動しない。大騒ぎになった。ガソリンをくれた飛行場大隊の担当者が、「いつも入れているガソリンのオクタン価は幾らか?」

と聞いた。

かたわらで聞いていた私はあっと驚いた。渡辺中尉はきょとんとしていたが理由を聞いて納得し、いませっかく入れたガソリンを抜きとり、携行して来たガソリンに入れ直させた。エンジンは無事に駆動した。渡辺中尉と顔を見合わせて大笑い。入れたのは、自動車には使えぬ高オクタン価の航空機用だったのである。

しかし、さっそく器用にこの航空機用ガソリンを燃やす特製のコンロをつくり、日中、敵機の飛ぶなかを平気で炊事して暖かい飯を食わせてくれた。転んでもタダでは起きぬ魂胆と感心させられた。

同じ三日目の夜、ムギルに向かう途中、支隊配属の高田参謀がのぞいていかれた。私は「予定より半日行程遅れていますが、この道路状況がつづけば遅延をとりもどすことは難しい」というと「支隊長には報告しておく」と我々を追い越していかれた。

三日目の夜行軍は、ボーイングの力を利用し、夜中の十二時には予定の宿営地に到着した。三日目の宿営地はジャングルの中だったためか、規定された時間内に通信連絡がとれなかった。やむを得ず四日目の早朝、先発して電波の通りやすいところで連絡をとるように命じたが、これも徒労に帰した。わざわざ無線班をつけられたのに、連絡が途絶したのでは、司令部をまごつかせる結果となり、問題のムギル到着が視野に入ってきたいま、何とか安心していただかねばと考えた。

任務を達成してくれるのは将校斥候しかいないが、将校ならだれでもよいとは言えないのである。わが中隊の奥原少尉なら私も安心して出せるが、徒歩者の指揮をまかせていて他に適任者がいない。輜重中隊には三人の小隊長がいるが、本来の任務の手が放せぬ。結局、私が適切な処置をとらなかったと、お叱りをうけようと覚悟をきめた。

四日目の行軍は門橋の渡河点に出くわした。工兵のなかでも気の荒い架橋部隊だったが、火砲を積んだ自動車の縦隊には驚いたらしく、丁重に応対され順調に渡河することができた。

五日目、夜が白むころ、車両部隊の先頭を行進中の私は、司令部の誘導の下士官に出会った。聞くと「高田参謀がこの先の丘の上で各部隊の到着を調べておられます」という。さっそく出頭すると高田参謀が「閣下が無線をつけたのに連絡がないと怒っておられたぞ、幕舎は向こうの木陰にあるから直接報告してくれ」と。私は覚悟して幕舎に向かった。

ちょうど中井歩兵団長は洗面しておられたので席に帰られるのを待って、「一昨日より無線機故障のためご心配をかけてお詫び申し上げます」と報告した。すると「朝飯を一緒に食おう」と伝令に準備を命じられた。団長の伝令は参謀長時代、野砲兵第二十六聯隊より差し出された兵である。「おい、お前の聯隊の中隊長が来ているぞ」とわざわざ引き合わせられた。

彼は出征前、第五中隊から派遣されていた。当時、私は第六中隊長、おなじ十サンチ榴弾砲中隊なので彼のことは知っていた。彼も隣りの中隊長は覚えていたのだろう、「承知しております」。中井閣下が「一本つけろよ」といわれ、伝令は笑いながら燗《かん》をして持ってきた。疲れたところに熱燗ときたら、上戸にはたまらない。

団長閣下も口がまわる、うけたまわる方も酒のピッチは上がる、たちまち数本が空になる。調子が出たところに伝令が「閣下、お体にさわりますからこの辺で」。「大畠が珍しく来たのだから好いだろう」と呑ん兵衛亭主が女房にねだるように、とうとう一升瓶をあけてしまった。伝令が「酒はもうおしまいです」と空瓶を見せにきたので、「じゃあ飯にするか」と朝食になった。

お小言は「指揮官は部下からの報告をつねに待っている。敵の上陸より先に部隊が到着したからよかったが、それまでは敵が上陸してきたらどう対処しようかで、頭が一杯だった。森貞はどんなにはなれていても、必要なときに必要な情報を入れてくれた。見習え」だった。残念ながら、未知の地形で司令部を訪ねていける人材の養成ができなかったことを恥じた次第である。

森貞とは士官学校の同期生で、歩兵第八十聯隊第五中隊長としてフィニステル山系の南、ラム河をはさんで東西四十キロ南北五十キロ、カイナンツ付近までの捜索を担当して活躍し、最後はカイアピット作戦に加わり、負傷後送された。

その後、森貞中隊は各地を転戦し、歓喜嶺では私の中隊に配属されて一緒に戦ったこともあった。広大な地域に部下を分置して、迷子にもさせず捜索活動をつづけたことは、中隊長として見事で、どのような教育をしたか驚異の一つだった。ニューギニアでは、ベテラン将校でも地形を見誤って、思わぬ方向に行動した例が少なくなかったのである。

その後の行軍は道路も比較的よく、三月二十三日朝、前後して無事ボギアに到着。高田参謀から対空顧慮上、早々に解散して原所属に復帰させるよう命じられた。十日あまりの行軍であったが、人車が一体となって難路を突破した。その苦労をねぎらって解散を宣し、武運を祈って別れた。

第八章　彷徨の果てに

寝耳に水の中隊解散！

ボギアでのわが野砲兵二十六聯隊第一大隊の宿営地は、五百メートルほどジャングルの中を歩いたところだった。蔭山常雄大隊長に出迎えられた。

「第三中隊かねて中井支隊に配属中のところ、本日原隊復帰を命じられ、ただいま到着いたしました。当期間中、馬場少尉以下将校一名・下士官七名・兵二十六名・計三十四名戦死、生存者一二七名」と報告した。

昨昭和十八年十月五日、エリマへの転進命令をうけて以来、半年ぶりの再会だった。大隊長の目に涙が光っていた。「長い間の激しい戦闘、ご苦労だった。馬場少尉以下の戦死は痛ましいが、多数の者が生き残ってくれてうれしい」と述べられて、一人一人の前に立たれ、体の調子や現在の心境などを質問された。

部隊が宿営行動に移った後、私は大隊長にともなわれて、佐伯縄四郎聯隊長のもとに申告に出頭した。「第三中隊ただいま帰隊いたしました。火砲は三門のうち二門を失い、一門となりました」と報告すると、聯隊長は「ご苦労、弾丸は何発撃ったか?」と問われた。とっさのことで大まかに「約四千三百発」と答えると、「聯隊長に向かって嘘をつくのか、そんなに撃てるはずはない!」と、いきなり怒鳴られた。

私には聯隊長の言っておられる意味が理解できなかったので、呆然と立っていた。大隊長はさすがに古ダヌキで「大畠、中告終わりだ、帰るぞ」と私をひっぱって、「のちほど細部を整理して報告させます」と聯隊長のもとを辞去した。

私はその時まで、歓喜嶺《かんきれい》は助攻正面だから、すべてに不自由な戦闘を強いられたと思っていたのである。

大隊長は幕舎に帰りながら「フィンシュハーフェンの戦闘は敵から撃たれっぱなしで、弾丸を一〇〇発撃った中隊は珍しいらしい。聯隊の功績序列も下の方だったそうだから、聯隊長のご機嫌が悪いのだ」という。戦場の様相は千変万化。自分たちのほんのわずかな経験で全体を類推することはできないが、戦いに運不運はつきもの、神様を恨むことはないように思えた。

中告の帰途、別れ際に蔭山大隊長は「久しぶりに会えたので慰労会をやろうと思う」と言われた。「有難くお受けします」と答えると、「じつは野中（清彦・陸士五十三期）もフィンシュから帰って慰労会をやっていないのだ。一緒に呼びたい」と。私も、「野中とは歓喜嶺で別れて以来半年ぶりです」と答えた。

中隊に帰ると、親部隊のふところに入った安堵感と長途の行軍の疲れとで昼寝を楽しんでいたので、私もその仲間入りをした。そして夕方五時、大隊長の宿舎をたずねた。

野中中尉はまだ来ていなかったので、歓喜嶺陣地の最期や南山嶺《なんざんれい》の守備、中井支隊のボギアへの転進の状況などを報告し、大隊長からは奥原小隊のボングの警備について賞賛をいただいた。奥原光治少尉は素直で責任観念が強く、配属の歩兵小隊と速射砲小隊とをよく掌握して任務をはたした得がたい将校だと、すっかりお気に入りの様子だった。パラオでの射撃演習時の誤解がとけて嬉しかった。

歓喜嶺から小川清夫軍曹に託した私の報告について、「最期を覚悟しての遺言とうけとった。馬場少尉の報告といい、泣かされた。生きて帰ることができたいま、報告書は焼きすてるが差し支えないな」と涙をぬぐわれた。

そうこうするうちに野中中尉も到着して、酒宴となった。蔭山大隊長は昨年十月、歓喜嶺からエリマに転進以来、エリマ～ボガジン地区の警備隊長として持ち味の用意周到な警備態勢を敷かれ、敵の空海よりする攻撃にたいして地区の安全をはかり、地区内で活動する後方部隊・通過部隊・住民らから喜ばれた。

第二十師団主力や第五十一師団の収容については、至れり尽くせり心のこもった取り扱いで感謝され、軍司令官から軍の管理部長にと望まれたが、師団長が師団の砲兵聯隊長にしたいのでと断わられたとの噂が流れたほどだった。

野中中尉は第一大隊指揮班長だったが、フィンシュハーフェンに行き、中隊長として苦労した。大隊長が補佐役として可愛がっておられたが、中隊長へ栄転とはいえかえって苦労の連続となった。

ともあれ大隊としては第三中隊が傷んでいるだけで、つぎの戦闘では聯隊の中心として戦う実力があり、歓喜嶺における敵の戦闘法が酒の肴になった。話は尽きなかったが、今朝やっと追及したばかりの中隊の疲労を心配されて、二時間ばかりで散会した。中隊に帰ると、母隊に復帰できたのを祝って宴を張っており、私が帰ってきてから締めてくれと待っていた。

翌日の命令受領で、なんと我が中隊は解散を命じられた。

下士官以下を聯隊本部、第二・第三各大隊本部、第四・第五・第七・第八各中隊にそれぞれ転属させよとのこと。寝耳に水で言葉も出ない。とりあえず命令を受領した溝軍曹と相談をうけた村瀬准尉に発表を禁じ、私は大隊長のもとに走り、そこで聯隊の改編についてつぎの構想を知らされた。

一、聯隊は三個大隊、大隊は二個中隊とする。
二、中隊は人員百十名、砲一門を基準とする。
三、第一大隊は二個中隊と本部があるのでそのままとする。
四、第三中隊は退却時の後衛砲兵だから、潰れて何名帰るか当てにできない。ないものとして考える。

これに対して大隊長としては、中井支隊長が第三中隊は生かして帰すと堅く約束されてい

野砲兵26聯隊が属した第20師団司令部。前列中央に片桐茂師団長

るので、帰着してからどうするか結論を保留してあったという。私は大隊長に「人員も第一・第二中隊よりも多く士気も旺盛で、いまこの中隊をつぶしてフィンシュから引き揚げた中隊に人員を分配しても、中隊と同等以上の練度は得られないと思います」と申し上げた。

大隊長は「俺が聯隊長に意見具申してくるから、お前はここで待っておれ」と言いおいて聯隊本部にいかれた。

しばくして帰ってきて、聯隊長は「一度決めたことは変更しない。朝礼暮改は男の恥」と、頑として命令の変更は拒否されたという。

「お前どうするか？」と聞かれたので「中井閣下に第二梯団長としての最後の報告をすませておりませんから、ご都合をうかがって参上し、その折りちょっとご指導いただこうかと思います」と答えた。すると「うん、それはよい、俺もエリマで中井支隊をはなれるとき閣下にお礼も申し上げておらん。一緒に行こう。俺がご都合を伺っておく」ということで、お願いして帰隊した。

大隊長の意見がいれられなかったのであれば、聯隊の改編は聯隊長の権限である。すでに聯隊本部・第三大隊本部からは通信手を、第七中隊からは照準手をぜひにと希望され、その他いろいろな注文がきており、禿げ鷹にねらわれた獲物のような我が身の悲哀を感じた。

中隊長の私、奥原光治少尉、村瀬堯之准尉、中隊の書記役曹長職の溝吉悦軍曹の四人と伝令四名をのぞいて、寂しい思いをしないよう気の合う者同士をおなじ隊に配分する計画をつくっているところに、聯隊本部から「将来の再編を考慮して基幹要員は残すように」と追加命令だった。

近い将来に人員・兵器・器材などの補充は考えられぬいま、何事ぞと思ったが、にぎやかに行動を共にできる部下が多くなるとは楽しいではないか。

こんどは編成表にもとづき基幹要員二十四名を選考し、翌朝転属させる者はその授受を準備した。基幹要員を残すよう方針を変更されたのは、大隊長の強い意見具申があったに違いないと有難く感じた。

また、基幹要員には中隊長・小隊長・准尉・曹長各一、給養掛・兵器掛・瓦斯《ガス》掛《がかり》・観測掛下士官各一、分隊長一、その他観測手・通信手・砲手（照準手を含む）など十四名がふくまれていたが、中隊再編の場合、編成の根幹として心身ともに健康な者がさらに必要で、お願いして三十四名に増加していただいた。

翌朝、泣く泣く各中隊人事掛に転属者を引き渡して、中隊はこぢんまりと一つの幕舎にまとまった。

中井支隊長の教え

朝、他隊に転属する者に別れを告げて武運を祈り、出発を見送ったのち、がらんとした宿営地を眺めたとき、なんとも複雑な気持ちになった。

編成いらい戦闘以外の損耗を出さないよう、力の強い者は弱い者を、健康な者は病気の者をと互いに助け合ってきたからこそ、これだけの兵力を保ちえたので、国民兵役で召集された体の弱い者でも残っていたのを、私としては誇りに思っていた。それだけ大切にしてきた人間を他中隊の欠員の穴埋めに使われてしまうとは情けない。残った者も出ていった者も、思いは同じだったろう。

大隊長から「中井閣下に午後二時ごろお伺いしますと返事しておいた」と電話連絡があった。時間に大隊長とお伺いすると、横になっておられた中井団長が、「雁首《がんくび》そろえて来たな」と笑われて、我々の申告を受けられた。

約七ヵ月指揮下にあったことが思い出され有難くお礼を申し上げ、お別れの挨拶をした。すると団長は「歓喜嶺では砲兵はよく戦ってくれて感謝する。とくに馬場小隊を全滅させたことについては重々お詫びする。せめても軍人の亀鑑《きかん》として表彰していただきたいと、馬場小隊と、同じく全滅した片山第六中隊（歩兵第七十八聯隊）を上申したが、軍は中井支隊として表彰することに決められていたので、文中に記述してくださるようお願いした。聞き分けてほしい」と頭をさげられた。団長の気配りに有難くお礼を申し上げた。

そして団長は「二人そろって今日来たのは何か相談があるのだろう、言ってみろ」と。そこで第三中隊が解散させられたことと、そうなった理由を説明して、私として中隊長の職をゆずるのは順送りだが、あの戦場で一致団結してよく任務を果たした我が中隊はそのまま残し、集成中隊の数を減らせばよいのではないかと悩んでお伺いした次第を申し上げた。

中井少将は少し考えておられたが、「あれだけ奮闘した中隊をつぶすのは本当に惜しい。歩兵団長としては隷下部隊でない砲兵聯隊にものをいう権限はないが、参謀長をやっていたので内情はよくわかる。いま、国軍で米英軍と真面目《しんめんぼく》の砲兵戦闘をやってのけたのはお前が初めてだ。この貴重な経験を帰国して伝えることは、お前にとっても大切な任務と思うが、ひとつやって見る気はないか。その気があれば、すぐ野戦砲兵学校の教官として推薦の手続きをとる。今ならウエワクに入る船にも間に合う。どうだ」とあたたかい助言をいただいた。

私は「せっかくのご配慮は有難く存じますが、お断わり申し上げます。どうぞこのままにして置いて下さるように」と返答した。

すると「それではお前の気持ちがおさまるまい」と。

そこで「勝ち戦さであれば喜んでお受けしますが、負け戦さで生き残るのも難儀と思われるいま、将校は理由をつけて逃げることができると兵に思われたら、今までの中隊長への信頼など、いっぺんに吹き飛んでしまいます。部下を死地に残して内地に帰る気持ちにはなれません。部下と最期を共にしたいと思います」と申し上げると、「お前の気持ちを尊重しよう」と言われたので、「お騒がせして申し訳ありませんでした」と述べ、「調子よくいく時と、そうでない時とある。辛抱せよ」と諭されて辞去した。

それにつけても中井支隊に配属されてから閣下に色々と教えていただいて、戦闘法に余裕ができたことは確かだった。いまも記憶に残っている事項を列挙する。

一、「敵は自動小銃、こちらは三八式歩兵銃、いいじゃないか、一発で命中できるところから撃てばいいじゃないか」——ジャングルに隠れ、至近距離から撃てば一発必中。

二、「指揮官は地形に精通せよ」——隅々まで歩いてみると利害得失がわかってくる。火砲の陣地しかり、観測所しかり、敵の攻撃経路も予想外はなかった。対策の不備で敗れた。

三、「火砲は物だ、人を大切にせよ。長期戦には人材の欠乏を来さぬように」——火砲と運命を共にすることを禁じられたので、私も命びろいをした。

四、「適時的確な情報を報告せよ」

反省して忸怩《じくじ》たるものがある。「一陣地一度の射撃で、損害をさけて支援をつづけろ」と命じられたが、それでは支援が途切れてしまう。掩蓋を構築して命がけで支援をつづけようと工兵の協力をお願いしたところ、さっそく手配された。おかげで覚えた掩蓋構築技術は無駄な損耗を皆無ならしめた。

再編しても現状では戦い得ない

師団がボギア地区に集結して再編成しているとき、敵に攻撃されては困る態勢ではあったが、サイドール付近に上陸した敵のつぎの目標は、壊滅状態にある第十八軍ではなく、さらにニューギニア西部に新たに進出した日本軍（第二方面軍）に対抗するために、はるか後方のアイタペ・ホーランジア方面に向かうのではとの風評がしきりであった。

防禦とか警備とか掛け声はかかるが、具体的な計画はしめされず漠然とした構想のみ。一方、ウエワクへ輸送するため火砲は貨物廠に返納するなど、落ちついた気分にはなれなかった。

完全に遊兵となった私を心配された蔭山大隊長は「貴様はいまから副大隊長として、俺のかわりに大隊を指揮せよ。大隊長格の梯団長をつとめたのだから、充分に勤まるはずだ。俺は昼寝しとるから宜しく頼む」と命じられた。

「はい」とは答えたものの、これは大隊長の私物命令で、第二中隊長は聯隊内でも古参の大尉で、第一中隊長は去年三月大尉に昇任するとき、私の方が序列が上に発令されただけ。戦闘任務についても歩兵第七十八聯隊との打ち合わせ時、大隊指揮班長（誰だったか失念した）に聞いても明確なものは掴んでいないとの答えだった。

現地を偵察してから意見を出そうと相談して、四日ほど弁当持ちで二人で歩きまわったが、付近一帯ジャングルで、見晴らしのきく台地も見つけることができなかった。
ジャングルは一ヘクタール前後の塊となって点在、その間はススキの原になっており、ジャングルを拠点に、草原を出撃の通路として防御戦闘ができるのではとも考え、結果を大隊長に報告したが、成果を利用されることはなかった。

聯隊は計画されたとおり、三個大隊六個中隊に編成された。第三中隊は基幹要員のみとなり、そのまま第一大隊長の指揮下に入れられた。聯隊は火砲は返納して小火器しか保有していなかったので、警備任務といっても曖昧であり、訓練と称しても本分である砲兵としての訓練はできず、頭数はそろったもののいかに運用するのか五里霧中であった。

第三中隊の歓喜嶺における戦闘から考えると、大隊本部は観測と通信の任務を達成することは困難であろうし、野砲中隊は改変前の百二十から百三十名でも、砲一門と弾丸一〇〇発。観測・通信機材（電話機八・通信線二十巻その他）を携行するのに輜重車《しちようしや》を利用できたとしても、相当難儀するだろう。まして聯隊にも大隊にも段列《だんれつ》（弾薬食糧の輸送補給隊）の編成がなく、どうやって戦闘するつもりかとその真意をはかりかねていた。

聯隊主力のフィンシュハーフェンにおける戦闘についてはだれも話す人がなく、サラモアに派遣されて勇戦して感状を授与された歩兵第八十聯隊第一大隊に配属され、奮闘した柴田第七中隊の戦訓も聞かされていない。これからどのような戦闘を展開するつもりで再編成されたのか。意図が明示されぬままに、不審をいだいたのは私だけではなかったと思う。

私自身は戦闘任務もあたえられていないきわめて曖昧な立場で、物を言うなといわれているような気がしていた。大隊主力は、エリマ・ボガジン地区警備の任務であったが、細部については様子を確かめるすべもなかった。

ただ第八中隊長の久保英一大尉は同期（陸士五十二期）で気安く話のできる仲。フィンシュに前進途中、大発の舳先に山砲をすえ、襲撃してきた敵魚雷艇を撃破して賞詞をうけた肝っ玉のすわった男だったが、その男が「現状では戦い得ない」と弱音をはいていたので、容易ならざる苦戦を強いられてきたなと感じた。

また第三大隊長の山田少佐（陸士四十九期）は、昭和十五年支那事変・山西省から復員当時、第三中隊長で、私は中隊付として指導をいただいた仲で心安かった。

「米の補給がなく土民の畑の芋を喰って命をつないできた。芋は一食飯盒一杯も喰わねば身体がたもてず、すっかり胃袋がふくれてしまった。米を支給されるようになっても、飯盒一杯喰わねばおさまらぬ。そんなことから消化不良で下痢を起こし死者も出たので、二合の米で四合の粥《かゆ》をつくらせ、だんだん粥を濃くして普通の飯にならしたが、その間、従わぬ者は斬ると軍刀を抜いて脅して歩いた」

というお話だった。温厚で号令以外は大きな声を出された記憶のないような方であったが、ずいぶん思い切ったことを断行されたものだ。

体力を回復するため定量（米も六合以上・缶詰肉または魚・乾燥野菜・甘味品・調味料その他、酒、煙草など日量四五〇〇カロリー）を交付されたし、日課も体力回復のための運動が主となった。第三中隊の場合はぶんどった銃と弾丸をだいぶ持っていたので、野生の鳥を毎日とってきて、缶詰などは見向きもしなかった。

鳥は孔雀《くじゃく》・鸚鵡《おうむ》・鸚哥《いんこ》・野鶏・火喰鳥《ひくいどり》・山鳩・通称ボーイング（大空をワッシャワッシャと羽音高く飛ぶさまが似ている）など多種多様だった。大隊長に献上し「三中隊は員数外の銃や弾丸をだいぶ持っているようだな、ご馳走がたくさんあって羨ましいな」と冷やかされたりした。また下士官や兵は転属した同僚をたずねて旧交をあたためていた。

遺骨の内地還送と慰霊祭

龍山駐屯地を出発して以来一年三ヵ月、処理すべき事務は多様であった。兵籍、戦時名簿の整理や遺骨の送還、功績名簿の提出（戦争が長期にわたるため昭和十九年三月までを一区切りとして功績の上申を指示された）など、担当者としては忙しい思いをした。

遺骨については、戦死者の出るつど小指を遺骨として携行してきたので準備はできていたが、馬場小隊は全滅して歩兵の逆襲も成功せず、遺体を収容できなかったため遺骨がなく、やむをえずニューギニアの土に還ったという意味で海岸の砂をひろって代わりとした。

功績名簿は中隊としては下士官以下を提出すればよいのだが、問題は殊勲者をだれにするかということだった。村瀬准尉が打ち合わせに行くさい「歓喜嶺で玉砕した者は軍司令官の感状を上申された人たちだから、殊勲で上申したい」と私はいい、准尉も「何とかそうしたい」ということだった。

帰隊しての報告は「聯隊内の功績序列は第七中隊が一位で、中隊は二位に評価されました。理由は第七中隊は神野大隊（歩兵第八十聯隊第一大隊）に感状が与えられ、配属部隊として柴田第七中隊の名が出ているからとのことでした。その方針で殊勲者の数をわりふったが、数が不足であれば増加してもよいと聯隊副官からの伝言でした」という。

そうすると、馬場小隊として玉砕した観測所要員・戦砲隊の全員。それに歓喜嶺の戦闘で功績の大きかった観測と通信。もう一つの戦砲分隊の中心となって活躍した砲手、中隊長を補佐してくれた段列長など。思いどおり殊勲として上申できることになった。

私が村瀬准尉に「だれが見ても至当と思える範囲にしぼったほうが公平を期しうる。新たに増加は求めまい」というと「中隊内の公平が崩れないようにしたほうが将来のためによいと思います。しかし、部隊の功績がよいということは有難いことだとしみじみと感じました。支那事変のときは、中隊一名の殊勲に聯隊本部にお百度をふんだのですが駄目でした。今度の戦争は支那事変にくらべてずっと楽でした。殊勲をいただけるなんて夢のようです」と。

したがって新たに殊勲者の増加は申請せず、書類をまとめさせた。

兵籍・戦時名簿は玉砕を覚悟して矢野山に陣地をとったとき、村瀬准尉が整理して古賀軍曹にもたせ、陣地失陥時の、最後の報告に持ち帰らせるように段取りしてあったので、ほぼ整理は終わっており、それほどの苦労はなかった。

遺骨を内地に送りかえすさいに聯隊では、慰霊祭をおこなった。ジャングル内の草地を会場とし、午前中に慰霊祭を、午後は演芸会。遺骨は各本部・中隊ごとに一つの箱にまつられ、神職・僧職であった者の祝詞奏上・読経により厳粛におこなわれた。

そして演芸会は、簡単な舞台をつくって演じられた。私にとって記憶に残っているのは、各隊に補充員として転属させた者たちが、その隊の中心となって出場したので、なにか自分の中隊の演芸会でもやっているような錯覚をおぼえたことである。

なお中隊から出演した箕浦章兵長の数え歌は、中隊長付属と指揮小隊の合作で、歓喜嶺の戦闘に参加しなかった者はこの歌ができた経緯を知らなかった。奥原小隊の曹長役でボングに残っていた高橋敏郎軍曹は、この歌を初めて聞き感極まってひきつけを起こし、まわりの者をあわせてさせた。

野砲兵第二十六聯隊ニューギニア参戦数え歌

えー　一つともせいえー
　人も知る知る日米戦争　処は南海ニューギニア
　昭和の御代の今日までも　原始の時代そのままに
　橋も無なければ道もない　昼なお暗いジャングルを　進む野砲はえー二十六

えー　二つともせいえー
　二つ車の山砲や輜重車　引っ張る我らは厭わねど
　膝までぬかる泥濘を　腰まで浸かる濁流を
　分解搬送ピストンで　椰子の木あまたあるなれど　登る元気は更になし

えー　三つともせいえー
見れば見るほど憎らしい　敵の飛行機ボーイング
昼間の行軍更さらに無く……

すみやかにアイタペに転進すべく

一年以上も部隊がばらばらになっていたので、ボギアでは思わぬ書類がとどいたり、人事異動のあおりをくらったり、今回は別れる寂しさはあるものの、栄転といえる。それは古賀正十士軍曹。昨年、大隊から「士官適」の申請を提出されていたのが決裁され、階級を曹長にすすめられ、見習士官を命じられたのである。

初年兵から育てられた中隊で、士官勤務をするのは本人もやりにくかろう。第一中隊の小隊長が入院して欠員になっていたので、面倒見のよい中隊長だからと相談すると、「古賀君ならぜひもらいたい」と。さっそく大隊長にお願いして、翌日、聯隊命令が出た。私としては彼の鍛え方が若干厳しすぎたかと思えたが、大隊長にも中隊長にも認めてもらえて安心した。

ともあれ四月に入ると、師団はラム・セピック両河の河沼地帯の通過促進のため、セピック河以東に中井機動促進隊、以西に江本機動促進隊を配置し、一日二百五十名の通過をはかり、すみやかにアイタペに転進すべく処置された。

私たちは詳しいことはわからぬものの、戦況が相当切迫していることは感じていて、具体的な命令がないまま、考えられる範囲で準備をととのえた。今回は火砲などの兵器・器材は海上輸送によったので、携行するのは個人装具と自衛兵器のみ。申しわけないような気楽な行軍と感じられた。

しかし軍としては、制海権・制空権を敵に握られている現状では、海上輸送は相当の損害も覚悟せざるをえず、徒歩による移動もセピック河とラム河という舟艇を必要とする大障碍があって、渡河可能人員の多寡によりウエワク以西に展開できる兵力が制約され、大きく戦局を支配するので気が気ではなかった。その思いが我々にも影響して、早く西岸に達して陣取らねばと焦りを感じていた。

まず被服や装具の整備をすませた。ボギアは揚陸地点に近いので、補給は望みどおりにできた。被服は上下二着。靴は新品一、古品一で、古品は湿地通過に履きつぶすつもりだった。それほど消耗が激しかったのである。

地下足袋は二足新品をもらったが、軽装での行動には差し支えないが、湿地や砂地は中に砂が入って足が砂擦れを起こし、化膿して歩けなくなる。重量物搬送には向かないので、使用の機会をあやまらないように気をつけなければならない。新しく背負い袋を交付されたが、強力《ごうりき》の背負うような大きなリュックに作りかえた。

つぎはマラリア対策で、キニーネは一人一日三錠を飲むように準備した。防蚊膏・防蚊液は各人二個ずつ分配したが、三十分で効果がなくなるので途中で使いきった。蚊取り線香は有効であったが得られず、土民をまねて椰子の花の苞《つぼみ》をよく乾燥させ、細く裂き火をつけると蚊取り線香として充分に役に立つ。これをたくさん準備し、行動間、蚊取り線香の代用として使用した。

キズ薬は注射薬ともども充分に確保することができた。衣服としてはネルのワイシャツを推奨されていたが、軍としてはそこまで手がまわらなかった。私は偶然にも私物のネルのワイシャツを着ていたが、実際に湿地帯で針鼠のように蚊にとりつかれた時にも、蚊の針は皮膚まで到達せず助かった。

こんどは夜間行軍が主となるが、敵よりははるかに遠い湿地帯である。まれに航空機が飛び、魚雷艇が侵入するくらいであろうから、行軍には差し支えない範囲において灯火を使用して、道に迷ったり湿地に埋没する者のないようにしなければならない。

原始的ではあるが、油を入れた空缶に芯《しん》をつけて提灯《ちょうちん》のようにつるして歩けば、点火・消火も容易、対敵動作も迅速にとりうる。そこで空缶の提灯を三人に一個準備、油は各人、水筒一本を携行した。水筒は各人二本持っていたのである。

さて、各隊いろいろ知恵をしぼっていたが、蔭山大隊長はつぎのボイキンへの転進についての戦術思想の統一をはかるため、中隊長のあつまったときに「おい、こんどの転進は戦備行軍でいくつもりか、旅次《りょじ》行軍でいくつもりか」と質問された。いろいろ意見も出たが、空襲やゲリラの攻撃はどこでも起こりうる。また移動後、ただちに戦闘に参加しなければならぬことが考えられる。そのため、結局つぎのように意見がしぼられた。

一、毎日の行軍はおおむね午後四時から十二時とし、十二時には宿営動作を完了、就寝させる。のんびりしすぎるとの意見も出たが、大隊長の決断できまった。

二、先発の大隊付の入佐五郎主計中尉（陸軍経理学校四期・龍山公立中学校出身）は、各中隊の給養掛下士官以下を指揮して設営隊長となり、宿営地を偵察準備し必要に応じ糧秣を受領配分する。

三、大隊本部衛生下士官一は各隊ごとにさしだす衛生兵を指揮して大隊の落伍者収容班となり、大隊最後尾を前進、落伍者を収容する。

四、中隊は建制順に本部に続行、警戒は各中隊ごととする。

ボイキンへの転進経路については、糧秣交付所のハンサ～マリエンベルク～ウエワクは決まっていたが、細部は転進促進部隊の指示によった。とくにラム・セピックなどの渡河の統制や、上流地区の降雨による湿地帯の増水による進路の変更などは、転進促進部隊の情報が頼りだった。

ボギアを出発ボイキンへ

ボギアにおける滞在も、敵が我々を相手にせず、我々より後方に拠点を占領するという事態になれば、第十八軍としては存在価値がなくなる。また補給路を遮断され、生きて甲斐ない運命におちいるとすれば、早く西方に機動したいと思うのは自然の成り行き。気がせくなかを転進路の選定・施設の改善などがなされて、聯隊も急遽出発することになった。

細部の日程は記憶にないが、糧秣交付地点がハンサとマリエンベルクとウエワクに予定されて、おおむね二週間行程と考えられていたと思う。

第一日は敵機の飛ばなくなる午後四時、ボギアの宿営地を出発してハンサに向かった。道路は自動貨車の運行でだいぶ荒れていたが、歩くのには大した支障もなく、夜十時ころ設営隊の誘導により宿営した。

先発した設営隊は入佐主計中尉が指揮し、貨物廠との連絡もよく、糧秣はじめ防蚊用品など当座の必要品もうけることができ、さらに当地に長く駐留した飛行場大隊の防空壕を、通過部隊が利用できるようにと、綺麗に手入れしてあったのを借りることができた。

米はほぼ定量一日六合を受領した。もちろん副食や調味品・甘味品、そしてわずかながらの酒やビールも交付され、落ちついた宿営をすることができた。

夜十一時ころになって大隊長が宿舎の防空壕にこられて「おい、すまんが酒でもビールでもよいが、少し寄付してくれんか」と言われた。「いかがなされましたか?」と聞くと、「じつはな、いま聯隊長に報告に行ったのだが本部内がしーんとして暗いのだ。どうも、うちのように設営隊を出していないので、甘味品までは受け取れたが、酒などはもらってないようだ。なすべき事をしていないんだから自業自得だが、聯隊長があんまり気の毒だから酒を少し分けて上げようと思うのだ」と。

糧秣受領で受け取ってきた酒の包みをひらき、その中からビール三本を伝令にもたせて立ち去られた。このころ酒の割当ては主食とは異なり、気持ちだけいただく程度で、日本酒が一人三勺（約七ミリリットル）、ビール三人に一本。当時、中隊長以下三十四名。編成表では二十四名だったが、国民兵役などの弱い者は転属させると荒っぽく使われて倒す危険があるので、中隊に残すように聯隊本部の了解を得ていたので、人員が多くなった。だから、酒は一本、ビールは十一本を受け取っていた。量は微々たるものだが、酒が出ると部隊に一種の解放感をあたえるものだ。

大隊長は第一、第二中隊もまわって寄付をあつめて聯隊長にとどけ、帰りにちょっと立ち寄られ「聯隊長殿からみなに宜しくとの言伝てだった。迷惑をかけたな。聯隊本部にも大勢の将校はいるが、本当の将校はいなくなったな。寂しいな」とつぶやかれて帰っていかれた。のちに、親しかった入佐主計中尉に、糧秣交付になぜ部隊の差が出たのか原因をたずねた。すると大隊は設営班が前日にきて委細を連絡して、落ちついて準備できたから配分の面倒な酒まで準備する余裕があったが、到着してすぐあれもこれもでは必需品をそろえるのに精一杯で、酒までは手がまわらないという話だった。

翌朝は連続した夜行軍を計画しているので、起床を午前八時としていた。宿営地は飛行場の東端で、北は海岸に面し、南側は道路に接し、飛行場に連接していた。飛行場関連部隊の宿舎あとで防空壕もできており、航空部隊が撤退してから兵站《へいたん》として利用していた。

道路と海岸の間隔も約五百メートルほどあり、防空壕に寝ていれば一番安全という場所だった。我が航空部隊が撤退したあとは、敵は好餌とばかり襲撃をくりかえしていたが、道路以外は銃爆撃をうけることも少なく、このときも私は壕外に出ないように命じて寝ていた。

すると大隊本部から伝令がきて「大隊長がお呼びです」。さっそく出頭すると、「空襲だというのに三中隊はだれ一人起きてこない。死人が出たらどうするか」と一喝された。私は大隊指揮班長と各中隊をまわり、「敵機の去るまで壕外をウロチョロせぬように」と注意して、大隊長に復命した。

私は中隊が解散になってから副大隊長として大隊長職を勉強するようにとは命じられたが、本職でないので責任観念が薄かったかなと反省した。後になって指揮班長から「大畠のところは中隊長も図太いが、中隊の者もだれ一人起きてこなかった。あれだから歓喜嶺の戦闘に耐えられたのだろうが、戦さ上手になったな」と大隊長が笑っておられましたと告げられた。

ともあれ、二日目も夕方近く午後四時に出発、滑走路にそった道を西進し、ついでラム河にそって南にしばらく進むと、「前がつかえて前進できぬのでしばらく小休止」との逓伝《ていでん》がきた。道もここまでくると一列でしか通過できぬ一本路で、両脇は草ぼうぼうの藪。しゃがんで休むのがせいぜいだった。

前途多難。ラム河の湿地帯のハマダラ蚊の物凄さ。着ているワイシャツに千本の針をたてたように尾をたてて血を吸おうとする。上陸以来、初めての経験だった。防暑服を重ね着したり雨合羽を着たりして凌《しの》いだが、汗びっしょりになった。もちろん、顔や手など曝露しているところはたまらない。

防蚊覆面(ぼうぶんふくめん)は明るいときは行動できるが、薄暗くなると視野が暗くなって夜間は使用できなかった。結局、常時使用しえて確実なのは防蚊膏《ぼうぶんこう》だが、塗布して三十分が効果の限界。椰子の花の苞《つぼみ》を乾燥させたものや、蚊取り線香は濛々《もうもう》といぶさないと効果がなく、相当量、準備したつもりでも一日で使いつくした。

しばらく行くと「路が悪いので河から少しはなれた迂回路を通る」との逓伝《ていでん》、夜半まで行進し大休止にうつった。行進は前の部隊に続行しないと迷子になる。各人のもった火縄で前後を確認しつつ行進した。それまであまり使われなかった発電式懐中電灯が三個あったのが、大いに役立った。灯火の使用は、最近、敵航空機に焚火が見つかって集落が全焼、宿営部隊も全滅の大損害うけたので特に注意された。

宿営地は疎林だったので、小屋の床を高くすることができなかった。

二つの大河を渡河して

三日目の行進はやっと軌道に乗ったが、割り当てられた宿営地は燃えた集落だった。河の洲にできた集落の外は湿地で、とても寝られたものではない。屍体も未整理で、その夜は死臭のただようなかを風向きを調べて臭わないところを選んで、第一大隊約四百名が座ったまま眠った。

最後尾で到着した私が大隊長に「後尾、異常なく到着」と報告したとき、「ご苦労、もう座るところがないのだ、ここに座れ」と自分で少し寄られて、私の席をつくってくださったほど狭かった。まるで、浮き島の上にいるような感じだった。

ラム河は河幅はセピック河より狭いが、急流で鰐《わに》も住むとのこと。警戒を要するのは敵ばかりでなく緊張した。渡河は折畳舟で十名ずつ乗せられた。一往復三十分ですんだ。初めての渡河だけに、終了した時にはほっとした。

ラム河とセピック河との間はサゴ椰子の多い湿地帯で、交通は土人は水路を、我々は水路にそった湿地をとおる脇道を利用した。当時、水量は多く、水路は一メートルを越す深さで、灯りなしでは行方不明になりかねない。

海岸からも遠く、敵の魚雷艇や偵察機の妨害も懸念なさそうなので、かねて用意した椰子油のカンテラを使用させた。太い蝋燭くらいの明るさがあり、セピックの渡河点まで無事たどりつくことができた。この状況では単独行動は危険だ。

湿地帯の通過は宿営地が少なく、土人の放置した崩れかかった家に一個中隊ずつ宿営し、わずかな焚火に交代で被服をかわかし暖をとる姿は、地獄の針の山にむらがる亡者の影絵を見るようだった。

セピック河は河幅が広く流れもゆるやかで、大発も準備されていたが、渡河には約四十～五十分を要したと思う。左岸地区は河岸が湿地になっていたが、すぐにジャングルとなって地盤も固く、これで地獄を抜けることができたと感無量だった。

路は土民道であったが乾燥しており、そのわりには天空に遮蔽していた。

新たに糧秣を受領し、久しぶりの乾燥した露営地で、泥水によごれた被服と体を洗い、休養したのち出発した。この地方はまだ銃爆撃をうけたことがなく、昼間でも対空監視をおこたらねば危険はないだろうとの警備隊の意見で、対空監視を置いて昼間の機動を実施した。

セピック河の河口。ラム河との間はサゴ椰子の多い湿地帯だった

糧秣交付所に進入路の立て札がたててあったのは印象に残った。

セピック河を渡って三日ほど歩いて、広々とした海岸を見わたせるところまで出た。路は一メートル幅で砕けた珊瑚礁の歩きやすい鼻歌も出そうな路を進むなか、二組の落伍者を追いぬいた。

一組は四名で、中隊の清水秀一伍長がいたので聞くと、聯隊副官・中島信一大尉が熱を出して三名で介抱のため残ったという。三名も付き添いがおれば心配ないので、そのまま残した。

清水伍長はその後、中島大尉がウエワクの第百十二兵站病院に入院するのに付きそっていき、昭和十九年六月二十五日、兵站病院が敵の爆撃をうけたとき爆死し、ふたたび中隊にはもどらなかった。

もう一組は中隊の芝野保男上等兵で、兵二名と途方に暮れていた。事情を聞くと「熱を出した二名を介抱して、連れてこいと命ぜられた。熱の下がるのを待って追及したが、食糧がなくなって途方に暮れている」とのこと。ちょうど昼飯前だったので与えたところ、伝令の箕浦兵長も見かねて自分のを出してくれた。私は持っていた甘味品も差し出した。

芝野上等兵も糧食の無心だけはできないとわかっていただけに、つらかったろう。マリエンベルクの糧秣交付所であれば、文句なく処置してくれるのだが、その情報を示されていない、まことにお粗末な任務のあたえ方に腹が立ったが、解決策をさずけねば頼られた甲斐がない。

「土人に警備隊の所在をきき、警備隊に助けてもらえ。警備隊はそれが任務だから。糧秣交付所はだれにでも糧秣を交付してくれるが、あるのはマリエンベルクとウエワクで、ここはその中間にあたる。同じ歩くのならウエワクに出たほうが近い。われわれの目的地はボイキン。師団の連絡所ができていて、部隊の行き先をおしえてくれるはずだ。追いつくまでに体も治しておけよ」

と注意して別れた。

芝野上等兵はアイタペ作戦の後ブーツに帰来して、昭和十九年十二月二十六日、守備陣地についているときに病死し、中隊には復帰しなかった。

セピック河を渡って三日目の午後だったと思う。それまでの湿地とちがって乾燥した起伏のある、土民も住んでいる地域の行軍で気持ちもやや明るく、海岸ぞいの路に出て久しぶりに海の景色を眺めながらいくと、海岸がなにやら騒がしい。

警備隊の者もきていたので聞くと、

「今朝方（昭和十九年四月二十八日）友軍の大発三隻がウエワクにむけて航行中、敵の魚雷艇の襲撃をうけて二隻は撃沈され、一隻はウエワク方向に逃れた。大発には第二十師団司令部が乗船しており、片桐茂師団長・小野武雄参謀長は戦死されたが、細部は不明」という。

とにかく集結地に急がねばと立ちかけたところ、波間の白いものが風で陸に吹き寄せられてくる。近づくのを待って海中に入りひろい上げると、なんとボギアから内地に送ったわが中隊の遺骨箱ではないか。名簿と遺骨が紛失せずにちゃんと揃っていた。

私は瞬間「一緒に連れていってくれ」と遺骨が言っていると感じた。みなもそのように感じたのだろう、指名もされぬのに一人がかついだ。のちに知ったが、わが野砲兵第二十六聯隊からの連絡将校・松永博中尉（陸士五十五期）も、このとき戦死した。

蔭山第一大隊長の最後の命令

ウエワクを通過するときは、空襲が激しいというので夜間に通過した。夕刻ウエワクの東側にあった捕虜収容所の脇を通過したが、ここだけは敵機の爆撃圏外で、俘虜と敵機との交信がおこなわれているのは明白と感じられた。

揚陸作業をさせているという噂だったが、インドネシア兵らしい三百人以上の者が我々の通過するのをゆうゆうと眺めていた。彼らは情勢の変化を察知しているように思え。主要道路の脇に捕虜収容所を置くことの可否を考えさせられた。

　その日は、ウエワクの西側の丘の上で疎林に露営した。さすがにニューギニア一の補給基地、物がないとはいいながら久しぶりのご馳走にありついた。特別美味のものでなくても、普通のものが腹一杯くえれば十分に満足できた。

　また被服若干も補給され、靴が全員にわたった。ラム河、セピック河の湿地帯の通過で靴は完全に傷んでいたので、大きな安心だった。そしてこのとき以後、戦闘行動以外は靴をはかず、手製の草履《ぞうり》や下駄《げた》をはいて昭和二十一年に帰国するまで、この靴をもたせたのだ。

　寝るころになってちょっと騒がしいので聞くと、村瀬准尉から「宿営地から二キロの糧秣集積所が数日前に爆撃をうけ、砂糖が多量に放置されており、拾いにいかせてくれというので許可しました」との報告。行ったのはこの種の行動にはめったに加わらぬ箕浦兵長に浜繁男上等兵と、もう一人の三名だった。

　二時間ほどして、にこにこ鬼の首でも取ってきたような勢いで幕舎に入ってきて、背負ってきた荷物をひらいて「さあ、みなさん、舐《な》めてください」と言ったはよいが、浜上等兵は真っ赤な顔をしてバターンと倒れてしまった。

　息はちょっと酒臭かったが、彼は一口も酒を呑めない体質だった。

　箕浦兵長の話では「あんまり甘くない砂糖だった」との話。さっそく包みをひらいて舐めてみると、砂糖の甘味は感じる程度で、「これは酒にして飲んだがよい」という評価。「下戸が一生懸命、モノにした砂糖、ピンハネもかわいそうだ」とばかり一と舐めして、後の始末は聞かなかった。

浜上等兵は夜中に目をさまし水を飲んでまた寝入り、朝はけろりとしていた。砂糖に酔ったという話は、後にも先にもこれ一回かぎりである。

ともあれ、ウエワクを出発しボイキンに着いたのは、昼飯前ではなかったろうか。第十八軍としては米軍がアイタペに上陸した（年表によると昭和十九年四月二十二日）ので、第二十師団に対し「軍の先遣師団としてウラウ付近の要線を占領し、攻撃の目的をもってアイタペ方面の敵情地形を捜索するとともに軍の集中掩護」を命じられた。

片桐師団長以下の主要幹部を失った第二十師団は、中井増太郎歩兵団長が師団長代理として司令部をたてなおし、歩兵第七十八聯隊、小池捜索隊を推進し、ようやく掌握した歩兵第八十聯隊と野砲兵第二十六聯隊の一部の先行を命じたところで、混雑をきわめていた。

そして、私が道路脇にあった聯隊本部におられた蘐山常雄大隊長から示されたのは、つぎの命令だった。

一、蘐山中佐は第一大隊長を免じられ師団兵器部長に転出。若菜孟義中尉は第二中隊長を免じられ師団兵器部員に転出。生野正道大尉は少佐に昇任のうえ第一大隊長に補任。

二、大畠隊は師団命令により歩兵第八十聯隊に配属、先遣隊を命じられた。すみやかに編成を完結して歩兵第八十聯隊長の指揮下に入れ。新任第一大隊長に申告して行け。

三、歩兵第八十聯隊も命令をもらったばかり。三宅聯隊長はいまだ出発しておられぬから、申告して意図をうけておくのがよかろう。

部下思いの蔭山大隊長の最後の命令だった。

解説　歓喜嶺の戦闘について

陸上自衛隊幹部学校戦史教官　一等陸佐　葛原和三

第十八軍司令官安達二十三《あだちはたぞう》中将は、東部ニューギニア戦を総括し、部下将兵に「凡《およ》そ人として耐えうる限度を遙かに超越せる克難」を課した戦い、と自らの「遺書」に記した。この戦いがいかに苛酷であったかは、軍隷下の各師団等の生還率（表1参照）が何よりも克明に物語っている。

しかし、いかに過酷な戦場であったとしても、軍司令官が「現状に即応する施策」を要望したように、各部隊は可能なかぎり現実への適応をはかり、極限の戦場に臨んだのである。

東部ニューギニア戦における飛行場の価値

では、東部ニューギニア戦とは、日本陸軍にとって何のための、どのような戦いであったのか。ニューギニアを含む南太平洋の戦場は、艦隊航空戦力が期待できなくなった陸軍にとっては詰まるところ、制空権確保のための、飛行場の推進競争であったといえる。

昭和十七年十一月、南太平洋の戦況は悪化の一途をたどり、この方面は予期せぬ対米決戦場に発展した。大本営は、ガダルカナル島を中心とするソロモン方面担任の第十七軍にくわえ、東部ニューギニア方面を担任する第十八軍を新編し、第八方面軍（今村均中将）にこれを指揮させることとした。

そして十一月二十六日、第十八軍司令官安達二十三中将が、東部ニューギニア方面にたいする統帥を発動した。

しかし、陸軍航空部隊の第一陣が現地に到着した十二月中旬、すでに南部ソロモン諸島方面の航空優勢は完全に敵手にあった。大本営は、海軍基地航空と連携してこれを奪回すべく十八年四月に第六飛行師団を、六月にさらに第七飛行師団を東部ニューギニア各地の飛行場に進出させ、第四航空軍をラバウルに編成して方面軍の指揮下に入れた。

東部ニューギニア地域は、航空路にして本土から六千キロ以上も離れており、この戦場に届く兵一名、弾一発、米一粒といえども全てに輸送コストが加重的にかかっていた。このため、戦えば戦うほど損耗が増加し、補充がますます困難となる消耗戦となった。

大本営は、「ニューギニア方面の作戦の本質が、航空勢力の角逐《かくちく》を中心とする彼我の遭遇戦」と認識しながらも、補給基地の近い米濠軍にたいして戦力の集中競争を挑んでいたのである。

ラエ方面への攻勢と道路の役割

昭和十八年二月のガ島撤退後、大本営は、新たな攻勢方向として東部ニューギニアのラエ方面を構想していた。それには先ず、設定した飛行場に連接して部隊の戦力を推進するための作戦と兵站両用の骨幹となる道路が必要であった。

大本営は制海権奪回の見込みが薄くなるにしたがい、戦力培養のための輸送路を、海上輸送から、より確実な陸上輸送に変換していた。そして作戦の「成功の根基は、一日も早く所要の兵力資材を同方面に集中推進し、また所要の基地を設定整備するにある。かつ、兵要地誌、とくに道路網の状況をすみやかに確認する必要がある」として第八方面軍に対し、ラエ方面への攻勢のため骨幹道路の偵察を命じた。

第八方面軍は、マダン～ラエ道（約四百キロ、東京～名古屋間に相当）の自動車道への改修には四～五ヵ月を要すると返答し、九月末を概成目標として仮定した。

マダンを根拠地とする第十八軍司令官は、作戦兵力三コ師団のうち第五十一師団主力をラエ、サラモア地区に、第四十一師団をウエワクに配置して、まず戦略態勢を強化したのち、第二十師団をラエに進出させ、第五十一師団とともに攻勢兵

第18軍　生還者数　（表1）

区分	部隊	帰還率	帰還数	総員
第18軍		9.1%	8827	96944
各師団	第20師団	3.1%	785	25572
	第41師団	2.8%	592	21020
	第51師団	17.2%	2745	15996
第20師団各連隊	第78連隊	2.0%	112	5925
	第79連隊	1.5%	91	6151
	第80連隊	1.7%	90	5258
	第26野砲	4.3%	106	2492

留守業務部南方課「東部ニューギニア第18軍隷下部隊状況調」（昭和23年7月）

力として使用する腹案をたてていた。

この際、第二十師団にフィニステル山系道に幅四メートルの自動車道建設を担任させて補給を維持しつつ、ラエ方面への攻勢を準備しようとしていたのである。

第二十師団のマダン進出と道路構築の実際

昭和十八年四月二十日、マダンに進出した第二十師団は、朝鮮で日夜、対ソ作戦の訓練に精進していた現役師団であった。道路構築はラエ確保のため焦眉《しょうび》の急となり、青木重誠師団長は毎日、自らシャベルを携行して率先陣頭指揮にあたった。

しかし、いかに精鋭師団とはいえ、大昔からの密林に人力で挑んでも大自然は容易に受け入れはしなかった。重労働による過労と栄養失調のうえ、さらにマラリア等の風土病との戦いは作戦戦闘と同様であり、四ヵ月間に青木師団長以下、四四九〇名の将兵が斃れた。（図1参照）

道路建設の唯一の資料であった「東部パプア地図（二十五万分の一）」は、あまりにも現地と相違していた。せっかく作り上げた道路も豪雨にあえば、たちどころに濁流が道路を押し流し、湿田と同様の泥濘と化して密林以上の障害となった。

そしてついに戦況は、作戦行動に準じてそそがれた労力に、もはや胸算し得ないものとなった。

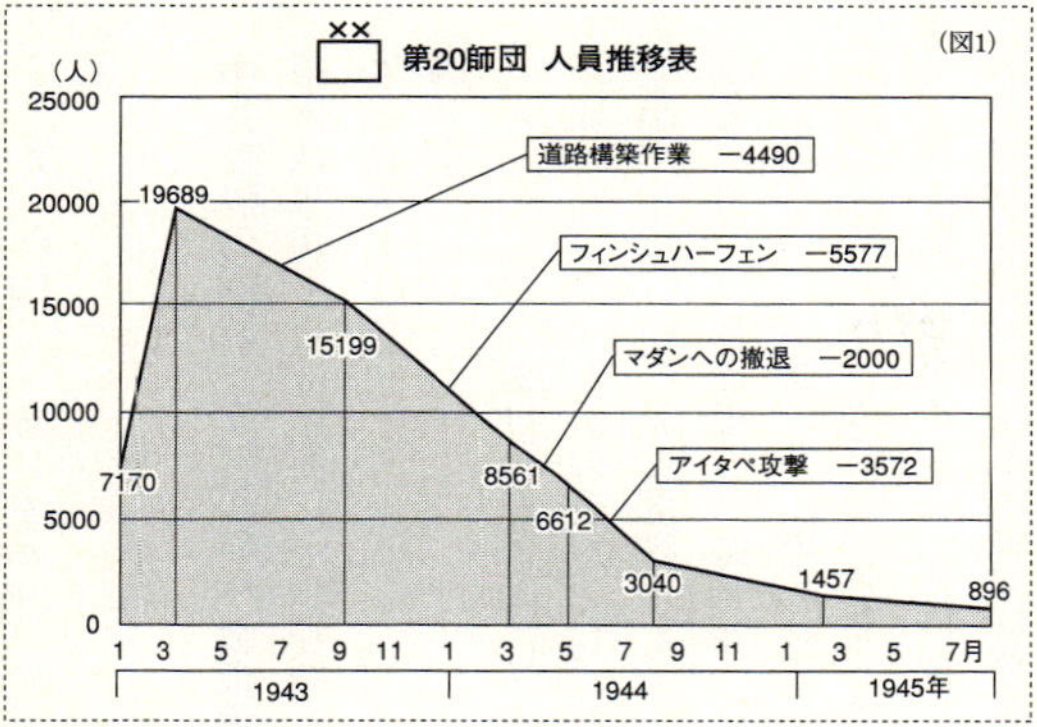

東部ニューギニアの戦況推移

これより先、ラバウルを出航しラエに向かっていた第五十一師団主力は、昭和十八年三月三日、連合空軍の空襲により、ダンピール海峡で輸送船八隻全部が撃沈されるという悲運に遭遇した。第五十一師団長は遭難部隊を再建し、サラモア周辺で、連合軍の攻勢を迎え撃つ激戦が、七月、八月と展開された。

九月四日、連合軍は、これら第一線の戦場を迂回して、濠第九師団がラエ東方海岸に上陸、五日には、米落下傘部隊に先導された濠第七師団が空輸によりナザブに進出した。

安達軍司令官は、九月十日、エリマ〜ヨコピー間の約六十キロの概成をもって道路構築作業を中止し、つぎに上陸が予想されるフィンシュハーフェン地区に第二十師団の第八十連隊主力を派遣して、ダンピール地区を確保させることを決意したのであった。

サラモア付近の敵と交戦中の第五十一師団は、敵と離隔して先ずラエに集結し、そして標高四千メートルを超えてそびえるサラワケット山系を撤退路とするこ

とした。師団は一ヵ月をかけてこの山系を越え、キアリ付近への進出をめざした。（図2参照）

中井支隊の編成と支隊長の作戦指導

第十八軍司令官は、第二十歩兵団長中井《なかい》増太郎少将を長とする「中井支隊」を第七十八聯隊を基幹として編成し、後退中の第五十一師団のキアリ進出を掩護させることに決した。（図3参照）

九月二十三日、軍は中井支隊にたいし、「すみやかに歓喜嶺九百十高地の線を占領し、ラム草原方向よりする敵の攻撃に対し強靱なる邀撃を実施すべし」と命じた。中井支隊は、濠第七師団と接触中の先遣部隊をもってカイアピットにおいてこれを牽制するとともに、一部を要衝、歓喜嶺に派遣して陣地を占領させ、連合軍の前進阻止を命じた。

歓喜嶺はフィニステル山系の分水嶺であり、マダン〜ラエ道の間にある天然の要衝である。（昭和十八年六月、道路の啓開を命ぜられた将兵が歓喜嶺の頂上にいたったとき、眼下にラム河平原を一望に見おろして一斉に歓声を上げ喜んだことからこの名がつけられたといわれる）今や、マダンからラエへの進出路となるべき道路が、ラエから攻めのぼる濠軍の進出目標となっていたのである。

この時、十月八日、中井支隊長が、移動中であった第三中隊長の大畠正彦大尉を呼び止めて歓喜嶺の守備隊への配属を命じ、同中隊長の指揮する山砲二門が火力戦闘の骨幹をになう

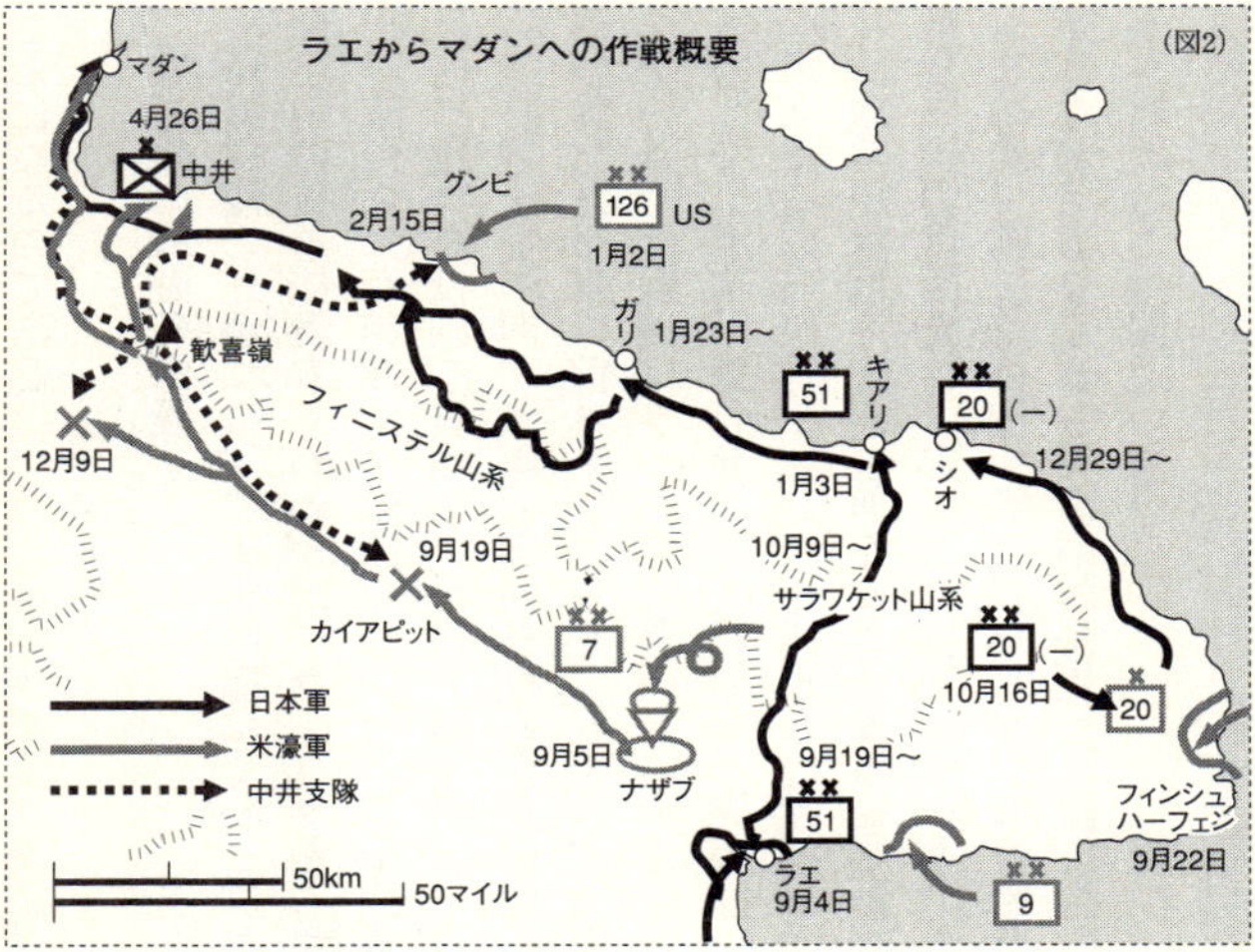
ラエからマダンへの作戦概要
(図2)
マダン
4月26日
中井
グンビ
126 US
2月15日
1月2日
ガリ
1月23日〜
歓喜嶺
51
キアリ
20(ー)
フィニステル山系
12月9日
シオ
1月3日
12月29日〜
9月19日
10月9日〜
サラワケット山系
カイアピット
7
20(ー)
10月16日
20
日本軍
米濠軍
中井支隊
9月5日
ナザブ
9月19日〜
51
フィンシュハーフェン
ラエ
9月4日
9月22日
9
50km
50マイル

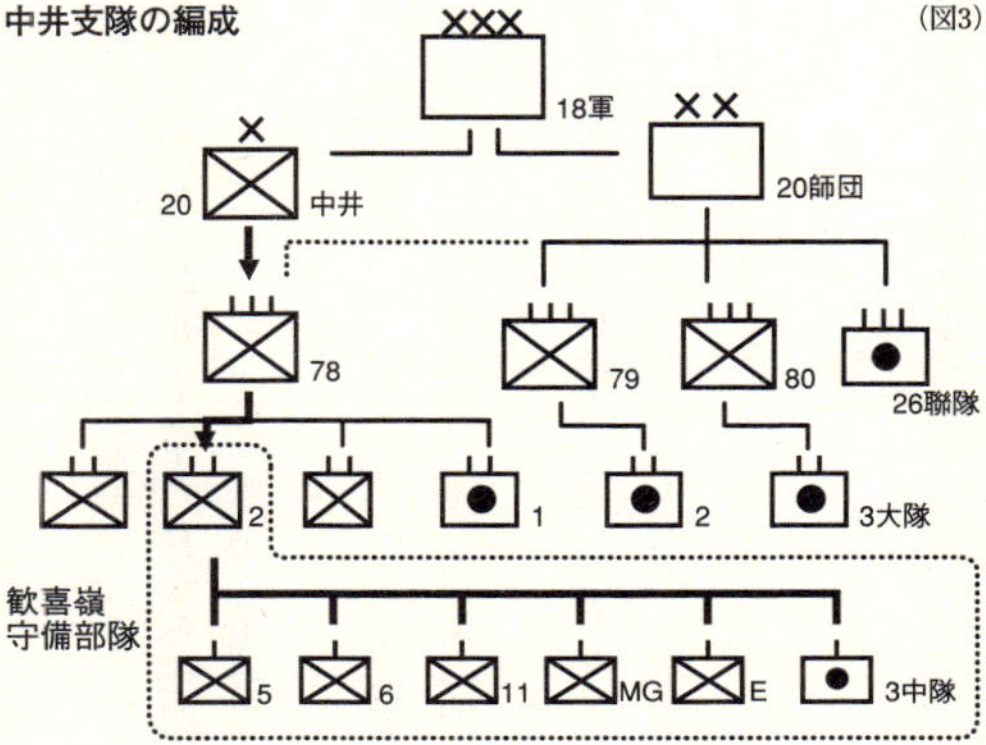
中井支隊の編成
(図3)
18軍
20
中井
20師団
78
79
80
26聯隊
2
1
2
3大隊
歓喜嶺
守備部隊
5
6
11
MG
E
3中隊

ことになるのである。

歓喜嶺の戦闘の意義

中井支隊の任務には、五十一師団にくわえ、フィンシュハーフェン攻撃を終えた第二十師団主力の後退掩護もくわわった。ウエワクからマダンに東進し、昭和十九年二月から逐次進出予定であった第四十一師団を合わせ、第十八軍隷下三コ師団のマダン地区集結を掩護するという重要な役割を負っていたのであった。

一月末までの間、濠第七師団を歓喜嶺正面で阻止するとともに、一月二日、グンビに新たに上陸した米軍の前進を遅滞させ、五十一、二十師団のマダンへの後退を掩護し、軍の戦力を合一させた意義はきわめて大きいといえる。

なかでも要衝、歓喜嶺の防禦において守備隊一コ大隊基幹が濠第七師団の進出を十月から一月末までの三ヵ月半にわたり阻止した役割は大であった。とくに大畠正彦大尉の指揮する一コ砲兵中隊は、山砲二門ながら、濠軍航空部隊および野砲兵連隊（二十七門）にたいして敢然と火力戦闘をいどんだことは着目すべきである。

この際、第二十師団が師団長以下が生命を賭けて構築した自動車道は攻勢には使用できなかったが、少なくとも大畠中隊が放った四二六〇発の弾薬の自動車輸送路として最大限に活かされたことは間違いない。

大畠中隊長から何を学ぶか

本書から大畠中隊長の指揮を通して、第一線指揮官としての最大限の戦術の適応について観察することができる。なかでも支隊長の現地指導にもとづいて、①敵の接近経路を精査して地形の特性をとらえ、観測所・陣地を選定したこと、②工兵中隊の派遣をうけて陣地の掩蓋化による残存性の向上をはかったこと、③火力戦闘計画にもとづく弾薬の集積のため、自動車輸送と担送により陣地内に集積したことは極めて適切といえる。

また、その後の歩兵部隊との密接な協力による射撃指揮は、砲兵の本領をもっとも発揮したものといえる。さらに注目したいのは大畠大尉の中隊長としての指揮官像である。

パラオ上陸後、大畠中隊長は基礎訓練を徹底して応用力をのばし、図書館にかよって戦場となるニューギニアの地勢・風土を調べあげ、工具を入手し、砲の搬送具や砲を沈ませない筏を作製するなど、創造性にとんだ現実への適応力を発揮していたことに敬服させられる。また、必要なことは臆せず上級指揮官に要求し、砲兵指揮官としての考えを述べたプロ意識には感服させられる。

大畠大尉はこのような熟慮断行型の指揮官であったが、兵士を慈しみ愛することは我が子のようであり、「猖獗《しょうけつ》の地」といわれたニューギニアで部下の衣・食・住に細心の注意をはらった。兵隊を一人残らずドラム缶風呂に入れたなどはこの好例である。

このように部下の個性と能力を最大限にいかし、自らもこの兵士に支えられて戦い抜いたのである。この指揮官にして「弱卒なし」、兵士たちが最後まで運命を共にする気持ちで戦っていたことが頷ける。

そこには虚偽の余地はなく、大畠中隊長の真摯な人間性が映し出されていた。

また、大畠大尉以外にも「砲兵は必ず砲と死生栄辱をともに」すべしとした『砲兵操典』（十二頁参照）を超越し、「砲兵の自決」を禁じた中井支隊長、第一線視察時、馬場少尉に自らの懐中時計をあたえた田中兼五郎中佐、「大畠を生きて帰せ」を約束させて配属した蔭山大隊長、死所をともに誓い合った矢野大隊長、その他下士官・兵など多くの人との信頼関係が描かれている。

極限の戦場といわれたニューギニア戦において、「我らかく戦えり」とする一条の光明を照射しているのである。

大畠正彦氏の軍歴

大畠正彦氏は大正八年一月二十七日、朝鮮羅南の陸軍官舎で父・大畠庄市（陸軍中佐、昭和十五年戦病死）の長男として生まれた。群馬県沼田市で育ち、沼田中学より陸軍東京幼年学校（三十七期）に入校、父につづいて陸軍軍人としてのスタートを切った。

陸軍士官学校（五十二期）を昭和十四年に卒業した後、陸軍砲兵少尉に任官した。

任官後は、朝鮮龍山の第二十師団野砲兵第二十六聯隊に赴任、その後、戸山学校（剣術三段、銃剣術四段、錬士）、陸軍砲工学校へとすすんだ後、昭和十六年七月に原隊復帰、砲兵団司令部連絡掛将校、昭和十七年一月より中隊長に任じられた。

昭和十八年一月、パラオに上陸、七月、ニューギニアのハンサに上陸し、その後、歩兵第七十八聯隊に配属され歓喜嶺の戦闘に参加した。

歓喜嶺の戦闘後は、臨時に編成された中井支隊機械化砲兵隊指揮官としてハンサへの撤退を指揮した。第三中隊をふたたび指揮してブーツに陣地占領し、第一大隊長が連隊長代理となってからは第一大隊長代理としてブーツ付近の戦闘に参加、アイタペの攻撃をふくみ終戦までの戦闘のすべてに参加した。

終戦後は、ムッシュ島の捕虜収容所に抑留されたが、持ち前の明るさと創意工夫により、部下全員を率いて二十一年二月、復員を果たした。

昭和二十九年、陸上自衛隊に入隊、千歳にある第七師団特科（砲兵）大隊長、副連隊長等をつとめ、戦後も砲兵将校としての人生をつらぬいた。（平成十六年四月十四日永眠）

出版にいたる経緯について

本書出版の経緯には多くの人びとが関わっており、やや、私事にわたり恐縮ではあるが、ここでこれらの方々の紹介を含めて触れておきたい。

大畠正彦氏に初めてお会いしたのは、忘れもしない平成十五年三月一日のことであった。以前から指導いただいていた細木重辰氏（陸士五十五期生）から、「野砲の先輩で会わせたい方がいる」と承ってはいたが、当時、防衛大学校で戦史教官をしていた私は、あることが気にかかり、細木さんともお会いするのが延びのびになっていた。

その頃、私は、平成十五年七月に行なわれる「オーストラリア陸軍参謀長主催戦史会議」の日本側発表者を引き受けていたため、ニューギニア戦の史料さがしに躍起になっていたのであった。そもそも発表を引き受けたのは、ニューギニア戦の史料や遺品のご遺族への返還にオーストラリア政府から協力を得ていた恩師である桑田悦元防大教授（五十八期）から「オーストラリアから頼まれたら決して断わってはいけない」と常々いわれていたことによる。

ところが、細木さんが面会をすすめてくれていた野砲兵第二十六聯隊の大畠氏が、実はニューギニアの第二十師団砲兵であることをうかがったとたん、現金にも私の気持ちはたちどころに面談予定の偕行社に向かっていた。

穏やかな大畠さんにお会いした瞬間、このような老紳士が私の前に現われてくださったことを誰に感謝してよいかわからなかった。むろん、この機会を授けてくださった細木さんには感謝したが、人智を超えた「使命」のようなものを感じはじめていた。

大畠さんの資料は、お人柄がうかがえる克明な手記、拡大された地図、半透明紙に書かれた状況図などが準備されていて、戦史資料として望みようもないほど完璧であった。そして大畠さんの手記を読みすすめているうちに、そこに展開されている史実に引き込まれていった。

ニューギニア戦で中井支隊が果たした十八軍全般への貢献と活躍を知り、そして大畠中隊によって砲兵の粋《すい》をきわめた戦闘があったことを知った私は、いつしかオーストラリアの戦史会議を通じて世界各国に知ってもらいたい気持ちになっていた。

　そして春休みにニューギニアに旅行し、空路オーエンスタンレー山脈を越え、マダンやポートモレスビーを訪れ、地形、植生、気象を概略把握することができた。そのご報告に大畠さんのお宅にもうかがい、その後も頻繁な手紙のやりとりが続いた。大畠さんから送り返された私の論考には、七夕の短冊のようにたくさんの付箋がついていた。そしてついに六月初め、大畠さんの確認をいただいた論文が完成した。

福田稔氏、大畠正彦氏（中央）と共に記念撮影。右が葛原和三

　しかし、現実的な問題としてはあと一ヵ月余りでどのように英訳するかであった。これは英語の苦手な小生にとって大問題であった。そこで七月の防大の国際会議で通訳を担当されていた福田稔博士にお願いするほかはなく、一面識もなかったが、福田氏の部屋のドアを叩いた。

　その答えは全く予期に反したものだった。福田先生からは、「この仕事は私が責任をもってやります」ときっぱりいわれ、私は耳を疑った。うかがえば福田氏は大阪幼年学校の三年生で終戦を迎えられ、その後、米海軍の牧師となり、米陸軍指揮幕僚課程も卒業された大佐相当の文官であった。

理由をお尋ねしたら、お父上の福田一也少将は横須賀重砲兵聯隊長などをつとめられ、第十八軍の兵器部長として赴任し、ダンピール海峡で海没されていたのであった。福田氏は父の意思にしたがって担任されるとのことであり、あまりの偶然に驚愕した。

このように資料は大畠氏、翻訳は福田氏のご援助を得たおかげで、キャンベラでの戦史会議に臨むことができた。会場は英米濠など参戦各国からの戦史研究者ら四百名を前に、私はさながら連合軍に包囲されたような心細さであった。だが、発表は思った以上の手応えがあった。これもあとで知ったことなのだが、日本ではあまり知られていない「歓喜嶺の戦闘」は、オーストラリア戦争記念館の展示では、ポートモレスビー、フィンシュハーフェンと並んで三大陸戦史のなかに入っているほどの重みをもっていたからであった。

この「歓喜嶺の戦闘」の発表を通して、野砲兵第二十六聯隊、歩兵第七十八聯隊、第二十師団、そして第十八軍が敢然と戦った史実の一部を伝承するという使命を無事終えることができた。その時、私は歴史の持つ「かつて生きていたものと現在生きているものを一つにする」力を体感できたのである。

席上、すぐさま情報を提供してくれたのは、戦史研究家のフィリップス・ブレーバリー氏であった。彼の父は濠軍第七師団の砲兵将校であったが、歓喜嶺の戦闘で戦死されていたのであった。彼は父を偲んで現地の戦跡や、生き残りの将兵をたずね、歓喜嶺の戦史を執筆中だったので、大畠中隊長が「プロセロ高地」に配置した一個小隊の最後についての資料を提供してくださったのであった。

プロセロ高地での戦闘は、馬場小隊十六名の全員が最後を迎えた戦闘であった。氏が収集した将兵の証言によると、この山砲一門は包囲されたあとも最後まで抵抗をつづけ、直接照準射撃により濠軍五十名に損害をあたえたとのことであった。

帰国後、直ちにこのことを大畠氏に報告した。大畠さんは中隊長として、部下全員の最後を見届けてきたが、残してきた馬場小隊長以下の十六名については見届けることができず、戦後、ずっと気がかりにされていたのであった。

大畠さんから平成十六年にいただいた年賀状には、「長年続いていた頭痛がうそのように消えました」と言葉が添えられていたのは有難かった。しかし、この年の四月、すべてを語りつくし、役割を果たされたかのように大畠さんは安らかに旅立っていかれた。きっと天国で馬場小隊長以下と久しぶりに再会し、宴を開いてよくやったと労い、誉められたことであろうと想像している。

そして平成十六年六月ごろ、大畠氏の資料が掲載されたブレーバリー氏の『ON SHAGGY RIDGE（歓喜嶺にて）』という戦史書（巻頭には「この書を父に捧げる」と書かれていた）が、オックスフォード大学出版から上梓され、大畠さんの御仏壇に供えさせていただいた。

この本には大畠氏の記録や写真、描かれた陣地の構造図や、状況図などが引用され、大畠氏、福田氏への謝辞もふくめて掲載されていた。この出版を通じて歓喜嶺の作戦戦闘の実態が一部ではあるが、世界に発信されたことは嬉しく思われた。

しかし、その後は英語で出版されたのに日本語の本がないことが、よけいに気にかかっていた。そうしているうちに「野砲兵第二十六聯隊史」を編纂されていた細木さんから、「大畠さんの本を出そう」と提案があった。細木さんは大畠氏の遺された原稿の全文を自らタイプされていたのである。

終わりにあたり、先ず、資料を遺していただいた大畠さん、長年にわたり資料保存に尽力されている細木さんに心から感謝申し上げるとともに、出版に際し深い御理解をいただいた光人社に謝意を表したい。

単行本　平成二十年十二月　光人社刊

NF文庫

ニューギニア砲兵隊戦記

二〇一五年十二月 十七 日 印刷
二〇一五年十二月二十三日 発行

著 者 大畠正彦
発行者 高城直一
発行所 株式会社 潮書房光人社
〒102-0073 東京都千代田区九段北一-九-十一
振替／〇〇一七〇-六-五四六九三
電話／〇三-三二六五-一八六四(代)
印刷製本 株式会社シナノ

定価はカバーに表示してあります
乱丁・落丁のものはお取りかえ致します。本文は中性紙を使用

ISBN978-4-7698-2923-2 C0195

http://www.kojinsha.co.jp

NF文庫

刊行のことば

第二次世界大戦の戦火が熄《や》んで五〇年――その間、小社は夥しい数の戦争の記録を渉猟し、発掘し、常に公正なる立場を貫いて書誌とし、大方の絶讃を博して今日に及ぶが、その源は、散華された世代への熱き思い入れであり、同時に、その記録を誌して平和の礎とし、後世に伝えんとするにある。

小社の出版物は、戦記、伝記、文学、エッセイ、写真集、その他、すでに一、〇〇〇点を越え、加えて戦後五〇年になんなんとするを契機として、「光人社NF（ノンフィクション）文庫」を創刊して、読者諸賢の熱烈要望におこたえする次第である。人生のバイブルとして、心弱きときの活性の糧《かて》として、散華の世代からの感動の肉声に、あなたもぜひ、耳を傾けて下さい。